letras mexicanas

OBRAS

GILBERTO OWEN

OBRAS

Edición de

JOSEFINA PROCOPIO

Prólogo de

ALÍ CHUMACERO

Recopilación de textos por

Josefina Procopio, Miguel Capistrán,
Luis Mario Schneider e Inés Arredondo

letras mexicanas

FONDO DE CULTURA ECONÓMICA

Primera edición (Imprenta Universitaria), 1953
Segunda edición, aumentada, Letras Mexicanas, 1979

D. R. © 1979 Fondo de Cultura Económica
Av. de la Universidad, 975; México 12, D. F.

ISBN   968-16-0214-5

Impreso en México

PRÓLOGO

Yo VEÍA a Gilberto Owen —siempre la broma a flor de labio y enemigo de solemnidades— con la curiosidad de quien se acerca a reconocer la encarnación de un nombre literario citado en alguna antología. Salido de México desde muy joven, su prestigio se cifraba en unos cuantos poemas y prosas desperdigados en revistas de literatura y en escasas anécdotas cada vez menos repetidas en labios de sus amigos. Su regreso al país fue, por esa razón, un pretexto de curiosidad para aquellos que nunca antes lo habíamos tratado. Era, en verdad, una persona poco común. No sólo a su conversación llegaban los persistentes ecos de un aparente escepticismo contra las razones más altas que sostienen la esperanza de un poeta, sino que pocos como él sabían esconder, en el juego de las palabras, la religión de su arte. Más cercano a los acontecimientos inmediatos de la vida, a la visión deleznable de los sucesos callejeros y a los "cuidados pequeños" en que transcurren las diarias preocupaciones, Owen se alejaba premeditadamente del agobiante invocar el mundo de la literatura. Sin otros honores que la mano franca y el incisivo afán de sorprender a aquellos todavía propicios al asombro, conservaba la viveza y el ánimo suficientes a hacer de su conversación un salto de mata entre los menos comunes asuntos. Ni sus sólidas lecturas —sobre todo en letras modernas—, ni su admirable obra poética, ni su compacto amor por México, que desde muy joven abandonó para ir en busca de otras tierras, se traslucían en sus frases siempre al borde de la destrucción y lo imprevisto. Tras la máscara del que esconde la intimidad lírica, supo custodiar el "dolorido sentir" que ampara a todo auténtico poeta.

Delgado todavía cuando yo lo conocí, de nariz casi aquilina y ojos de huraño gesto, acompañaba la conversación con ademanes que iban en ayuda de su franqueza expresiva. Lo insólito de las respuestas y la intención de las preguntas hallaban

7

apoyo en movimientos de manos que colaboraban a hacer más gráficas las frases. A pesar de sí mismo y no obstante su cultura, nunca olvidó la actitud peculiar de los hombres de su provincia. Nativo del Rosario, Sinaloa, supo conservar el trato sin rodeos que caracteriza a los hombres de aquella región. Lo incisivo de sus opiniones se sostenía, con una timidez disimulada, en la violencia y efectividad de las palabras. En nada la ascendencia irlandesa empañó el carácter de su persona: mexicano como el que más, tampoco la invasión de los viajes desmereció la simpatía provinciana que le otorgó el sitio de su origen. Owen practicaba el secreto de ser, en un mundo de mortales, un hombre más, perseguido por una íntima desilusión a la que sólo la poesía —allá en un rincón de la memoria o en un papel arrugado dentro del bolsillo— podría redimir.

En sus últimos días, cuando empezaba a comprender quizá que ya la canción se terminaba, volvió a recordar a su país, y la nostalgia lo acompañó hasta el final instante. Entonces pensó, aunque no por vez primera, que podría morir de un momento a otro; pero él quería hacerlo bajo el cielo de México. Aquí pensaba quedar, al lado de su entrañable amigo Xavier Villaurrutia, que apenas un año antes nos había dado la repentina sorpresa de su fallecimiento. Fue un deseo que no realizó. Otra tierra hoy lo cubre. No pudo ser el hijo pródigo que ansiaba. En un hospital de Filadelfia, apenas rodeado de la fidelidad de unas cuantas personas, murió el 9 de marzo de 1952. Había nacido el 4 de febrero de 1904.

Tras de ese hombre afectuoso que huía "de sed en sed por su delirio", tras de esa burla por lo cotidiano y tras de esa amabilidad defendida por el escepticismo, imperaba una singular conciencia poética. Lo antintelectual de la palabra hablada en la camaradería del bar, o a la orilla de una mesa de café, escondía al hombre que, a solas, aprendió a labrar una de las poesías más hondas de las últimas generaciones mexicanas. No fue un intelectual; fue un poeta. A la simple lectura de su obra, y a pesar de las referencias literarias con que se halla enriquecida, se advierte cómo era un hombre apegado a la tierra, a lo que alrededor sucumbe sin misericordia. De una manera similar a todo auténtico artista, Owen aceptaba, como un designio insobornable, incorporar a su verso el fluir de las cosas, la conciencia de que todo —como en las clásicas *Coplas*— está condenado a sugerir la pregunta por su existencia. Sabía que su obra, connatural a las ideas que la animaban, era el reflejo y la dócil respuesta a la contemplación de lo que no perdura, a la inevitable presencia de lo que muere frente a nuestros ojos, y entraba en la poesía dejando a la puerta toda esperanza:

> Y luché contra el mar toda la noche
> desde Homero hasta Joseph Conrad,
> para llegar a tu rostro desierto
> y en su arena leer que nada espere,
> que no espere misterio, que no espere.

Contra un muro de estériles lamentaciones, lo mismo en el amor que en las pasiones más sencillas, el poeta aceptaba el único refugio: la desesperación. Mas nunca el grito, el escándalo, el gastar la pólvora en infiernitos, sino la horizontal desolación que acompaña a quien, encerrado en sí mismo, se ajusta a las normas que su soledad le da. Quizá por eso su poesía no alcanzó el esdrújulo de la elocuencia, sino que guardó el tono menor indispensable para no traspasar la frase musitada en la confesión. Su grito no fue más que el del "párvulo que esta noche se siente solo e íntimo / y que suele llorar ante el retrato / de un gambusino rubio que se quemó en rosales de sangre al mediodía".

En otras palabras, la dicha no era el norte de su poesía. Como Mallarmé, posiblemente pensaba que decir "Soy dichoso" podría traducirse por "Soy un tonto". Tal era la defensa privada en que apoyó sus poemas. No le importó que el público supiera de su existencia, ni que el trabajo empleado en el logro de una imagen o de una metáfora trascendiera los límites de su propia satisfacción. La fama, en la que se solazaron sus contemporáneos, fue un ámbito ajeno a su ambición. Owen prefirió el trabajo del minero, del buzo, del criminal que en la alcoba concierta sus intenciones, antes que reclamar un prestigio logrado a fuerza de vigilias. Así, apegado a sus normas solitarias, pretendió pasar ante el mundo de la litera-

9

tura como "un poeta desconocido". Y en verdad que lo logró. De su angustia, forjada en la soledad, nada vino a defenderlo: ni afectos ni intereses, ni —mucho menos— la vanidad de ser citado en alguna antología. Prefirió conservar, como la más preciada herencia, la sutil gloria del anonimato.

Tal parece que Owen se convertía, en el complicado mecanismo de sus ideas, en un objeto más, condenado por libre albedrío a caer bajo la ley general de lo pasajero. Si el amor, la esperanza, "la ilusión serpentina del principio" y aun la existencia que muestra su máscara en todo tiempo y lugar se hallan abocados "en áspero clamor de cuerda rota" —es decir, se predestinan a una frustración connatural a su nacimiento—, ¿por qué no habría de suceder igualmente con el escritor que descubre ese laberinto y forma parte sustancial del mismo? "Todo lo que vive —escribió Owen en una carta— está condenado al tiempo. Lo que está puede ser eterno, pero entonces se llama Caos, y no es, no vive." Ahí se esconde el secreto de las ideas que impulsaron su poesía. Pero más aún: afín a Lautréamont, su concepto del tiempo alcanzaba el rostro de Dios mismo. Lo inmutable, lo perenne, no son sino momentos en que el tiempo hace un breve descanso antes de proseguir en su tarea. "Dios no está, existe —escribe en seguida—. Llegó después del Caos, y morirá cuando el Caos vuelva a estar en todas partes." Algo de terrible tiene esta afirmación en pluma de un creyente, pero a la vez nos ayuda a considerar una idea extrema, ávidamente literaria, derivada de una concepción expresa en su poesía. Puesto que Owen pensaba que el tiempo arrasa con todo, para ser consecuente con esta creencia se veía obligado a insertar bajo la fuerza de ese alud al Dios en que creía. Mas esto, digámoslo con claridad, no pasó de ser un peligroso rigor y una fiel intención de llevar hasta los límites una idea aprendida en textos literarios.

La verdad es que en su obra no se reflejan esos extremos. La distensión del tiempo no abarca más allá del mundo inmediato y la persona del escritor. Pero, eso sí, actúa con el vigor inmutable del cual nadie nos ha de preservar. Sin embargo, espigando en su poema de mayor ánimo, "Sindbad el varado", nos encontramos con cuatro versos que definen un posible desentendimiento y una artificial elusión del problema. Otra vez el recuerdo de Mallarmé vuelve a señorear la conciencia, y "Un coup de dés" se torna en el ejemplo a seguir:

Alcohol, albur ganado, canto de cisne del azar.
Sólo su paz redime del Anciano del Mar
y de su erudita tortura.
Alcohol, ancla segura y abolición de la aventura.

En estos versos, que no son sino un ligero intermedio para continuar luego con la insistencia del tema, se condensa la fórmula principal con que Gilberto Owen soñaba aplazar el resurgimiento de su conciencia destructora. No son más que un descanso, una bella ilusión, antes de marcharse, ya para siempre, con su "muerte de música a otra parte".

Si al afán de saberse efímero respondió esta obra literaria y si la melancolía se aclimató a menudo en los resquicios más profundos de estos textos, el tiempo habrá de respetar —lo aseguramos— el inviolable recinto de la obra de Gilberto Owen. En las letras mexicanas, su nombre figura con el eficaz relieve para mirar en él uno de nuestros más legítimos poetas. Fue necesaria su ausencia para que, alejándola del olvido, reflexionáramos acerca de su obra literaria e hiciéramos verdad un íntimo deseo suyo que consistió en saberse conocido solamente después de no existir entre los mortales. No sin cierto sarcasmo, él señalaba un día, un martes 13,

en que sabrán mi vida por mi muerte.

ALÍ CHUMACERO

11

POESÍA

PRIMEROS POEMAS

CANCIÓN DE JUVENTUD

UNA alegría fértil va poblando de rosas
y anegando en perfumes mi huerto de emoción,
y su encanto trasmuta la prosa de las cosas
en una melodía que llena el corazón.

Finge el fluir de versos vuelo de mariposas,
y canta este florido minuto, en la canción
vernal del monocordio de oro de mis gozosas
cigarras, ebrias de armonía y pasión.

(Sé que eres la última, alegría que posas
en mi abril claudicante tu encantada ficción;
y tus horas garridas volarán, presurosas,
y ha de tornarse en yermo glacial mi corazón...
pero es tan dulce en tus horas melodiosas
agotar la clepsidra con demente efusión!)

Una alegría fértil hace estallar sus rosas
de besos, en el ínfimo huerto de la emoción.

II

En el cordial remanso, Alma, loca cigarra,
canta la florescencia de besos de mis labios:
haz mofa de la hormiga, compadece a los sabios
que en su existencia absurda, al igual de una garra,
llevan hundida la árida maldición de pensar.

15

Alma, canta la bienaventuranza de amar,
y de sufrir por único tormento el del sensual
mordisco del Demonio. (En cambio tienes una
milagrosa madrina, Alma sentimental,
la madrina de todos los orates: la Luna...)

Alma, diga tu canto el arrobo de esta
entusiasta locura que es tu juventud;
Sigue labrando versos para la blonda testa
de la Amada sencilla, blancura de tu fiesta,
y ahoga la sañuda sierpe de la inquietud
de saber, y el mezquino ahorro de la hormiga.

Alma, tú sólo debes cantar; hasta en la ortiga
que te hiere, halla el tema cordial de una cantiga
que lleve un atavío albo de beatitud...

En el jovial remanso, Alma, cigarra loca,
canta el milagro de ósculos que florece en mi boca.

1921.

CONFIADAMENTE, CORAZÓN...

A Rafael Sánchez y F., por el cariño y la
amistad francos y leales que nos unen desde
la niñez, y por la casi identidad de nuestras
vidas, dedico estos versos sinceros.

G. O. E.

Golpeando el cristal de mi ventana
cae la lluvia tenaz, como si fuera
el fúnebre doblar de una campana
que anunciara el morir de mi quimera.

En la bruma se pierde la lejana
montaña tutelar, y prisionera,

mi fantasía añora una mañana
de no sé qué distante primavera...

Similitud extraña hay entre el cielo
encapotado en funerario manto,
y mi alma enlutada... (como un velo
doliente y frío, la envuelve el desencanto...)
...falta el sol de un amor que rompa el hielo
de su inmensa frialdad de camposanto...!

Toluca, diciembre 27 de 1920.

INVERNAL

Fue un minuto trágico, como el en que Raymundo
Lulio descubrió el seno de su amada inmortal,
de su Blanca, roído por el cáncer inmundo;
fue en una hora infinita, negramente fatal...

"Profundo... más profundo... todavía más profundo...!"
Magüer que inerme, altivo gritaba mi ideal
al desencanto artero, que le hundía furibundo,
despiadado, su frío, venenoso puñal...

Fue mi primer derrota; yo no sabía que el mundo
y que la vida ponen un peligro abismal,
un precipicio, a cada paso del errabundo

soñador, que se guía sólo por el fanal
de su ilusión; que marcha, ávido sitibundo
de idealidad, sobre el abismo de lo real...!

Enero de 1921.

Y PENSAR, CORAZÓN...

¡Y pensar, conmovido corazón,
que algún día nefando, los gusanos
han de roerte tus orgullos vanos
y emponzoñar tu fuente de emoción...!

Saber la vida tránsfuga, y saber
el fracaso de todo en un minuto:
toda tu heroica fiebre de absoluto
(náufraga en unos labios de mujer)

y todo tu dolor, y tu sensual
podredumbre obcecada, y tu efusiva
devoción a la Amada primitiva
de alma jocunda y clara de cristal.

Aún no habrás logrado modelar
tu poema mejor, cuando la pálida
Intrusa llegue, y tu Poesía, inválida,
interrumpa su lírico volar.

Saber que un día, trémulo rubí,
leal y atormentado, solamente
polvo inmóvil será tu carne ardiente,
sin nada de lo noble que hay en ti.

Cuánto mejor sería, corazón,
que te agotaras, trágico y canoro,
en este amor vernal de fuego y oro,
en una fervorosa combustión.

Toluca, agosto de 1921.

ELOGIO DE LA NOVIA SENCILLA

Tú, Hada Alegría, cédele tus galas,
tus arlequinescas galas policromas
a mi verso; quiero, Dulzura, tus alas
claras de crisálida, y todas tus pomas
jóvenes, oh Nuestra Señora Dulzura.
Hoy haré el elogio de la Mujer Pura.

Amigo Recuerdo, manso anacoreta
parlanchín: no me hables ya de los que han muerto,
déjame que ignore que el alma poeta
tumba es de su propio cantar. ¡En mi huerto
sembró Ella sobre los sepulcros floridos
rosales y en todo ciprés puso nidos!

Tú, Hada Alegría, eres su madrina;
risas, trinos, trinos, risas-amapolas,
y la virtud máxima de su alma divina
que hace a mis chacales abatir sus colas,
y el prestigio límpido de su ingenuidad,
y su mano, trémula de espontaneidad,
que me ofrece el don
de su corazón.

Tú dame la góndola de un pueril ensueño,
un diminutivo barco de papel,
en que mezca esta alma su empeño pequeño
y modesto: un novio romántico y fiel
que dé besos castos, y asista risueño
a todas las citas, y le diga cosas
cual si rebosaran sus labios de miel,
y sólo la obsequie puñados de rosas,
muchas rosas, todas las rosas de mayo,
en cambio a un tesoro de amor franco y gayo.

Tú, Nuestra Señora Dulzura, hazme bueno
y casto, y ahorca los siete milanos

de mi instinto sórdido, para que un sereno
atardecer, mire, al besar sus manos
próvidas, olientes a aromas de sus
tiestos, que mi beso florece en un lirio
como en los suaves hechos de Jesús,
y sea cual cirio
que se agota en un poema de luz
mi alma que hoy goza el torvo martirio
de ver al ensueño del Mal en la cruz.

Dulzura: tú dales alas a mis larvas
porque mi amor sea abeja, como el
amor de Ella es miel.
Y para que pueda yo cantar las parvas
horas de esta dicha, ponme un argentino
coro de campanas en el corazón,
y un chorro de fuente, y un perpetuo trino,
y que en el milagro de una floración
santa, en la podrida alma mis martirios
se cubran de lirios, lirios, Lirios, LIRIOS...

Y mi Amor sea en
la gracia del Bien,
por los siglos de los siglos.

                                    AMÉN

                        Junio de 1922.

LA CANCIÓN DEL TARDÍO AMOR

¡Si yo pudiera amarte, Alma noble y pequeña!
Llegas cuando mi vida ya es un arenal;
si pudiera ofrecerte el tesoro que sueña
tu insensatez romántica y pueril, que se empeña
en que florezca el seco tallo de mi rosal...

¡Qué más quisiera, ¡triste de mí!, que anclar mi nave!
Pero el remanso está lejos de mi dolor;
ya el corazón inhóspito arbusto es para el ave,
y en mi pecho, pletórico de hieles, ya no cabe
el tesoro mil-y-una-nochesco de tu amor.

Si tú pudieras ser la nueva primavera
que es justo que suceda a este invierno precoz;
pero sería estéril tu empeño; espera, espera
hasta que llegue el alma juvenil que te quiera
y diga la aleluya que ya olvidó mi voz.

Alma noble, que llamas a la mía cobarde:
¡Si yo pudiera amarte! ¡Si pudieras tú ser
mi nueva primavera! Pero llegas tan tarde,
tan tarde, que ya sólo, en un trágico alarde,
puedo hacerte un presente, en Alma de Mujer:

¡Esta canción ceñuda y pesimista, en que
ahorco en el mástil máximo la Esperanza y la Fe!

Toluca, 1-I-1922.

NO ME PIDAS, AMIGA...

No me pidas, Amiga, madrigales;
la trivial aleluya de otros días
se apagó en mi fracaso de rosales,
y un torvo gotear de melancolías
es la fuente de mis cantos joviales.

Y debe ser así. Ya la casona,
marco de mis ensueños, está en ruinas,
y con su rubio absurdo ya festona
la yedra aquel balcón, que de divinas
pláticas los recuerdos aprisiona.

(Aquel balcón oliente al primitivo
aroma de sus virginales manos,
en donde aquel primer beso furtivo
mi suplicante audacia, miedos vanos
derrotando, robó al candor esquivo...)

Ya el jardín pueblerino, que nos daba
el amparo de su romanticismo,
y que por nuestros besos se tornaba
como en más rusticano, no es el mismo
ni esta fuente la que arrullaba.

Todo ha cambiado, hasta mi balbuciente
amor, diáfanamente candoroso,
que un día se me fue, como demente
golondrina que busca sin reposo
el sol de la indocta alma adolescente.

No me pidas, Amiga, que mi canto
sea madrigal; la casona está en ruinas,
el musgoso balcón perdió su encanto
porque Ella se fue, y en mis corvinas
elegías sólo vibra el desencanto.

CANCIÓN DEL ALFARERO

Mis dedos saben un conjuro
de Amor, Humildad y Alegría;

mis dedos saben un conjuro
que alumbra la arcilla sombría,
y hace brotar al barro obscuro
la flor de la luz de la armonía.

Con mi sangre ardiente y bermeja
amasaré el duro terrón,

y modelará en él su queja
o su canción mi corazón.

Con un temblor de fe en mi mano
y en mi sien un soplo creador,
yo haré del lodo del pantano
un católico sahumador.

Sahumador de iglesia preclara
y de camposanto rural,
que retorcerá su plegaria
en espirales de copal.

...o en ellos, quizá urente y fiel
—¡loco de amor!—, llegue a encender
las rojas llamas del clavel
algún corazón de mujer.

Será nuestro el tibor exótico,
porque al decorarlo pondré:
por dragón, un blasón patriótico,
o una chinaca por musmé.

Reinará en la sala sencilla
mi prócer jarrón, que decora
mi fervor con la maravilla
de nuestra fauna y nuestra flora;

Y el juguete del niño pobre
nacerá, ¡cacharro sonoro
en cuyo vientre dará al cobre,
la ilusión, repiques de oro!

En mis bandejas policromas
vivirá el alma lugareña;
—choza y mujer, rosa y palomas,
y esta inscripción: *¡Viva mi dueña!*

Para la fiesta del cotarro,
de tahur, criolla y guitarra,
pondré mi atavismo en el jarro
que los labios besa y desgarra.

Y al mediodía, para que sea
como amanecer en frescor,
le daré el agua azul que orea
y aroma el cántaro de olor.

Y en un corredor de casona
de aldea, mis tiestos serán
reloj en que una solterona
cuenta los mayos que se van...

(o en un desliz arquitectónico
tal vez lo ponga algún profano
de digno remate inarmónico
en un palacio provinciano...)

o alzará su curva florida
en una extática alameda,
bajo la fronda ennoblecida
por un rumor de alas de seda;

y —por la luna alucinante—
su gálibo, al borde del lago,
será el inmóvil consonante
del noble cisne giróvago!

......

Y no importa que nadie inquiera
por el que dio su corazón
a la humilde y jovial quimera
de alumbrar el negro terrón...

Yo iré sembrando en el pantano
la flor luminosa del Bien,
con un temblor de fe en la mano
y un soplo divino en la sien!

DESVELO

DESVELO

1. Pureza

¿NADA de amor —¡de nada!— para mí?
Yo buscaba la frase con relieve, la palabra
hecha carne de alma, luz tangible,
y un rayo del sol último, en tanto hacía luz
el confuso piar de mis polluelos.

Ya para entonces se me había vuelto
el diálogo monólogo,
y el río, Amor —el río: espejo que anda—,
llevaba mi mirada al mar sin mí.

¡Qué puro eco tuyo, de tu grito
hundido en el ocaso, Amor, la luna,
espejito celeste, poesía!

2. Canción

De la última estrella
a la primera
fue para oler las rosas.

Vuelta, al revés, del mundo,
abierta la memoria
de la primera estrella
a ti —mujer, idea—,
¿hasta cuándo la última?

3

La noche, que me espía por el ojo
de la cerradura del sueño,
gotea estrellas de ruidos inconexos.
¿Para qué este hilo de aire con ecos?
Ya ningún lápiz raya mi memoria
con el número de ningún teléfono.

Mi mensaje cae conmigo
sin mis miradas, cuerdas de un trapecio
suspendido, otros días,
de mi cabeza sobre el cielo.

Y nadie inventa aún al inalámbrico
una aplicación para esto:
uno puede caer cien siglos
—sin una honda agua de sueño,
sin la red salvavidas de una antena—
al silencio.

4. El agua, entre los álamos

El agua, entre los álamos,
pinta la hora, no el paisaje;
su rostro desleído entre las manos
copia un aroma, un eco...
(Colgaron al revés
ese cromo borroso de la charca,
con su noche celeste tan caída
y sus álamos hacia abajo,
y yo mismo, la cabeza en el agua
y el pie en la nube negra de la orilla.)

Llega —¿de dónde?— el tren;
corazón —¿de quién?— alargado,
oscuro y próspero, la vía

nos lo plantea = algo
más allá del alcance de los ojos.
Terremoto: llorando demasiado
los sauces salen al camino
como mujeres aterrorizadas.
Incendio: la luna, viento frío,
arrastra el humo de las sombras
hasta detrás del horizonte.

En el bosque, con tantos mármoles,
no queda sitio ya para las ninfas:
sólo Eco, tan menudita,
tan invisible y tan cercana.
Sólo una memoria sin nexo:
"cuéntalas bien
que las once son".

Luego el castigo de la encrucijada
por el afán de haber querido
saber a dónde llevan todos los caminos:
1, al pueblo; 100, a la ciudad; 1 000, al cielo;
todos de ti y ninguno a ti,
a tu centro impreciso, alma,
eje de mi abanico de miradas,
surtidor exaltado de caminos.

5. *El recuerdo*

Con ser tan gigantesco, el mar, y amargo,
qué delicadamente dejó escrito
—con qué línea tan dulce
y qué pensamiento tan fino,
como con olas niñas de tus años—,
en este caracol, breve, su grito.

6. Palabras

Sólo tu palabra,
   río, deletreada,
   repetida, agria.

Sólo las estrellas
—solas— en el agua
y despedazadas.

¡Ya viene la luna!
Río, despedázala,
como a tu palabra

el silencio, como
la noche a la amada,
río, por románticas.

7. Ciudad

Alanceada por tu canal certero,
sangras chorros de luces,
martirizada piel de cocodrilo.
Grito tuyo —a esta hora amordazado
por aquella nube con luna—,
lanza en mí, traspasándome, certera,
con el recuerdo de lo que no ha sido.

Y yo que abrí el balcón sin sospecharlo
también, también espejo de la noche
de mi propio cuarto sin nadie:

estanterías de las calles
llenas de libros conocidos;
y el recuerdo que va enmarcando
sus retratos en las ventanas;
y una plaza para dormir, llovida

por el insomnio de los campanarios
—canción de cuna de los cuartos de hora—,
velándome un sueño alto, frío, eterno.

8. Desamor

¡Qué bosque —cómo oprime— tan oscuro!
Ganas de sacudir los árboles
para que caiga aquella luz
que se quedó enredada
entre las ramas últimas.

—Ella se quedaría, esclava,
trémula entre los dedos de Josué,
detrás del horizonte, sin remedio—.

¡Luz de ayer, luz de ayer,
lluévete, vertical, a mi memoria!
¡Rompe las rejas de los troncos,
horizontal luz de mañana!

9. Adiós

Todo este día corrió
el tren por mi pensamiento.
Toda la noche su sirena
rayará mi desvelo.

Y no poder imaginar
el vértice hipotético
en que se une la vía, tan lejano.
Nunca, nunca podré beber el sueño
en la confluencia amarga de su grito
y mi sollozo, siempre paralelos
y persiguiéndose,
toda la noche, en mi desvelo.

10

Tierra que la guarda ahora
—montoncito de tierra
y un poco de savia en los árboles—.

Ramas sin marzo, sin viento,
metálicas, más de luna
que de árbol, casi de alma.

Esta vez no ha quedado nada
del día en mi mirada.
Noche demasiado lírica.

Ella estará aquí más presente
—viéndome completo—
que yo que la creo sólo
puñadito de tierra
y un poco de savia en los árboles.

11. Soledad

Soledad imposible conmigo tan aquí
y mi memoria tan despierta.

Y además la plegaria
por la estrella perdida, tan sin luz,
por Blanca de Nieves, dormida
nube con luna en su ataúd de cielo,
y por el campo, ese hospiciano prófugo
que equivocó la senda y se tiró,
ya cansado, a la orilla del camino,
desesperando de llegar al pueblo.

Y hay también las canciones perdidas
que no se sabe nunca quien cantó;
y esta correspondencia sin palabras
de ojos a estrella, de alma a luz de luna.

12. Adiós

El pañuelo de espumas
del rompeolas me lloraba, ¡adiós!,
y en la noche aquel grito —aquella estrella—,
¡ven! Y mi corazón que era sólo
un temblor que cantaba, en medio,
y de mi hondura, hacia la nada,
ya sin mis ojos, yo.

Y mi nombre escrito en la arena,
y tu ascensión, luz, lumbre, sobre el mar;
luego de allá, lejos, la onda,
de aquí, de mí, la sombra
que todo lo borraban.

El mar dormía
como nunca, y como si fuera
ya para siempre, sin mi alma.

13. El tranvía

A esta hora ese telegrama amarillo
ya sólo trae malas noticias:
un hombre, yo, tan agobiado...

¡Cómo abre —¡qué lívida!—
sus ventanas, leyéndolo, mi casa!

14

Corolas de papel de estas canciones.
Se abren cuando al alba
nocturna de la lámpara
rompe a cantar ociosa
la ternura enjaulada entre los dedos.

Se cierran cuando Venus matutina
cae desprendida de su rama,
aún no madura y ya picoteada
por el frío del alba verdadera.

15. *Romance*

Niño Abril me escribió de un pueblo
por completo silvestre, por completo.
Pero yo con mi sombra estaba
haciendo sube y baja
en balanza de aire, a la ventana,
y el pasado pesaba más,
y se divulgó aquella carta
al caer a pasearse al bulevar.

        Señor policía el cielo,
        yo no hice aquel verso, no,
        que la estrella que veis ahogada
        sola a mi espejo se cayó.

Camino incansable, automóvil
para poetas, siempre a cien
kilómetros, y río que se va;
el cenit viene con nosotros,
el horizonte huye sin fin.

Niño Abril me escribía: "En junio,
ya no flor y no fruto aún,
¿qué prefieres, el pan o el vino?"
—Yo prefiero el vino y el pan,
y ser a la vez yo y mi sombra,
y tener cabal todo el campo
en mi árbol del bulevar.

        Señor policía el viento,
        yo no ando desnudo, no,

que la sombra que veis llorando
de un sueño mío se cayó.

Final

Palabras oscuras, que entonces
me parecían, ¡ay!, tan claras.
Hoy me estaría aquí pensando
hasta el alba, desesperadamente,
sin arrancarles un sentido:
¡tan de otro me suenan,
tan lejanas!

En cambio ésta aún no modulada
que en mí dirá una voz innata,
¡qué desnuda la siento,
qué nueva aún y ya qué conocida!

Está en mí —y en ti, libro,
como un recién nacido en el regazo
frío de este silencio, este cadáver,
hoy, de aquellas palabras.

NUEVA NAO DE AMOR

(a E. U.)

1

Primero amaneció para mis ojos.
Que yo estaba caído
en la cisterna de tu sueño,
y sin saber voltearme el corazón
y alzarme de puntillas en su vértice
a espiar *el alba de oro* sólo mía.

¡Qué sin eco mi llanto, hoy, nublándome
en mi elevada soledad sin ángeles,
esa aurora que no amanece nunca!

2. Viaje

Todo estaba embarcándose
en todos los puertos del mundo;
hasta los mares —albeante
iba su flotilla de nubes,
fueron dejando atrás la tierra;
hasta la tierra —¿a dónde, sed, a dónde?

Sólo tu casa, como un barco
muy viejo ya que no pudo soltar
sus amarras de yedra y rosas.
Y este lastre, y el ala del amor,
sin aire, inmóvil, en nuestra alma.

3. Lunes

Estas cinco ventanas
hasta de par en par, las siento
casi cerradas.

Y estos hierros en cruz, que han hecho
pedazos el suelo y el cielo
de mis paisajes —¡ay!, romperlos,
romperlos hoy, para que el alma
se asome, hasta caerse, a la semana.

Y al camino recién abierto,
al caminito nuevo
que lleva al mar, se vaya,
sin prisa —y grave— y lejos.

Un día u otro, al fin, la casa
se iba a quedar sin dueño.

4

Qué ondulada y azul, la voz que dice
esa canción cercana,
nos acerca —¡qué disminuidas
y limpias!— las montañas.

Baja el arroyo de su balbuceo
rayando el arenal de la inconstancia
con una estría verde
florecida de fáciles palabras:

"Debajito del cielo, las nubes,
debajito del puente, las aguas,
debajito de mi pecho
esta pasión que me mata."

Y tu mano en la mía —tú qué mía
y yo qué tuyo— y tus palabras
encarnando mi pensamiento.
. . .Por el mar, tras los médanos, el alba.

5. *Sonámbulos*

Vamos, doblados por el viento,
como los mástiles de un barco
muy pequeño. . .
Pero nos amamos tanto.

El mar está ensayando nuevos gritos
para cantar sus angustias antiguas,
pero nosotros sólo oímos el prodigio
que tiembla en tu garganta enmudecida.

¡Un faro! ¿Para qué, si vamos ciegos?
¿Cómo nos salvaría un faro?
Además, otro sol nos brilla dentro:
como nos amamos tanto.

¡Las sirenas! ¿Y qué, si vamos sordos?
¿Qué harán, para perdernos, las sirenas?
Esta noche no trae presagios lóbregos:
por tu mejilla aún rueda mi estrella.

6

Yo lo que buscaba
era un pueblito relojero
que me arreglara el corazón,

¡ay! que adelantaba,
sonando la hora de otros climas
bajo el meridiano de Amor.

Lo que me faltaba
era el péndulo de tu paso
y el tic-tac de luz de tu voz,

¡ay! que constelara,
leontina de estrellas, mi pecho,
para acordar y atar al tuyo
—corazón de pulsera— mi reloj.

7

Te harían Cenicienta, Rosalía,
si en el cinematógrafo del cielo
filmaran cuentos de hadas.

¡Qué agilidad para elevarte, inmensa,
hasta el cenit de mi paisaje,
y qué humildad para volverte, luego,
a tus cosas, a mí, tan llenos siempre,
sin ti, de esta plegaria:

                    "Rosalía:
átate bien la luna, tu escarpín,
porque no vengan a llevártenos
a Dios, un día, para siempre."

8

Guarismo que repite, interminable,
la huella de tu paso
sobre mi vida horizontal de ahora.

¡Qué dulzura del viaje, enarenados
ya los caminos de la tierra,
y resuelta en tu cifra
la X de las encrucijadas.

9. *Entresueño*

Una estrella que se corría
dejándote transfigurada;

mi voz, que te sostenía,
estrella tú, sobre la nada;

y tú tan alto, Rosalía,

y lejos, que no me oías,
y te caías.

10. Dedal

En el orbe de tu dedal, yo era,
con el cielo y el árbol, infinito,
y esta diminutiva
grandeza nuestra, tuya, me embriagaba.

Ya tenía resueltos los teoremas
que encierra el triángulo de tu sonrisa,
y, como un niño que no tiene
costumbre de pensar, me adormecía.

Y me veía desde el sueño denso
ir y venir, firme, infinito,
en tu meñique.

11. Propósito

Todavía mis ojos, por tus ojos,
en tu alma, como el día del encuentro;
que el amor, como siempre, nos presida,
pero ya nunca lo nombremos.

Mejor la insensatez de nuestra efímera
voz sonando en lo eterno,
puestos en entredicho tus románticos,
dueña, la Geometría, del sendero.

Luego la noche, que nos gane, hondos,
humillados al fin, para el silencio;
y luego la sal, mía, de tus lágrimas,
y mi frente, servil, sobre tu seno.

Para no separarnos, detener
el ritmo universal en nuestro aliento;
y ¡qué prisión!, después, sabernos solos,
pero tan frágiles y tan pequeños.

39

Y para no olvidarnos —y el olvido
míralo, en ti y en mí, mujer—, ¿qué haremos?

12. *Regreso*

Yo, solo, con mi sombra, ensangrentado
en la huida patética del sol;
yo, como otro árbol, junto a este árbol,
erguido entre un recuerdo y un temor.

Mi sombra, mucho más yo que yo mismo,
tal vez soñando en regresar,
se arrastra, larga, atrás, hacia el vivido
día breve de atrás.

Estarán esperándonos, soñándonos
más ricos que nosotros, al partir,
y volveremos con nuestro fracaso,
y tú qué larga, sombra, y sin abril.

Cómo nos mirarán llegar, qué negros
y qué mudos, las vírgenes sin hiel;
el júbilo fallido del regreso
cómo nos ahogará, sombra, también.

Arbusto ensangrentado, hacia el misterio
lanzo mis ramas, largas de avidez,
por ver si el huracán de mi lamento
me descuaja para volar tras él.

ESCORZOS

LA POMPA DE JABÓN

1

Aquel rostro, aquel libro, aquel paisaje,
y todo el iris y yo mismo, todo,
todo en tu agua sedienta
de imágenes.

2

Te saludan los pájaros, las cosas
todas afinan para ti
su mejor alba de sonrisas.

Y recuerdan tus viajes, cuando ibas
como un poco de río
redondo y frágil, por el cauce
innúmero del viento.

Y te recuerdan, Arca de Noé,
porque las regalabas a los niños,
transmutando en juguetería
de Noche Buena, el Mundo.

3

Y la vida niña soplándote,
oh pompa, oh árbol de cristal de alma,
por aquella raíz
que te ocultó en su seno Poesía,

y te era, en el cielo, rama en flor
y pájaro en la rama.

Y la vida, sin fin, soplándote,
sin fin, sin fin, burbuja de emoción,
hasta tu fin sin ruido ni violencias
—cuando mucho con un rocío amargo
y trémulo, como de lágrimas.

RASGOS

1. Camino

Aquel camino, desde la montaña,
con la hemorragia larga
de su barro,
baja,
poquito a poco,
hasta la botica aldeana.

El camino, después —¿o el río?—,
  ya detrás de las casas
  y ya envuelto
  en blancas
  vendas lúcidas.

El caminito, en la mañana.

2. Pinar

Apuntalamos aquel cielo
que se nos desplomaba, verdinegro.

Los que pasaban a lo lejos eran
—sombras chinescas
en la pantalla del crepúsculo—
nuestras sombras en otros mundos.

El cielo verdadero
estaba, afuera, preso,
y se asomaba entre los troncos, viéndonos
con su ojo de luna, huero.

Una estrella, la única, temblaba
sin luz en nuestras almas.

Y, si cerrábamos los ojos,
oíamos, platónicos,
como un zumbar de abejas
la música de las esferas.

3. Camino

¿Y aquel otro
caminito del cielo
por donde anoche fueron
nuestros ojos?

Cuatro príncipes iban sobre él;
cuatro pilares de aquel puente
que soñamos tender
del hoy al siempre.

¡Oh dolor, sin tu vino acedo
ni la píldora de opio de la luna,
ya estaríamos en lo eterno!

—...Y soñar en la fácil aventura.

CROMO

Las ovejas hicieron
de la senda un torrente
espumoso de encajes
almidonados con exceso,
en que hunden las piernas,
estrujándolos, los pastores.

Se lloran unas cosas
verdaderamente dramáticas,
que la del cencerro acompaña
golpeando con los árboles
el cielo cóncavo de bronce.
Van a inundar el pueblo
de nacimiento de allá abajo,
que no sospecha esta avalancha
de mármoles vivientes,
en que ya se escribieron
las palabras más lastimeras.

Pero las plañideras ilustres
—¡oh, Nausícaa, oh, Hernán Cortés!—
podrán tener su busto
de mármol en el pueblo:
un busto al natural
y hasta con gemidos y lágrimas
verdaderos.

EL LAGO

1. Definiciones

Río sin manantial ni océano;
conciencia diamantina sin ayer;

44

luciérnaga caída sobre el prado;
pupila insomne;
espejo celeste;
flor líquida;
cuna de marfil
para el corro de lanchas párvulas
que meces en tus brazos
azules, muerto azul.

2. *Adán y Eva*

Brazo oscuro y sinuoso, la colina
ciñe (pero qué estrecho, hasta asfixiarle)
la cintura de luz del lago.

Tan apretadamente, que se llora
pensando en que no va a poder comerse
la manzana redonda de la luna,
que le ofrece en la boca
azul aquel arroyo serpentino.

3. *Ventana*

Al despertar, duchazo saludable
de sol y cielo y aire de la sierra,
para los macilentos que aún tememos
levantarnos en la ciudad
asfixiados de humo y gasolina.

Es también un trocito azul del lago
con que adornaron nuestra celda,
como con el retrato de una novia
que, desde el marco, nos reprocha
cada noche de ausencia.

4. *Alba*

¡El sol! ¡El nuevo sol! Midas que hasta
las voces con que le apostrofo
me las torna de oro.

¡Qué ganas de quitarnos
nuestros trajes de oro, Moctezuma,
para que el sol conquistador mirara
todavía de carne viva y tórrida,
la sombra de tu cuerpo
y mi cuerpo de sombra!

5. *En lancha*

Remando por el cielo y por el agua
pasa una cerca de nopales,
piragua innumerable
cargada de crepúsculo.

6. *Instantánea*

Tras la diurna función, el tramoyista
del crepúsculo recogió
sus trucos de escenografía.

Los paseantes se guardan los prismáticos
con un poco de desencanto,
y en los estuches de la Kodak
esconden lo que pueden del paisaje.

Y el horizonte, devastado
por la rapacidad
de los turistas y la noche,
va emigrando a mi corazón
—por el río de luz de mi mirada—

en los lanchones, desbordados
de recuerdos y de silencio.

7. *Elogio*

Las palabras más ricas,
menguante aurirrosado de la luna,
se me van por el lago, verticales,
en una temblorosa exaltación,
a colgarse de ti.

Que los poetas —que todo lo sueñan—
y los amantes —que lo tienen todo—
son aquí tus mendigos humillados.

8. *En lancha*

Venía persiguiéndonos, la vieja
barca oxidada de la luna,
con su carga de amantes populares.

Era menos plebeya
nuestra lancha, y más rápida:
la dejábamos lejos, y de pronto
chocó en un pico de la sierra:

nadie contó las víctimas,
pero su sangre oscura
era océano sobre el lago.

9. *Colores, 1*

La colina, rosada, en el agua,
y la sierra, azul, en el agua,
y el sol, caído y púrpura, en el agua,

47

y la orla de manto de la orilla,
verde bordado de la primavera
colegiala, imperfecto, sobre el agua.

Mi mirada, clara y vehemente,
de un cristal más limpio que el agua,
ida a todas las cosas, sobre el agua.

10. *Colores, 2*

Luego vendrán, modistos, el crepúsculo
y la luna de siempre,
y el maniquí geométrico del monte
se verá en el azogue del lago
su túnica de grana,
de iris, de oro, de plata.

Hasta que se muera la luna
y le guardemos, todos, luto.

11. *En lancha*

Cuando hasta en las pupilas fue de noche,
las lucecitas de la orilla
salieron a encontrarnos, alargándonos
sus brazos temblorosos sobre el agua.

¡Qué largo escalofrío el nuestro, entonces!,
porque todos sabíamos historias
en que Caperucita se perdía
en la boca de lobo de la noche.

¡Qué lástima!, ¡qué lástima!
Daba aquello tal pena,
que, como no podíamos salvarlas,
apretando los ojos, las matamos.

12

Pasamos esta noche, mar, soñándote.
Vientos de fronda que de ti llegaban,
burlando el espionaje de los montes,
nos hicieron pensar si prolongabas
hasta nuestro rincón de aldea y lago
—tan bovino, tan manso, tan hesiódico—
tu rebelión interminable.

Como el nublado al cielo sus estrellas,
nos saquearon la troje de los sueños
—igual que otras, ayer, al vecindario—
tus vientos insurrectos.

13. Aprendizaje

Arroyo recto y lúcido:
eres como mirada de discípulo
con que el ojo del lago
aprende la quietud de las montañas.

El día que no corras
será que el lago, muerto,
habrá aprendido ya a cerrar los ojos,
o que se los habrá cerrado, mano
celeste y femenina,
alguna nube.

14. Zirahuén

Eres, mío, más dulce que tu nombre,
tan dulce, sólo, como tú.

Se te parecen algo el manso párroco,
los ojos de los asnos, mis palabras,
y la colina, frágil, bajo el sol.

15. Adiós

Cuán entrañablemente me dolía
arrancarme mis ojos de sus ojos,
que ataba con cadenas de cristal
mi feliz vasallaje de mirarle.

Si hasta el tren —¡qué lento se iba!—,
hasta el tren lo sentía y se marchaba
asonantando el suyo al paso de la tarde,
cargando su recuerdo —también vidrio—
como con miedo de romperlo
si saltaba, corriendo, las montañas.

Todavía, por un claro del monte,
sacó un brazo redondo y lúcido
para despedirme. O sería
más bien para retenerme.

LÍNEA

SOMBRA

MI ESTRELLA —óyela correr— se apagó hace años. Nadie sabría ya de dónde llega su luz, entre los dedos de la distancia. Te he hablado ya, Natanael, de los cuerpos sin sombra. Mira, ahora, mi sombra sin cuerpo. Y el eco de una voz que no suena. Y el agua de ese río que, arriba, está ya seco, como al cerrarle de pronto la llave al surtidor, el chorro mutilado sube un instante todavía. Como este libro entre tus manos, Natanael.

EL HERMANO DEL HIJO PRÓDIGO

Todo está a punto de partir. Una cruz alada persigna al cielo. Los militares cortan las últimas estrellas para abotonarse el uniforme. Los árboles están ya formados, el menor tan lejano. Los corderos hacen el oleaje. Una casita enana se sube a una peña, para espiar sobre el hombro de sus hermanas, y se pone, roja, a llorar, agitando en la mano o en la chimenea su pañuelo de humo.

Detrás de los párpados está esperando este paisaje. ¿Le abriré? En la sala hay nubes o cortinas. A esta hora se encienden las luces, pero las mujeres no se han puesto de acuerdo sobre el tiempo, y el viajero va a extraviarse. —¿Por qué llegas tan tarde?, le dirán. Y como ya todas se habrán casado, él, que es mi hermano mayor, no podrá aconsejarme la huida.

Y en la oscuridad acariciaré su voz herida. Pero yo no asistiré al banquete de mañana, porque todo está a punto de partir y, arrojándose desde aquí, se llega ya muerto al cielo.

ESPEJO VACÍO

Busco desde mañana hasta el último día recordado
no puedo ver dónde te olí primero
supiera al menos en qué ángulo te deshojaste desvelada
aquel día fumabas para hacerte máscaras de humo
ahora ninguna te disfraza más que el aire
esa sombra a la izquierda del sol es la que te desnuda
ahora es la mitad negra de tu rostro la exacta
tu realidad es el misterio de la palabra que nada nombra

Sufro tu voz caída   poesía
se movía en árboles y se unta ahora en mudas alfombras
sabes que hay voces que nunca se muestran desdobladas
algunos maniquíes mal enseñados nunca giran
hacen girar en torno suyo a las que quisieran comprarlos

Ya no sé cuántos rostros hay que tirar para ser ángeles
he esperado hacia atrás el año de los vicios impunes
los gano sólo para esta sombra inmerecida
mírala regarse también en la tierra para oírte

VIENTO

Llega, no se sabe de dónde, a todas partes. Sólo ignora el juego del orden, maestro en todos. Paso la mano por su espalda
y se alarga como un gato. —Su araña es el rincón; le acecha,
disfrazado de nada, de abstracción geométrica. Parece que no
es nada su arrecife al revés. Y llega el viento y en él se estrella,
ráfaga a ráfaga, deshojado. Queda un montón de palabras se-
cas en los rincones de los libros.

Me salí a la tarde, a donde todas las mujeres posaban para
Victorias de Samotracia. Las casas cantaban *La trapera*, precisamente. Las norias de viento ensayaban su código de señales,
que sólo yo entendía. Por eso todos me preguntaban la hora.
Llevaba atada de mi muñeca la cometa del sol.

En aquel paseo conocí también a la Hermana Ana, conserje de un hotel, encargada de abrir todas las puertas, incansablemente, para ser guillotinada por la última. A Barba Azul ya lo llamaban cielo.

X

A todas las amamos, obedeciendo a sus clásicos, sin preguntar sus nombres. Ahora a ti voy a amarte sin preguntar tu cuerpo. Huyes deslizándote en el trineo del frío. Los perros del viento tiran de él. Llevas en la mano una estrella, pero esto no es seguro, porque los domingos hasta las luces más humildes sacan sus mejores galas y se visten de estrellas. Alguien, emocionado, te descubre en la Osa Mayor y te retrata en un planisferio. Te pone un nombre griego o te llama como a sus pobres héroes. Pero tu nombre sólo yo lo sé. El sol no me deja oírlo, el ruido te me borra, me hacen olvidarte; pero de noche yo te sé. Nombre que nada nombras, nadie te impondrá acentos ortográficos, nadie te sujetará, inmóvil y relativamente eterno, en el epitafio de los diccionarios, Innombre.

ANTI-ORFEO

Pasa el ciclista pedaleando la pianola de la lluvia. Mi máquina empieza a escribir sola y los tejados tartamudean telegrafía. Alargamos al arpa dedos de miradas. La luz pasa de incógnito, y ni dentro ya de la sala nos permite alzarle el velo. Nuestras manos contra la ventana chorrean sangre. El crimen fue romper los violines de nuestras corbatas; la mía lo mereció: quería tocar marchas triunfales, y ya sabes que en esta casa no se disimulan desórdenes. Pero la tuya, Orfeo, no, que era sólo una corbata de toses.

Al cielo le gritaremos que el buen juez por su azul empieza el aseo, que coja esa espuma y que se seque los ojos. Está encerrado, llora y llora, castellana cacariza, en el torreón al revés del pozo.

Esos hombres están enamorados de la noche; abren el paraguas para llevar consigo, sobre sus cabezas, un trozo de cielo nocturno. ¿Linneo no era tan lince? Olvidó esos árboles transeúntes.

Cerramos los ojos, para reconocernos. Pero nos duelen recuerdos imaginarios. Una forma se precisa. El aire se hace más y más delgado, conmovido, para entrar por la cerradura a la pieza vecina, donde alguien llora. Nuestra forma aprende caricias de consuelo. Entonces yo, para no recordar a Verlaine, dije tu nombre. Un murciélago echó a volar en pleno día, bajo tu tos —quise decir, bajo la lluvia.

RAÍCES GRIEGAS

Le ponen un trozo de hielo sobre la frente. El pelo negro, liso, lo estaña y es un espejo. Sostiene así, sobre su cabeza, buen equilibrista, todas las luces del bar. Su compañera, para disculparse o para desquitarse, se vuelve a sonreírnos. Viéndose en el hielo, se alarga los ojos, saca un tubo de sangre para enrojecerse el corazón que le cuelga, como esas argollas de los salvajes, de la nariz.

Pero nosotros estamos tristes por el griego inasible del médico. No recordamos si elogió nuestra euforia o nos recomendó una cierta eutrapelia sabatina. Si hablara un español más elegante, menos sabio, no dejaríamos sin respuesta a esa mujer que se retuerce, de pie, escribiendo en el aire una lambda griega, triangulizando sus piernas un trozo del pavimento.

REMORDIMIENTO

Le cerraría a esa tarde que entra de noche sin despertarme
un pez vuela a mi sueño sin arrugar la piel de espejo del agua
me debiera cortar su frío contacto
la sombra empieza a sangrar ruidos si la hiere la luz más mínima

los mineros que nacen de los antípodas huelen día mi noche
cómo será mi sueño siguiente sin nada más que yo muerto
mi yo mío mirándome sin ojos

A todas horas es aquella hora siempre
muerta
el paso de los marinos hacía de la tierra otro barco más grande
el mar se quitaba corpiños a cada ola un poco más delgado
yo no hubiera creído nunca la Odisea sin el viento hojeándola
un borracho iba del bar al horizonte con un balanceo armonioso
qué Diógenes me dictó aquella dura palabra me duele sin herida
si Dios me tapaba el sol es que era suyo

POEMA EN QUE SE USA MUCHO
LA PALABRA AMOR

Comienza aquí una palabra vestida de sueño más música
llevas puñados de árboles en el viento pausado de Orfeo
en los ojos menos grandes que el sol pero mucho más vírgenes
mañanas eternas y que llegan hasta París y hasta China
ese otro ojo azul de párpados de oro en el dedo
no sabrías sin él Niágaras a tu espalda de espuma
tampoco el sueño duro en que ya nada cabe como nada en el
    huevo
iba el sabio bajo la fábula y volvió la cabeza
nadie sino él mismo recogía las hierbas desdeñadas
así me lloro vacío y lleno de mi pobreza como de sombra

O acabo de inventar la línea recta
todo el horizonte fracasa después de sus mil siglos de ensayos
el mar no te lo perdonará nunca mi Dionysos
recuerda aquella postura en que yo era tu tío y que ha
    eternizado
otra fotografía desenfocada por un temblor de tierra en la luna

VIENTO

Cuando quise volver, no había ya nadie más que aquel frío seco, en cuclillas, fakir famélico. Cogí un rincón de mi recámara y me lo eché sobre los hombros. La noche me quitaba esta sábana para el hijo mimado. La pared se alejaba jugando con él.

Me puse a mirar el Niágara que habrá, detrás y arriba, y la instalación de turbinas necesaria para alimentar alfa voltios de soles y de estrellas. Le pregunté a Esopo a qué hora llegaría: "Anda", me dijo, pues quería calcular la velocidad de mi marcha y la fuerza de mis ideas generales. Pero ahí estaba el viento, para contar mis versos con los dedos. Deshojaba unas margaritas negras, y el último pétalo decía que no invariablemente. En vano denuncié a gritos la trampa. Todas las casas estaban ciegas y sordas como tapias. Hasta las paredes. Hasta los que usan monoclo habrían llorado.

Llamé tan fuerte, que se cayó una estrella: "Formula un deseo", me dijo mi ángel. Entonces abrí el estuche de terciopelo negro y fui sacando las cosas del mundo, poco a poco, ordenándolas. Alguien, sin despertar, dejaba de dormir y lloraba. El sol espiaba cauto entre dos lomas si ya lo había arreglado yo todo, como los cómicos que miran por un agujerito del telón el estado del público.

Sonó el cencerro, al cuello de la iglesia, y las casas echaron a andar rumbo al campo y llegaron a mí, que no podía ir a ellas.

ALEGORÍA

Hemos perdido el tren. ¡Qué gusto! ¿Qué pena? Abrimos las maletas; cada recuerdo vuelve a su sitio. Nos leen libros sin importancia. Nos miman, nos gradúan paulatinamente en gastronomía.

Luego salimos a la calle, y al gritar que nos han robado —¡pero si no acusamos a nadie!— hay un señor patético que ofrece: —Que se me registre.

Es un vendedor de almanaques. Vocea *El más antiguo Galván*. Se tiñe de cristal las barbas y parece lampiño. Es posible que no tenga, en efecto, nuestro reloj. ¿Vamos haciendo el inventario? Una guadaña cortaplumas, en la muñeca un reloj de arena. Alguna bolsa secreta, sin embargo, nos faltará por registrar. Nuestros compañeros no saben zoología, pero ya hemos advertido en él cosas de canguro.

Lo desnudamos al fin y lo sacamos a él mismo, todo de oro, de su bolsa de marsupial. Luego la cosa es muy aburrida, porque tiene él otra bolsa, en la que también está él, que a su vez tiene una bolsa...

¿Cuándo acabaremos de leer a Proust?

NAIPE

Estoy escuchando tras de la puerta. No es correcto, pero hablan de mí: he oído mi nombre, Juan, Francisco, qué sé yo cuál, pero mío. El hombre que es sólo una fotografía de mi padre —nada más, en la noche, el rostro y la barba más blancos que la blancura—, ese hombre afirma que es yo; alza la voz: "...como me llamo..." No oigo bien el final, pero comprendo que ha pronunciado mi nombre, pues de pronto se le ha oscurecido el rostro también, y ya sólo se ve su barba caudal.

Vamos por esa alta vereda, una línea sólo, un alambre a lo más, del filo de las doce. Y cabe él a mi lado, sin embargo, porque es el retrato de mi padre. Si cambiara su paso, si no fuera tan igual al mío, para no sentirme tan solo; si su voz sonara distinta, y en otra boca que la mía, para no mascarme la lengua.

Hay una lámpara a la derecha; acaso el sol. En ella se suicidan mariposas de rostros mal recordados. Él, como está desnudo, se empeña en ir del otro lado, vestido de mi sombra; es tan leve, que le basta apoyarse en la sombra de mi bastón para no cansarse nunca.

En este naipe se dibuja, arriba, un *jack* de corazones, en la mitad de abajo un rey de espadas insomne, que es su reflejo

absurdo, limitados por la línea invisible del filo de las doce.
Pues soy demasiado lampiño para mi sombra, espejo que anti-
cipa medio siglo la imagen.

POÉTICA

Esta forma, la más bella que los vicios, me hiere y escapa por
el techo. Nunca lo hubiera sospechado de una forma que se
llama María. Y es que no pensé en que jamás tomaba el ascen-
sor, temía las escaleras como grave cardíaca, y, sin embargo,
subía a menudo hasta mi cuarto.

Nos conocimos en el jardín de una postal. A mí, bigotes de
miel y mejillas comestibles, los chicos del pueblo me encar-
gaban substituirlos en la memoria de sus novias. Y llegué a
ella paloma para ella de un mensaje que cantaba: "Siempre
estarás oliendo en mí."

Esta forma no les creía. Me prestaba sus orejas para que
oyera el mar en un caracol, o su torso para que tocara la guitarra. Abría su mano como un abanico y todos los termóme-
tros bajaban al cero. Para reírse de mí me dio a morder su
seno, y el cristal me cortó la boca. Siempre andaba desnuda,
pues las telas se hacían aire sobre su cuerpo, y tenía esa grupa
exagerada de los desnudos de Kisling, sólo corregida su volup-
tuosidad por llamarse María.

A veces la mataba y sólo me reprochaba mi gusto por la
vida: "¡Qué truculento tu realismo, hijo!" —Pero no la creáis,
no era mi madre. Y hoy que quise enseñarle la retórica, me
hirió en el rostro y huyó por el techo.

LA INHUMANA

Que encienda la ventana de su asfixiado interior impresionista
la robaré a esa noche que mella sueño a sueño su contorno
aguda   pero afuera

sea el brillo rígido ya de un litoral sólo de proas todo
dibujo de palabras de menta que cuelga un frío del mediodía
todos cabalgando sus sombras y ella diáfana y ella sí libre
sin más que un iris a sus pies de vidrio tatuada de sonrisa
sin sombra   sin Narciso   afuera afuera.

VIENTO

Recuerdo el paraje del aire donde se guardan las cartas perdidas, las palabras que decimos, cuando pasa un tren, seguros
de no ser oídos, y los globos de colores que el cielo va desha-
ciendo —bolas de caramelo—, cada vez más pequeños hasta ser
sólo un punto en su boca azul, y luego nada, sino el llanto,
abajo, de los niños a quienes se escaparon.

Alí Babá llega todas las mañanas a guardar ahí su botín;
por la noche, cuando baja a la tierra y al mar, vigila su retrato, que es sólo un espantador eléctrico. Sin el espantapája-
ros este las cosas echarían a volar.

También recuerdo una gruta submarina en cuyo hueco se
había quedado prisionero, para siempre, un poco de viento.
Con los años había enmudecido y estaba paralítico. Entre las
rejas de algas se asomaban los peces chicos, enseñándole la lengua, y cuando el viento jugaba, afuera, a la tormenta, el agua
se vengaba oprimiéndolo para ahogarlo; crujía tremendamente su carne inasible, y en vano se defendía hundiéndole al
agua balas de burbujas.

Y recuerdo también esa hora del sueño donde se esconden
los hechos que la vida desdeña. Yo pasaba todas las noches, y
arrancaba a hurtadillas algunas imágenes. Como el sol me las
borraba, empecé a guardarlas en un libro de versos. Pero ahí
estaban más muertas todavía.

TEOLOGÍAS

Como caía la tarde, el techo se levantaba, poco a poco, hasta perderse de vista. Y como las paredes huían también, agazapándose, pronto la sala dejó de serlo, ilimitada. Al fondo estaba el hombre grueso y vehemente a quien mal llamábamos Chesterton. Entre sus dedos sólo Milhaud respiraba.

Y como apenas íbamos al final, no había sucedido sino la música. No, no. También había sucedido, un poco, la pintura.

Mientras sus hermanas destrozaban al músico, Eurídice se lamentaba, bisbiseando, a mi lado. Parecía una feminista, pero eras tú: —Sacamos siempre la peor parte. Si es una la que vuelve, ya se sabe, estatua de sal. Y, si Orfeo vuelve el rostro, es a una y no a él a quien de nuevo encierran en el infierno. No es justo, pero es divino.

Yo quería advertirte que en griego se dice de otro modo, pero por aquel tiempo empecé a tener la misma edad de los personajes de mis sueños, para enseñarte a morir sin ruido. Me interesaban dos fichas o fechas equivocadas y, si te hablaba, era sólo de ausencias, de manera que las palabras se resignaran a hacer tan poco, tan casi nada, tan nada de ruido como el silencio. Y nos sentíamos llenos de algo que por comodidad llamamos simplemente Dios. Pero era otra, otra cosa.

EL ESTILO Y EL HOMBRE

Tengo el oriente a mi derecha; ¿qué hace entonces frente a mí la Cruz del Sur? Alguno me explica la cuna y el sepulcro equidistantes, y Dante grita en medio del camino de la vida. Inútil, no llegaré jamás a los cuarenta, ni en mil. Mis amigas se alarman de lo lúgubre de mis ideas. Exponen ejemplos: Julieta extiende su abanico, para que el otro suba por él; los ángeles desatan sus cabellos por los agricultores que lloraban la sequía; el champán se hace albino y el vino de Lesbos sólo las mariposas, en sus consonantes desbordado, pueden libarlo.

Apollinaire y las muchachas en Chapultepec. Queda el eco

del agua que caía. Eco que huele —tierra húmeda, que tiene sabor—, aire húmedo; y color —y los siete del iris. Eco suave de acariciar, en los cabellos húmedos.

Todas las barcas pastan silenciosas. Las niñas riegan sus mejillas, ensayando injertos de jardinería con los muchachos, con los perros, con su propia mano. Barajando coches, el camino cartomántico organiza los raptos. Se juega al águila o sol, el águila se duerme y el sol se pone. Mueren al unísono 2222 cisnes; alargando hacia arriba los cuellos, son más bien 7777 al revés. Les falta director de orquesta y no pudieron ensayar antes nunca. Su música desnuda los árboles y pasa junto a los niños, hiriéndolos en piel de flor. Cae, herida de muerte, mi sensualidad.

Empieza a soplar un norte de librería. Los libros van quedando desnudos de hojas, las almas de pasiones. La última mano "lilial", "anémica", se agita en el andén. No se sabe de fijo si es mano o un pañuelo, porque los gemelos no se utilizan casi nunca para leer poemas. Un frío maravilloso, redondo y blanco, de hielo cósmico, llega directamente desde la Vía Láctea hasta mi nariz, como dicen que enseña Herr Hannz Hörbigers.

NOVELA

En el país donde los hombres se quitan la corbata y el paladar para comer, anocheció una vez un frac, complicado a la derecha por una gran sombra blanca. Había mujeres que salían a la ventana y abandonaban la mejilla sobre cojines de carne. Los domingos, el sol hacía impresionismo, incapaz de dibujar nada; los árboles eran una sola mancha verdinegra; pasaron los atletas de la gran carrera, y se deshacían entre la niebla como los radios de una rueda que gira; las casas, olvidando su vital geometría de verticales y horizontales, se retorcían de humo en un gótico, o un mudéjar, no recuerdo, insufrible. Nuestra Señora de la Aviación estaba al pie de todas las figuras, soplándolas hacia arriba.

Después, un hijo del Greco me dio la noticia de que mi

cuerpo iba en aquel frac excéntrico. Desde entonces era ya demasiado joven para no asombrarme de nada. Además, mi sombra blanca se llamaba muy lindo: Beginning, Maybe, quién sabe cómo. Si le brillaban los ojos, era por sombra niña; pues no tenía pasado. Yo sí, pero lo cambié por un libro.

Cuando las seis hijas de Orlamunda —la menor está muerta— hallaron la salida, se dieron cuenta de que continuaban adentro. Eran el cortejo de bodas, y lo echaron a perder todo con sus lamentos. "Tendrás que trabajar", me lloraba mi madre. Entonces le pedí a Nuestra Señora de la Aviación que me soplara hacia arriba, pero los milagros estaban prohibidos. La sombra blanca pesaba ya de mármol a mi diestra, y me creí vestido para la inauguración de una estatua memorial. Mi discurso era correcto: —"Mármol en que doña Inés..."— y, sin embargo, tampoco este año voy a veranear a una estrella.

PARTÍA Y MORÍA

La casa sale por la ventana, arrojada por la lámpara. Los espejos —despilfarrados, gastan su sueldo el día de pago— lo aprueban.

En ese cuadro en que estoy muerto, se mueve tu mano, pero no puedes impedir que me vea, traslúcida. Acabo de ganar la eternidad de esa postura, y me molesta que me hayan recibido tan fríamente. No me atrevo a dejar el sombrero; le doy vueltas entre mis dedos de atmósfera. Los tres ángulos del rincón me oprimen cerrándose hasta la asfixia, y no puedo valerme. Ese marco rosado no le conviene al asunto. Déjame mirarme en tus dientes, para ponerle uno del rojo más rojo.

Los números me amenazan. Si los oigo, sabré todo lo de tu vida, tus años, tus pestañas, tus dedos, todo lo que ahora cae, inmóvil, como en las grutas —espacio de sólo tres dimensiones.

Nada. Vivimos en fotografía. Si los que duermen nos soñaran, creerían estar soñando. ¿Qué negro ha gritado? Vamos a salir desenfocados, y se desesperará el que está detrás de la luna, retratándonos. El viento empuja el cielo, pero tú dices que ha bajado el telón de la ventana. Duérmete ya, vámonos.

INTERIOR

Las cosas que entran por el silencio empiezan a llegar al cuarto. Lo sabemos, porque nos dejamos olvidados allá adentro los ojos. La soledad llega por los espejos vacíos; la muerte baja de los cuadros, rompiendo sus vitrinas de museo; los rincones se abren como granadas para que entre el grillo con sus alfileres; y, aunque nos olvidemos de apagar la luz, la oscuridad da una luz negra más potente que eclipsa a la otra.

Pero no son éstas las cosas que entran por el silencio, sino otras más sutiles aún; si nos hubiéramos dejado olvidada también la boca, sabríamos nombrarlas. Para sugerirlas, los preceptistas aconsejan hablar de paralelas que, sin dejar de serlo, se encuentran y se besan. Pero los niños que resuelven ecuaciones de segundo grado se suicidan siempre en cuanto llegan a los ochenta años, y preferimos por eso mirar sin nombres lo que entra por el silencio, y dejar que todos sigan afirmando que dos y dos son cuatro.

HISTORIA SAGRADA

Se hablaba de un desfile de camellos bajo el arco de triunfo del ojo de las agujas. De remolcadores como tortugas, bajo el puente de Brooklyn. Un niño levantaba en su diábolo ese paisaje en el que Cristo araba el mar. Sembraba amor, pero los periódicos se obstinaban en hablar sólo de tempestades. Lo demás sucedía, todo y siempre, submarino, subterráneo y subconsciente. Un ciego cogía el arcoíris e improvisaba solos de violín en el horizonte. Pasaban los aeroplanos sobre el alambre de su estela, tendiendo ropa a secar. Las nubes no se cuidaban de merecer nada. El cielo marinero fumaba echando el humo por los ojos. Y como era el día del juicio, todos los gallos tocaban sus cornetas, anunciando la noche.

Después del Diluvio, el camino cojeaba un poco; le dieron las muletas de un puente. Unas mujeres le prendían sobre la espalda banderillas de lujo. También yo cojeaba, herido en el tendón del muslo por el ángel nono, en la escalera de la noche. La cerca de piedra se reflejaba exacta en el camino. La sierpe de piedra tenía en su boca la manzana. De cerca parecía un árbol redondo, pues estaba verde. Por eso la mujer no se la comía toda. Adán lloraba con la frente: "¿Tú crees aún en las cigüeñas?", le interrumpía su pérfida esposa. Y todos estábamos tristes, porque ya por entonces sólo era el Verbo solo.

Pero, en realidad, yo había empezado el libro por el índice.

MARAVILLAS DE LA VOLUNTAD

Oh, Miss Hannah, ¿quién tuvo la culpa? —Tú, atada al mármol, ¿no lo eras también, helada y virgen? Oh, Miss Hannah, Capicúa: lo sajón te lo leía yo en el rostro, pero en el pie mis amigas, que te lo veían inmenso, todo el Oriente en los suyos tapatíos. Capicúa. —Ay, tu sajona voluntad sin empleo.

Una luna rival cortó afilada el candado de los leones verdaderos. Miss Hannah, atada al mármol, para devorada de mentirijillas, y el Director que huía, y las armas inútiles por sus balas de salva, y sálvese el que pueda, y Miss Hannah no podía, y el héroe no lo era tanto, y ella era la Ingenua en aquella película, pero aún no la escena en que tenía que llorar y no lo había ensayado.

La elegancia, decía Brummel, es pasar inadvertido. ¿Qué más la vida, en aquel trance? Pero desaparecer era imposible, y su terror, creciente voluntad de salvarse, y deseó y logró convertirse en maniquí. Los leones no pierden el tiempo devorando paja, pues ignoran las ventajas de ser vegetariano. Si husmean carne cerca, la respetan.

Pero ya maniquí, ¡adiós voluntad!, jamás serás la Ingenua. El Director dice que sí, y te adapta un curioso mecanismo para terminar la película. La empresa sale ganando tu sueldo fabuloso y yo este sueño capicúa.

AUTORRETRATO O DEL SUBWAY

1. Perfil

Viento nomás pero corregido en cauces de flauta
con el pecado de nombrar quemándome hijo en un hilo de mis
    ojos suspenso
adiós alta flor sin miedo y sin tacha condenada a la Geografía
y a un litoral con sexo tú vertical pura inhumana
adiós Manhattan abstracción roída de tiempo y de mi prisa
    irremediable
caer
fantasma anochecido de aquel río que se soñaba encontrado en
    un solo cauce
volver en la caída noche al sube y baja del Niágara
qué David tira la piedra de aire y esconde la honda
y no hay al frente una frente que nos justifique habitantes de
    un eco en sueños
sino un sonámbulo ángel relojero que nos despierta en la
    estación precisa
adiós sensual sueño sensual Teología al sur del sueño
hay cosas ay que nos duele saber sin los sentidos

2. Vuelo

Ventana a no más paisaje y sin más dimensiones que el tiempo
noche de cerbatana nos amanecería un sol de alambre sólo
hay pájaros que no aclimatan su ritmo a un poco balas
ríos alpinistas que nacen al nivel de sueños sin pájaros
y no se mueren ni matan a balas perdidas que nadie ha gritado

ahorcada cortina forma dura que corriges mi inglés y mi julio
mi pulso insegura línea fría del frío bailada de electricidad
   alambrista
enjaulados nosotros o el tiempo cebra inmóvil patinadora en
   llamas
la prisa une los postes la reja es ya muro se despluma contra él
   la plegaria
pisada lineal los numerales hacen hoy más esta ciudad una
   mera hipótesis
recuerdo una sonrisa que yo sabía pronunciar delgado la llamaba Carmen de ti
y alguien que era más sensual y más puro
y qué pena en realidad el sueño no se casa con sus amantes
y se amanece al fin de cuando en vez de nieve espuma de un
   mar más alto
llamémosla en llamas Jesús

EL LLAMADO SÁNDALO

La mejor olvidada se alza ahora con sus cosas de humo, blanca,
a pensarme dormido. Pero, si no la sueño, ¿para qué ese afán
suyo de sustituir con figuras sus palabras? Así no se conversa
despierto. No dice: Casa; traza su uña unas líneas muy finas,
blancas, sobre la noche azul, y es el proyecto en heliograbado
de una casa.

La fachada no tiene importancia. La reja sí: repite ese dibujo que en sánscrito, lectores de diccionarios, quiere decir
sándalo. Pero es simplemente de hierro. Se abre de guillotina.
No es necesario gritarle sésamo, mentira. Y es mejor pasar a
través de ella, pues el dibujo, al desgarrarlas, deja las ropas
olorosas a su raíz sánscrita. Entonces se es, nada más y basta,
sensual.

Yo conocí una quimera; no son demasiado escalofriantes. Se
parecen a los querubines. Nada más la cabeza alada, que de noche, en la sombra, hasta sin viento, sube a golpear los cristales
de todos los balcones. La bauticé muy raro: Lupe, y era la

música. En esto no entraba el corazón para nada, pues era vecina de Pitágoras. Otra vez Descartes cerró los ojos, ante su estufa nórdica, y no escribió un discurso. Aprendió que hay un ojo y una lengua en cada poro. ¿Y aquella caverna en que me perdí, de niño, para encontrarme sabores?

Porque la carne no es tan triste —¡bah!— ni cuando se sueñan raíces sánscritas. Mañana, ¡y qué!, *memento, homo,* es el cubismo.

ESCENA DE MELODRAMA

La miro perderse, nacida de mi mano, por un paisaje urbano que mis ojos sacuden para limpiarlo de nubes o de polvo. Es que la recuerdo olvidada. Dura, sale virgen del día, pero ya no del todo blanca. Su hermana, gris, va marcando como una señal imperceptible las casas en que habrá, al día siguiente, escenas desgarradoras. Me encantaría que vivieran en la casa de enfrente. Acaso tienen secretos.

Mi sombra encuentra fácil saltar por el balcón, silenciosa. El código no es muy severo en este punto. ¿El primer electricista lo sabía? Se hubiera ahorrado tantas escenas de celos el Olimpo. Una lluvia de oro es demasiado rastacuera, se llama el sistema capitalista y todos lo saben. Los cisnes hacen demasiado ruido golpeando el agua retórica. Los toros se prestan a alusiones demasiado fáciles. Pero una sombra.. Más sabia su esposa, que se daba vestida de nube.

Como no quedan huellas, casi no es pecado. Y mis palabras tienden del mío a su balcón un puente. Tan frágil, que sólo se aventuran por él pensamientos sonreídos, como niños. Por él llega hasta mi cuarto su hermana, que no existe. Se recarga, gris, en el muro. Inmensa y gris. Y cantamos la misma voz. Cantamos alargando desesperadamente, como sombra en el muro, las palabras. Porque nos parece que enfrente hay alguien que sólo espera el desenlace de nuestra canción para suicidarse. Y queremos salvarle la vida, pues ¿por qué lo hace, si una sombra no deja, casi, huellas?

PERSEO VENCIDO

A José Vasconcelos

MADRIGAL POR MEDUSA

No ME sueltes los ojos astillados,
se me dispersarían sin la cárcel
de hallar tu mano al rehuir tu frente,
dispersos en la prisa de salvarme.

Embelesado el pulso, como noche
feliz cuyos minutos no contamos,
que es noche nada más, amor dormido,
dolor bisiesto emparedado en años.

Cante el pez sitibundo, preso en redes
de algas en tus cabellos serpentinos,
pero su voz se hiele en tu garganta
y no rompa mi muerte con su grito.

Déjame así, de estatua de mí mismo,
la cabeza que no corté, en la mano,
la espada sin honor, perdido todo
lo que gané, menos el gesto huraño.

SINDBAD EL VARADO

(BITÁCORA DE FEBRERO)

Encontrarás tierra distinta de tu tierra, pero
tu alma es una sola y no encontrarás otra.
Sindbad el marino

Because I do not hope to turn again
Because I do not hope
Because I do not hope to turn.
T. S. ELIOT

Día primero,
EL NAUFRAGIO

Esta mañana te sorprendo con el rostro tan desnudo que
    temblamos;
sin más que un aire de haber sido y sólo estar, ahora,
un aire que te cuelga de los ojos y los dientes,
correveidile colibrí, estático
dentro del halo de su movimiento.
Y no hablas. No hables,
que no tienes ya voz de adivinanza
y acaso te he perdido con saberte,
y acaso estás aquí, de pronto inmóvil,
tierra que me acogió de noche náufrago
y que al alba descubro isla desierta y árida;
y me voy por tu orilla, pensativo, y no encuentro
el litoral ni el nombre que te deseaba en la tormenta.

Esta mañana me consume en su rescoldo la conciencia de mis
    llagas;
sin ella no creería en la escalera inaccesible de la noche
ni en su hermoso guardián insobornable:
aquí me hirió su mano, aquí su sueño,
en Emel su sonrisa, en luz su poesía,
su desamor me agobia en tu mirada.

69

Y luché contra el mar toda la noche,
desde Homero hasta Joseph Conrad,
para llegar a tu rostro desierto
y en su arena leer que nada espere,
que no espere misterio, que no espere.

Con la mañana derogaron las estrellas sus señales y sus leyes
y es inútil que el cartógrafo dibuje ríos secos en la palma de
   la mano.

Día dos,
EL MAR VIEJO

Varado en alta sierra, que el diluvio
y el vagar de la huida terminaron.

Te ascendieron a cielo, mar, y a turbios
y lentos nubarrones a tu oleaje.
Por tu plateada orilla de eucaliptos
salta el pez volador llamado alondra,
mas yo estoy en la noche de tu fondo
desvelado en la cuenta de mis muertos:

el Lerma cenagoso, que enjugaba
la desesperación de los saúces;
el Rímac, sitibundo entre los médanos;
el helado diamante del Mackenzie
y la esmeralda sin tallar del Guayas,
todos en ti con mi memoria hundidos,
mar jubilado cielo, mar varado.

Día tres,
AL ESPEJO

Me quedo en tus pupilas, sin convite a tu fiesta de fantasmas.
Adentro todos trenzan sus efímeros lazos,

yo solo afuera, y sin amor, mas prisionero,
yo, mozo de cordel, con mi lamento, a tu ventana,
yo, nuevo triste, yo, nuevo romántico.

Dentro de ti, las nupcias de hielo al sol del árbol y la nube,
pareadas risas que se pierden por perdidos senderos,
la inevitable luna casi líquida,
el agua rota en trinos y en su música un lirio y una abeja en
　　su estigma
y en su aguijón tu anhelo de olvidarme.

Yo, en alta mar de cielo
estrenando mi cárcel de jamases y siempres.

Dentro de ti, la casa, sus palmeras, su playa,
el mal agüero de los pavos reales,
jaibas bibliopiratas que amueblan sus guaridas con mis versos,
y al fondo el amarillo amargo mar de Mazatlán
por el que soplan ráfagas de nombres.
Mas si gritan el mío responden muchos rostros que yo no
　　conocía
o que borró una esponja calada de minutos,
como el de ese párvulo que esta noche se siente solo e íntimo
y que suele llorar ante el retrato
de un gambusino rubio que se quemó en rosales de sangre al
　　mediodía.

Día cuatro,
ALMANAQUE

Todos los días 4 son domingos

porque los Owen nacen ese día,
cuando Él, pues descansa, no vigila
y huyen de sed en sed por su delirio.

Y, además, que ha de ser martes el 13
en que sabrán mi vida por mi muerte.

Día cinco,
VIRGIN ISLANDS

Me acerco a las prudentes Islas Vírgenes
(la canela y el sándalo, el ébano y las perlas,
y otras, las rubias, el añil y el ámbar)
pero son demasiado cautas para mi celo
y me huyen, fingiéndose ballenas.

Ignorantina, espejo de distancias:
por tus ojos me ve la lejanía
y el vacío me nombra con tu boca,
mientras tamiza el tiempo sus arenas
de un seno al otro seno por tus venas.

Heloísa se pone por el revés la frente
para que yo le mire su pensar desde afuera,
pero se cubre el pecho cristalino
y no sabré si al fin la olvidaría
la llama errante que me habitó sólo un día.

María y Marta, opuestos sinsabores
que me equilibraron en vilo
entre dos islas imantadas,
sin dejarme elegir el pan o el sueño
para soñar el pan por madurar mi sueño.

La inexorable Diana, e Ifigenia,
vestal que sacrifica a filo de palabras
cuando a filo de alondras agoniza Julieta,
y Juana, esa visión dentro de una armadura,
y Marcia, la perennemente pura.

Y Alicia, Isla, país de maravillas,
y mi prima Águeda en mi hablar a solas,
y Once Mil que se arrancan los rostros y los nombres
por servir a la plena de gracia, la más fuerte
ahora y en la hora de la muerte.

Día seis,
EL HIPÓCRITA

Este camino recto, entre la niebla,
entre un cielo al alcance de la mano,
por el que mudo voy, con escondido
y lento andar de savia por el tallo,
sin mi sombra siquiera para hablarme.
Ni voy —¿a dónde iría?—, sólo ando.

Niebla de los sentidos: no mirar
lo que puede esperarme allí, a diez pasos,
aunque sé que otros diez pasos me esperan;
frígida niebla que me anubla el tacto
y no me deja oírla ni gustarla
y echa el peso del cielo a mi cansancio.

Este río que no anda, y que me ahoga
en mis virtudes negativas: casto,
y es hora de cuidarme de mi hígado,
hora de no jurar Su Nombre en vano,
de bostezar, al verme en el espejo,
de oír silbar mi nombre en el teatro.

Día siete,
EL COMPÁS ROTO

Pero esta noche el capitán, borracho
de ron y de silencios,

73

me deja la memoria a la deriva,
y este viento civil entre los árboles
me sabe amar, me sabe a mar colérico en los mástiles,
a memoria morosa en las heridas,
a norte y sur de rosa de los tiempos.

Día ocho,
LLAGADO DE SU MANO

La ilusión serpentina del principio
me tentaba a morderte fruto vano
en mi tortura de aprendiz de magia.

Luego, te fuiste por mis siete viajes
con una voz distinta en cada puerto
e idéntico quemarte en mi agonía.

Lascivia temblorosa de las tardes de lluvia
cuando tu cuerpo balbucía en Morse
su respuesta al mensaje del tejado.

Y la desesperada de aquel amanecer
en el Bowery, transidos del milagro,
con nuestro amor sin casa entre la niebla.

Y la pluvial, de una mirada sola
que te palpó, en la iglesia, más desnuda
vestida en carmesí lluvia de sangre.

Y la que se quedó en bajorrelieves
en la arena, en el hielo y en el aire,
su frenesí mayor sin tu presencia.

Y la que no me atrevo a recordar,
y la que me repugna recordar,
y la que ya no puedo recordar.

Día nueve,
LLAGADO DE SU DESAMOR

Hoy me quito la máscara y me miras vacío
y ves en mis paredes los trozos de papel no desteñido
donde habitaban tus retratos,
y arriba ves las cicatrices de sus clavos.

De aquel rincón manaba el chorro de los ecos,
aquí abría su puerta a dos fantasmas el espejo,
allí crujió la grávida cama de los suplicios,
por allá entraba el sol a redimirnos.

Iba la voz sonámbula del pecho combo al pecho,
sin tenerse a clamar en el desierto;
ahora la ves, quemada y sin audiencia,
esparcir sus cenizas por la arena.

Iba la luz jugando de tus dientes a mis ojos,
su llamarada negra te subía de los hombros,
se desmayaba en sus deliquios en tus manos,
su clavel ululaba en mi arrebato.

Ahora es el desvelo con su gota de agua
y su cuenta de endrinas ovejas descarriadas,
porque no viven ya en mi carne
los seis sentidos mágicos de antes,
por mi razón, sin guerra, entumecida,
y el despecho de oírte: "Siempre seré tu amiga",
para decirme así que ya no existo,
que viste tras la máscara y me hallaste vacío.

Día diez,
LLAGADO DE SU SONRISA

Ya no va a dolerme el mar,
porque conocí la fuente.

¡Qué dura herida la de su frescura
sobre la brasa de mi frente!
Como a la mano hecha a los espinos
la hiere con su gracia la rosa inesperada,
así quedó mi duelo
crucificado en tu sonrisa.

Ya no va a dolerme el viento,
porque conocí la brisa.

Día once,
LLAGADO DE SU SUEÑO

Encima de la vida, inaccesible,
negro en los altos hornos y blanco en mis volcanes
y amarillo en las hojas supérstites de octubre,
para fumarlo a sorbos lentos de copos ascendentes,
para esculpir sus monstruos en las últimas nubes de la tarde
y repasar su geometría con los primeros pájaros del día.

Debajo de la vida, impenetrable,
veta que corre, estampa del río que fue otrora,
y del que es, cenote de un Yucatán en carne viva,
y Corriente del Golfo contra climas estériles,
y entrañas de lechuzas en las que leo mis augurios.

Al lado de la vida, equidistante
de las hambres que no saciamos nunca
y las que nunca saciaremos,
pueril peso en el pico de la pájara pinta
o viajero al acaso en la pata del rokh,
hongo marciano, pensador y tácito,
niño en los brazos de la yerma, y vida,
una vida sin tiempo y sin espacio,
vida insular, que el sueño baña por todas partes.

Día doce,
LLAGADO DE SU POESÍA

Tu tronco de misterio es lo que me apuntala un cielo en
   ruinas.
Mis ojos solos no podían ya evitarme su caída.
Me enredo en sus raíces de lecturas mal soñadas,
me agosto en su hojarasca de frustradas invenciones,
pero tu tronco sobrevive a mis inviernos.

Lo ven por fuera, retorcido, muerto, oscuro,
pero hay una rendija para fisgar, y miro:

Yo voy por sus veredas claustradas que ilumina
una luz que no llega hasta las ramas
y que no emana de las raíces,
y que me multiplica, omnipresente,
en su juego de espejos infinito.

Yo cruzo sin respiro por su aire irrespirable
que desnuda un prodigio en cada voz con sólo dibujarla
y en cada pensamiento con sentirlo.

Me asomo a sus inmóviles canales y me miro
de pájaro en el agua o de pez en el aire,
ahogándome en las formas mutables de su esencia.

Día trece,
EL MARTES

Pero me romperé. Me he de romper, granada
en la que ya no caben los candentes espejos biselados,
y lo que fui de oculto y leal saldrá a los vientos:

Subirán por la tarde purpúrea de ese grano,
o bajarán al ínfimo ataúd de ese otro,

y han de decir: "Un poco de humo
se retorcía en cada gota de su sangre."
Y en el humo leerán las pausas sin sentido
que yo no escribí nunca por gritarlas
y subir en el grito a la espuma de sueño de la vida.

A la mitad de una canción, quebrada
en áspero clamor de cuerda rota.

Día catorce,
PRIMERA FUGA

Por senderos de hienas se sale de la tumba
si se supo ser hiena,
si se supo vivir de los despojos
de la esposa llorada más por los funerales que por muerta,
poeta viudo de la poesía,
lotófago insaciable de olvidados poemas.

Día quince,
SEGUNDA FUGA
("Un coup de dés")

Alcohol, albur ganado, canto de cisne del azar.
Sólo su paz redime del Anciano del Mar
y de su erudita tortura.
Alcohol, ancla segura y abolición de la aventura.

Día dieciséis,
EL PATRIOTERO

Para qué huir. Para llegar al tránsito
heroico y ruin de una noche a la otra

78

por los días sin nadie de una Bagdad olvidadiza
en la que ya no encontraré mi calle;
a andar, a andar por otras de un infame pregón en cada
   esquina,
reedificando a tientas mansiones suplantadas.

Acaso los muy viejos se acordarán a mi cansancio,
o acaso digan: "Es el marinero
que conquistó siete poemas,
pero la octava vez vuelve sin nada."

El cielo seguirá en su tarea pulcra
de almidonar sus nubes domingueras,
¡pero en mis ojos ha llovido en tantos deplorables paisajes!

La luz miniaturista seguirá dibujando
sus intachables árboles, sus pájaros exactos,
¡pero sobre mi frente no han arado en el mar tantas tinieblas!

La catedral sentada en su cátedra docta
dictará sumas de arte y teología,
pero ya en mis orejas sólo habita el zumbido
de un diablillo churrigueresco
y una cascada con su voz de campana cascada.

No huir. ¿Para qué? Si este dieciséis de Febrero borrascoso
volviera a serlo de Septiembre.

Día diecisiete,
NOMBRES

Preso mejor. Tal vez así recuerde
otra iglesia, la catedral de Taxco,
y sus piedras que cambian de forma con la luz de cada hora.
Las calles ebrias tambaleándose por cerros y hondonadas,

y no lo sé, pero es posible que llore ocultamente,
al recorrer en sueños algún nombre:
"Callejón del Agua Escondida."

O bajaré al puerto nativo
donde el mar es más mar que en parte alguna:
blanco infierno en las rocas y torcaza en la arena
y amarilla su curva femenil al poniente.
Y no lo sé, pero es posible que oiga mi primer grito
al recorrer en sueños algún nombre:
"El Paseo de Cielo de Palmeras."

O en Yuriria veré la mocedad materna,
plácida y tenue antes del Torbellino Rubio.
Ella estará deseándome en su vientre
frente al gran ojo insomne y bovino del lago,
y no lo sé, pero es posible que me sienta nonato
al recorrer en sueños algún nombre:
"Isla de la Doncella que aún Aguarda."

O volveré a leer teología en los pájaros
a la luz del Nevado de Toluca.
El frío irá delante, como un hermano más esbelto y grave
y un deshielo de dudas bajará por mi frente,
y no lo sé, pero es posible que me mire a mí mismo
al recorrer en sueños algún nombre:
"La Calle del Muerto que Canta."

Día dieciocho,
RESCOLDOS DE PENSAR

Cómo me cantarías sino muerto
al descubrir de pronto bajo el cielo de plomo de un retrato
el pensamiento estéril y la tenaz memoria en esa frente,
si sobre su oleaje ahora atardecido
surcaron formas plácidas,
y una vez, una vez —ayer sería—

amaneció en laureles junto a la media luna de tu seno,
y esta vez, esta vez —razón baldía—
sólo es conciencia inmóvil y memoria.

Día diecinueve,
RESCOLDOS DE SENTIR

En esa frente líquida se bañaron Susanas como nubes
que fisgaban los viejos desde las niñas de mis ojos púberes.

Cuando éramos dos sin percibirlo casi;
cuando tanto decíamos la voz *amor* sin pronunciarla;
cuando aprendida la palabra mayo
la luz ya nos untaba de violetas;
cuando arrojábamos perdida nuestra mirada al fondo de la
    tarde,
a lo hondo de su valle de serpientes,
y el ave rokh del alba la devolvía llena de diamantes,
como si todas las estrellas nos hubiesen llorado
toda la noche, huérfanas.

Y cuando fui ya sólo uno
creyendo aún que éramos dos,
porque estabas, sin ser, junto a mi carne.
Tanto sentir en ascuas,
tantos paisajes malhabidos,
tantas inmerecidas lágrimas.

Y aún esperan su cita con Nausícaa
para llorar lo que jamás perdimos.

El Corazón. Yo lo usaba en los ojos.

Día veinte,
RESCOLDOS DE CANTAR

Más supo el laberinto, allí, a su lado,
de tu secreto amor con las esferas,
mar martillo que gritas en yunques pitagóricos
la sucesión contada de tus olas.

Una tarde inventé el número siete
para ponerle letra a la canción trenzada
en el corro de niñas de la Osa Menor.

Estuve con Orfeo cuando lo destrozaban brisas fingidas vientos,
con San Antonio Abad abandoné la dicha
entre un lento lamento de mendigos,
y escuché sin amarras a unas sirenas que se llamaban Niágara,
o Tequendama, o Iguazú.

Y la guitarra de Rosa de Lima
transfigurada por la voz plebeya,
y los salmos, la azada, el caer de la tierra
en el sepulcro del largo frío rubio
que era idéntico a Búffalo Bill
pero más dueño de mis sueños.

Todo eso y más oí, o creí que lo oía.

Pero ahora el silencio congela mis orejas;
se me van a caer pétalo a pétalo;
me quedaré completamente sordo;
haré versos medidos con los dedos;
y el silencio se hará tan pétreo y mudo
que no dirá ni el trueno de mis sienes
ni el habla de burbujas de los peces.

Y no habré oído nunca lo que nadie me dijo:
tu nombre, poesía.

Día veintiuno,
RESCOLDOS DE GOZAR

Ni pretendió empañarlo con decirlo
esa cuchillada infamante
que me dejaron en el rostro
oraciones hipócritas y lujurias bilingües
que merodeaban por todos los muelles.

Ni ese belfo colgado a ella por la gula
en la kermesse flamenca de los siete regresos.

Ni esos diez cómplices impunes
tan lentos en tejer mis apetitos
y en destejerlos por la noche.
Y mi sed verdadera
sin esperanza de llegar a Itaca.

Día veintidós,
TU NOMBRE, POESÍA

Y saber luego que eres tú
barca de brisa contra mis peñascos;
y saber luego que eres tú
viento de hielo sobre mis trigales humillados e írritos:
frágil contra la altura de mi frente,
mortal para mis ojos,
inflexible a mi oído y esclava de mi lengua.

Nadie me dijo el nombre de la rosa, lo supe con olerte,
enamorada virgen que hoy me dueles a flor en amor dada.

Trepar, trepar sin pausa de una espina a la otra
y ser ésta la espina cuadragésima,
y estar siempre tan cerca tu enigma de mi mano,
pero siempre una brasa más arriba,

siempre esa larga espera entre mirar la hora
y volver a mirarla un instante después.

Y hallar al fin, exangüe y desolado,
descubrir que es en mí donde tú estabas,
porque tú estás en todas partes
y no sólo en el cielo donde yo te he buscado,
que eres tú, que no yo, tuya y no mía,
la voz que se desangra por mis llagas.

Día veintitrés,
Y TU POÉTICA

Primero está la noche con su caos de lecturas y de sueños.
Yo subo por los pianos que se dejan encendidos hasta el alba;
arriba el día me amenaza con el frío ensangrentado de su aurora
y no sabré el final de ese nocturno que empezaba a dibujarme,
ni las estrellas me dirán cuál fue, cabal, mi nombre. Ni mi
    rostro.

Si no es amor, ¿qué es esto que me agobia de ternura?
Mañana inútil: pájaros y flores sin testigos.
La esposa está dormida y a su puerta imploro en vano;
querrá decir mi nombre con los labios incoloros entreabiertos,
los párpados pesados de buscarme por el cielo de la muerte.

Mas no estaré en sus ojos para verme renacer al despertarse
y cuando me abra, al fin, preguntará sin voz: ¿quién eres?
El luto de la casa —todo es humo ya y lo mismo— que jamás
    habitaremos;
el campo abierto y árido que lleva a todas partes y a ninguna.
¿A dónde, a qué otra noche, irá el viudo por la tarde borrascosa?

Día veinticuatro,
Y TU RETÓRICA

Si lo escribió mi prisa feliz, ¿con qué palabras,
cómo dije: "palomas cálidas de tu pecho"?
En sus picos leería: brasa, guinda, clamor,
pero la luz recuerda más duro su contorno
y el aire el inflexible número de su arrullo.

Y diría: "palomas de azúcar de tu pecho",
si endulzaban el agua cuando entrabas al mar
con tu traje de cera de desnudez rendida,
pero el mar las sufría proras inexorables
y aún sangran mis labios de morder su cristal.

Después, si dije: "un hosco viento de despedidas",
¿qué palabras de hielo hallé sobre mi grito?
No recuerdos, ni angustias, ni soledades. Sólo
el rencor de haber dicho tu estatua con arenas
y haberla condenado a vida, tiempo, muerte.

Y escribiría: "un horro vendaval de vacíos"
la estéril mano álgida que me agostó mis rosas
y me quemó la médula para decir apenas
que nunca tuve mucho que decir de mí mismo
y que de tu milagro sólo supe la piel.

Día veinticinco,
YO NO VI NADA

Mosca muerta canción del no ver nada,
del nada oír, que nada es.

De yacer en sopor de tierra firme
con puertos como párpados cerrados, que no azota
la tempestad de un mar de lágrimas
en el que no logré perderme.

85

De estar, mediterránea charca aceda,
bajo el sueño dormido de los pinos, inmóviles
como columnas en la nave de una iglesia abandonada,
que pudo ser el vientre
de la ballena para el viaje último.

De llamar a mi puerta y de oír que me niegan
y ver por la ventana que sí estaba yo adentro,
pues no hubo, no hubo
quien cerrara mis párpados a la hora de mi paso.

Sucesión de naufragios, inconclusos
no por la cobardía de pretender salvarme,
pues yo llamaba al buitre de tu luz
a que me devorara los sentidos,
pero mis vicios renacían siempre.

Día veintiséis,
SEMIFINAL

Vi una canción pintada de limón amarillo
que caía sin ruido de mi frente vencida,
y luego sus gemelas una a una.
Este año los árboles se desnudaron tan temprano.

Ya será el ruido cuando las pisemos;
ya será de papel su carne de palabras,
exánimes sus rostros en la fotografía,
ciudad amalecita que el furor salomónico ha de poblar de
    bronces,
ya no serán si van a ser de todos.

Fueron sueño sin tregua, delirio sin cuartel,
amor a muerte fueron y perdí.

Día veintisiete,
JACOB Y EL MAR

Qué hermosa eres, Diablo, como un ángel con sexo pero mucho
   más despiadada,
cuando te llamas alba y mi noche es más noche de esperarte,
cuando tu pie de seda se clava de caprina pezuña en mi
   abstinencia,
cuando si eres silencio te rompes y en mis manos repican a
   rebato tus dos senos,
cuando apenas he dicho amor y ya en el aire está sin boca el
   beso y la ternura sin empleo aceda,
cuando apenas te nombro flor y ya sobre el prado ruedan los
   labios del clavel,
cuando eres poesía y mi rosa se inclina a oler tu cifra y te me
   esfumas.

Mañana habrá en la playa otro marino cojo.

Día veintiocho,
FINAL

Mañana. Acaso el sol golpea en dos ventanas que entran en
   erupción.
Antes salen los indios que pasan al mercado tiritando con todo
   el trópico a la espalda.
Y aún antes
los amantes se miran y se ven tan ajenos que se vuelven la
   espalda.

Antes aún
ese ángel de la guarda que se duerme borracho mientras allí a
   la vuelta matan a su pupilo:
¿Qué va a llevar más que el puñal del grito último a su Amo?
¿Qué va a mentir?

"Lo hiciste cieno y vuelve humo pues ardió como Te amo."

Tal vez mañana el sol en mis ojos sin nadie,
tal vez mañana el sol,
tal vez mañana,
tal vez.

Bogotá, 1942.

TRES VERSIONES SUPERFLUAS

(PARA EL DÍA VEINTINUEVE DE LOS AÑOS BISIESTOS)

PRIMERA

DISCURSO DEL PARALÍTICO

> Encadenado al orden.
> Abate BREMOND

> Cómo fatiga el orden.
> ESPRONCEDA

Encadenado al cielo, en paz y orden,
mutilado de todo lo imperfecto,
en esta soledad desmemoriada
—paisaje horizontal de arena o hielo—
nada se mueve y ya nada se muere
en la pureza estéril de mi cuerpo.

Sólo la ausencia. Sólo las ausencias.
A la luz que me ofusca, en el silencio
del aire ralo inmóvil que me envuelve
en las nubes de roca de este cielo
de piedra de mi mundo de granito,
sólo una ausencia viuda de recuerdos.

Pues quise ver la lumbre en las ciudades
malditas. Quise verlas flor de fuego.
Quise verlas el miércoles. Al frente
no me esperaba ya sino un incesto
y el carnaval quemaba en sus mejillas
el último arrebol de mi deseo.

Aquí me estoy. La sal va por mis brazos
y no llega a mis ojos, río yerto,
río más tardo aún que la cisterna
del pulso de mi sombra en el espejo,
camino desmayado aquí, a la puerta
de mi Cafarnaúm, allí, tan lejos.

No ser y estar en todas las fronteras
a punto de olvidarlo o recordarlo todo totalmente.
En mi lenguaje de crepúsculos
no hay ya las voces mediodía, ni altanoche, ni sueño.

Por mi cuerpo tendido no han de llegar las olas a la playa
y no habrá playas nunca,
y por mí, horizontal, no habrá nunca horizontes.

Hosco arrecife, aboliré los litorales.
Los barcos vagarán sin puerto y sin estela
—pues yo estaré entre su quilla y el agua—
40 noches y 40 días,
hasta la consumación de los siglos.

(Si tuviera mis ojos, mis dedos, mis oídos,
iba a pensar una disculpa para cantarla esa mañana.)

Venganza, en carne mía, de la estatua
que condené para mi gula al tiempo,
a moverse, olvidada de sus límites,
a palabras de vidrio sus silencios.
Venganza de la estatua envejecida
por el fláccido mármol de su seno.

Y Coventry. La lumbre que mis ojos
en los ijares lánguidos hundieron,
Lady Godiva que se me esfumaba
muy nube arrebatada por el viento,

90

y era Diana dura, o sus lebreles,
o la hija de Forkis y de Ceto.

Porque yo tuve un día una mañana
y un amor. Fino y frío amor, tan claro
que lo empañaba el tacto de pensarlo.

Vi al caballo de azogue y al pez lúbrico
por cuya piel los ríos se deslizan,
lentos para su imagen evasiva.

Y tendría también un nombre, pero
no logró aprehenderlo la memoria,
pues mudaba de sílabas su idioma
cuando las estaciones de paisajes.

Aún canta el hueco que dejó en mi mano
la traslúcida mano de su sombra,
y en mi oreja el mar múltiple del eco
de sus pausas aún brilla.

Huyó la forma de su pensamiento
a la Belén alpina o subterránea
donde los ríos nacen, y velaron
su signo las palomas de Dodona.

Y una voz en las rutas verticales
del mediodía al mediodía por mis ojos:

"Cuando el sol se caía del cielabril de México
el aire se quedaba iluminado hasta la aurora."

"Las muchachas pasaban como cocuyos
con un incendio de ámbar a la grupa,
y en nuestros rostros de ángeles ardían canciones y alcoholes
con una llama impúdica e impune."

"Nuestras sombras se iban de nosotros,
amputaban de nuestros pies los suyos
para irse a llorar a los antípodas
y decíamos luna y miel y triste y lágrima
y eran simples figuras retóricas."

(¿No recuerdas, Winona, no recuerdas
aquel cuarto de Chelsea? El alto muro
contra los muros altos, y las cuerdas
con su ropa a secar al aire impuro.

Y el río de tu cuerpo, desbordado
de luz de desnudez, y más desnuda
adentro de sus aguas, tú, y al lado
tuyo tu alma mucho más desnuda.

Y recuerda, Winona, aquel instante
de aquel estío que arrojó madura
tu cereza en la copa del amante.

Y el grito que me guiaba en la espesura
de tu fiebre, y mi fiebre calcinante
entrelazada a tu desgarradura.)

Pero la tarde todo lo diluye.

La luz revela sus siete pecados
que nos fingieron una salud sola
y oímos y entendemos y decimos
las blandas voces que a la voz repugnan:
lágrimas, miel, candor, melancolía.

Porque la tarde todo lo dispersa.

Todas las mozas del mundo destrenzan sus brazos y acaba la
    ronda.

A las seis de la tarde se sale de las cárceles
y están cerradas las iglesias.
Nada nos ata a nada
y, en libertad, pasamos.

Mirad, la tarde todo me dispersa.

Que ya despierte el que me sueña.

Va a despertar exhausto, Segismundo:
un helado sudor y un tenebroso
vacío entre las sienes. Pero el premio
que habrá en su apremio de sentirse móvil...

Alargará las manos ateridas
y de su vaso brotará la blanca
flor de la sal de frutas. Y en cien gritos
repetirá su nombre y todo el día
saltará por los campos su alarido.
Y por la noche ha de llegar exhausto,
mas no podrá dormirse, Segismundo.

Que ya despierte. Son treinta y tres siglos,
son ya treinta y tres noches borrascosas,
que le persigo yo, su pesadilla,
y el rayo que le parta o le despierte.
Quien lo tiene en sus manos me lo esquiva.

CLAVE

Donde el silencio ya no dice nada
porque nadie lo oye; a esta hora
que no es la noche aún sino en los vacuos
rincones en que ardieron nuestros ojos;

donde la rosa no es ya sino el nombre
sin rosa de la rosa y nuestros dedos
no saben ya el contorno de las frutas
ni los labios la pulpa de los labios,

grita Elías (arrebatado en llamas
a cualquier punto entre el cielo y la tierra),
grita Elías su ley desacordada
en el viento enemigo de las leyes:

"Cuando la luz emana de nosotros
todo dentro de todos los otros queda en sombras
y cuando nos envuelve
¡qué negra luz nos anochece adentro!"

Segunda

LABERINTO DEL CIEGO

A José Gorostiza

Alzo mi rosa, pero no por mía
ni por única, azul, sino por rosa.
Me fuese ajena, no sufriese prora
vaga en mis mares íntimos su espina;

cantasen sus hermanas todavía
en mi jardín destartalado; bocas
sin mi elección midiéranla católica,
por rosa, enigma y luz, la elevaría.

Muchos me dicen que no.
¡Quién lo sabe mejor que yo!

Pues corrí, no alcancé sino su sombra
o en mi prisa creía que la alcanzaba,
o soñé que corría tras su forma.

94

En Sinaloa no me vieron niño
y sí me hallaron teólogo en Toluca,
y sí decían: vedle ya tan lóbrego
y apenas tiene quince,
y sí decían: cien paisajes nuevos
cómo le lavarían la sonrisa.

Védmela aquí, de pan recién partido
sobre la mesa de los siete lustros,
pero mi sueño, ay, de aquella sombra
todavía me alarga la vigilia.

La luz se vino hoy tan desnuda,
disfrazada de sólo luz.
Sin sol, o nube, o luna, o aire,
monda y lironda luz.

No de la lumbre y su pasión espesa,
ni de los dientes de la dicha, ni
de la aurora y su escándalo de frases:
hoy la luz vino de la luz.

Tan dura, y se deshace entre mis dedos,
no me ensordece su fulgor
y apenas si me hiere su reposo.
¡No iluminada y luminosa luz!

Tan largo viaje por el cielo
y no saber a azul,
y tanto andarse por las ramas
y no oler a nada mi luz.

Y haberse caído a mis ojos
sin pintarse de sal.
Y andar tan ágil por mi alma
mi nictálope luz.

Me vería hacia afuera, pero adentro
este vacío no me deja hallarme.

Hubiera algo, con luz o a oscuras lo vería,
fuese sólo una sombra soñada en las arenas,
que cayese la noche en su desierto,
o que fuese la noche sin nadie y sin desierto,
con un poco de aire para hacer las distancias,
o que fuese la noche con un poco de nada,
pero es la nada sola y desolada.

Este aire, pues llegó tan terso,
vendría de rodear la piel
del sueño no soñado. (Porque
los otros no los cuento ya.)

Estaba pensil de una rama
y estaba maduro y no lo mordí.
(Al mediodía, dije, cuando el árbol
sea menos alto que mi sed.
Y bien sabía el bosque prestimano
que no iba a encontrarlo después.)

TERCERA

REGAÑO DEL VIEJO

> ...Science avec patience,
> Le supplice est sûr.
> RIMBAUD

> Till human voices wake us, and we drown.
> T. S. ELIOT

Conmigo a mi lado
y sentirme solo.

Tan fiel compañía
que me fui yo, Pílades.

Pájaros de muchachas con la cabeza a pájaros,
el vuelo puro, por volar, y el canto
sin número, ni sones, ni palabras.
Cántaros de lecheras sonámbulas. Narciso
sin espejo y ya flor en el estanque.
Tréboles de seis hojas que siguen siendo tréboles.
Amor que es tan amor que, frío, sigue siéndolo,
como el sudor helado de este lecho palúdico.

(A veces, Ruth, a veces,
sin tu fluvial tersura aquí, a mi lado,
mis nervios gritan y se rompen en esdrújulas.)

Zirahuén le rodeaba de redes y de sol.
En su luna aprendió la o por lo cuadrada,
porque en la tarde la escribía con c.

A sangre y fuego, a filo de corazón, entraba
a las auroras descotadas y húmedas
que volvían del vicio después de amanecer;

sordos y ciegos, íbamos, seductores de nubes,
y él se uncía a mi rueda alegremente
cuando nos tocaba perder.

Y éramos uña y carne en el dedo divino,
pero lo he sobrevivido tanto
que su nombre ya no lo sé.

Rosa de Lima, seda que me asfixias
aún, en el recuerdo de aquel ópalo
que ponía tu clave en mi meñique.

Las horas te mudaban doce rostros,
pero te veo la última, que tuvo más minutos que ninguna.
Ojos de asombro, y boca en oh de eterno asombro
y duro y blanco el susto de los senos
al caerte sin fin de tu gozo a mi pozo.

Las manos sabias saltan en su jaula sonora
y el perseguir la ruta de peces incoloros
por tu cuello me roba tu garganta. Y no escucho.

Y no sé si has llorado, pero todo,
todo cabe en mi piedra del meñique
y todo llega al llanto de su fondo.

Por vivirte me olvido de mi vida,
Rosa de Lima que me amaste otro.

Qué me escribe ese vuelo de palomas
en su pizarra borrascosa —quién
lo guía, roto el pulso, por mi viento—,
—por qué esta y no otra noche hubo de hablar.

El amor cabizbajo, la sed sórdida,
la enconada memoria del nacer
indeclinable y terco a tantas vidas
—y esta tarde, y no aquella del morir.

No aquella, submarina, con guirnaldas
de abrasadores brazos, y de pies
lánguidos para el viaje entre corales,
y con luz de burbujas en la voz.

No aquella atardecida tarde rosa
del ademán recóndito al partir.
No aquella en que yo hubiera descifrado
su vuelo, y el regaño de mi faz.

Blando y amargo en hiel me desintegro,
o, peor, en miel de égloga me humillo.
(La niña juega con su corderillo:
un candor solo contra el cielo negro;
en los cuatro ojos brilla el mismo brillo
y en balido y en risa el mismo *allegro*.
—La niña juega con su corderillo
y llora que se lo he contado negro.)

En hiel, por los que beben de las lácteas
Susanas entrevistas en la fuente,
bajo los viejos árboles fisgones
que estiran sarmentosas lenguas a acariciarlas.
Por Filemón, que huye de su tilo
y en su lascivia vegetal rejuvenece
y pasa con dos jóvenes encinas en los brazos.
Y la hiel en mis piernas, que estrangulan
a Sindbad con recuerdos y ciencia e impaciencia.

Que es hora de Orestea y de mi víbora.

LIBRO DE RUTH

Y aconteció que, a la media noche, se estremeció aquel hombre, y palpó: y he aquí la mujer, que estaba acostada a sus pies.

RUTH, III-8

BOOZ SE IMPACIENTA

Entonces doblarán las doce de la noche
y el Caos
acogerá sonriente al hijo pródigo.

Pasan sin nadie todos los tranvías.
Su huracán de esperanzas no para en las esquinas de mi cuerpo.
Ni su trueno. Ni un piano. Ni los grillos.
Las mujeres apagan las lámparas del mundo entero.
El cielo sus estrellas. Yo mi espera.
Cierran sin ruido todas las ventanas.
Dedos que no son tuyos han bajado mis párpados.
Ya no vienes. No llegas.
Más allá de las doce no se puede ver nada.

Pero aún no es la noche.
Todavía la tarde te espera deshojándome,
robándote mi carne trozo a trozo:
las pupilas primero, que se van a cansadas lejanías
como dos niños ávidos, perdidos
en la busca de algo que no saben;
el rescoldo en mi boca pronto será ceniza
de adivinarte en todos los nombres de lo creado
con mi voz amarilla y áspera de toronja;
y mis manos, callosas de esculpir en el aire
el fiel vacío exacto que llenará la forma de tu gracia.

Así iré mutilándome hasta las doce de la noche,
mas si llegaras un minuto antes
en él todas mis dichas vivirías de nuevo.

Deja la luz sin sexo en que te ahogas,
ángel mientras mi lecho no te erija mujer;
sal de la voz marina que te sueña,
sirena sin canción mientras yo no la oiga;
deja la arcilla informe que habitas y que eres
en tanto que mis dedos no modelen tu estatua;
sal del bosque de horas inmóviles en que te pierdes,
corza sin pulso mientras mi miedo no te anime;
deja el no ser de tu Moab incierta;
sal ya de ti. Mis pies están helándose.
Más allá de las doce no se puede ser nada.

BOOZ ENCUENTRA A RUTH

Traes un viento que mueve los rascacielos más tercos y que te
ciñe para mostrarme cómo fue la cabeza de la Victoria de
Samotracia,
y que luego te humilla a recoger espigas desdeñadas.
Traes un viento que llega de cabellos noruegos a alisarte los
tuyos.
Traes un viento que trae amantes olvidados que se encuentran
de pronto en los lugares más insólitos como gaviotas en la
nieve de los volcanes.
Traes un viento que lame tu nombre en las cien lenguas de
Babel,
y en él me traes a nacer en mí.

Y es nacer a la muerte que acecha en los festines de un octubre
sin fin y sin castigo,
una muerte que desde mí te acecha en las ciudades y en las
horas y en los aviones de cien pasajeros.
Fausto que te persigue desde el episodio fatal de la siega en mis
manos nudosas y tiernas de asesino.

101

De mí saldrás exangüe y destinada a sueño como las mariposas
   que capturan los dedos crueles de los niños;
de mí saldrás seca y estéril como las maldiciones escondidas en
   los versos de amor que nadie escucha.

Huye de mí, que soy *elvientoeldiablo* que te arrastra.

BOOZ CANTA SU AMOR

Me he querido mentir que no te amo,
roja alegría incauta, sol sin freno
en la tarde que sólo tú detienes,
luz demorada sobre mi deshielo.
Por no apagar la brasa de tus labios
con un amor que darte no merezco,
por no echar sobre el alba de tus hombros
las horas que le restan a mi duelo.
Pero cómo negarte mis espigas
si las alzabas con tan puro gesto;
cómo temer tus años, si me dabas
toda mi juventud en mi deseo.

Quédate, amor adolescente, quédate.
Diez golondrinas saltan de tus dedos.
París cumple en tu rostro quince años.
Cómo brilla mi voz sobre tu pecho.
Óyela hablarte de la luna, óyela
cantando lánguida por los senderos:
sus palabras más nimias tienen forma,
no le avergüenza ya decir "te quiero".
Me has untado de fósforo los brazos:
no los tienen más fuertes los mancebos.
Flores palúdicas en los estanques
de mis ojos. El trópico en mis huesos.
Cien lugares comunes, amor cándido,
amoroso y porfiado amor primero.

Vámonos por las rutas de tus venas
y de mis venas. Vámonos fingiendo
que es la primera vez que estoy viviéndote.
Por la carne también se llega al cielo.
Hay pájaros que sueñan que son pájaros
y se despiertan ángeles. Hay sueños
de los que dos fantasmas se despiertan
a la virginidad de nuestros cuerpos.
Vámonos como siempre: Dafnis, Cloe.
Tiéndete bajo el pino más erecto,
una brizna de yerba entre los dientes.
No te muevas. Así. Fuera del tiempo.

Si cerrara los ojos, despertándome,
me encontraría, como siempre, muerto.

BOOZ VE DORMIR A RUTH

La isla está rodeada por un mar tembloroso
que algunos llaman piel. Pero es espuma.
Es un mar que prolonga su blancura en el cielo
como el halo de las tehuanas y los santos.
Es un mar que está siempre
en trance de primera comunión.

Quién habitara tu veraz incendio
rodeado de azucenas por doquiera,
quién entrara a tus dos puertos cerrados
azules y redondos como ojos azules
que aprisionaron todo el sol del día,
para irse a soñar a tu serena plaza pueblerina
—que algunos llaman frente—
debajo de tus árboles de cabellos textiles
que se te enrollan en ovillos
para que tengas que peinártelos con husos.
He leído en tu oreja que la recta no existe

103

aunque diga que sí tu nariz euclidiana;
hay una voz muy roja que se quedó encendida
en el silencio de tus labios. Cállala
para poder oír lo que me cuente
el aire que regresa de tu pecho;
para saber por qué no tienes en el cuello
mi manzana de Adán, si te la he dado;
para saber por qué tu seno izquierdo
se levanta más alto que el otro cuando aspiras;
para saber por qué tu vientre liso
tiembla cuando lo tocan mis pupilas.
Has bajado una mano hasta tu centro.

Saben aún tus pies, cuando los beso,
al vino que pisaste en los lagares;
qué frágil filigrana es la invisible
cadena con que ata el pudor tus tobillos;
yo conocí un río más largo que tus piernas
—algunos lo llamaban Vía Láctea—
pero no discurría tan moroso
ni por cauce tan firme y bien trazado;
una noche la luna llenaba todo el lago;
Zirahuén era así dulce como su nombre:
era la anunciación de tus caderas.
Si tus manos son manos, ¿cómo son las anémonas?
Cinco uñas se apagan en tu centro.

No haber estado el día de tu creación, no haber estado
antes de que Su mano te envolviera en sudarios de inocencia
—y no saber qué eres ni qué estarás soñando.
Hoy te destrozaría por saberlo.

CELOS Y MUERTE DE BOOZ

Y sólo sé que no soy yo,
el durmiente que sueña un cedro Huguiano, lo que sueñas,

y pues que he nacido de muerte natural, desesperado,
paso ya, frenesí tardío, tardía voz sin ton ni son.

Me miro con tus ojos y me veo alejarme,
y separar las aguas del Mar Rojo de nuestros cuerpos mal
    fundidos
para la huida infame,
y sufro que me tiñe de azules la distancia,
y quisiera gritarme desde tu boca: "No te vayas."

Destrencemos los dedos y sus promesas no cumplidas.
Te cambio por tu sombra y te dejo como sin pies sin ella
y no podrás correr al amor de tu edad que he suplantado.
Te cambio por tu sueño para irme a dormir con el cadáver leal
    de tu alegría.
Te cedo mi lámpara vieja por la tuya de luz de plata virgen
para desear frustradas canciones inaudibles.

Ya me hundo a buscarme en un te amé que quiso ser te amo,
donde se desenrolla un caracol atónito al descubrir el fondo
    salobre de sus ecos,
y los confesonarios desenredan mis arrepentimientos mentirosos.
Ya me voy con mi muerte de música a otra parte.
Ya no me vivo en ti. Mi noche es alta y mía.

CARTA

DEFENSA DEL HOMBRE

CREEDME sus amigos que la dejó plantada
sólo a que floreciese otra virginidad más dura en el olvido
madura forma ella que decía más bella que los vicios
creyendo que sus dedos la sabían al dedillo
y todo él era dedos o lenguas en forma de índices en llamas
además si ella era de la carne de vidrio de las fugas
a qué acusar abandono de hogar en su prosa de pródigo
y a qué oprimirle luego esposa en su pulso
la otra mitad en la muñeca de un detective de Dios tan sin
	modales
cólera de una forma demasiado pura para entender a los
	hombres

o para ser sabida totalmente por los hombres

Qué más era al fin la distancia que gritaba la huida
que el mudo aire que hace la lejanía del pecho a la garganta
si al apretarla entre los labios y el próximo sueño
toda naranja o toda mano es a lo sumo el pañuelo en el brazo
	del tren

Y qué sabía ella de unas noches llamándola
caído en red de brazos y piernas y silbatos de trenes
con sed de alguna sed más seca que su fiebre
escalando ese piano que se queda encendido hasta el alba en
	los barrios
y que aun en tango sólo gotea los Ejercicios Para Los 5 Dedos
	de Strawinsky
y qué puede el lenguaje de espuma de las sombras

contra tres mil años de mediodía mediterráneo
y unas cuantas gotas de irritable sangre irlandesa

SANTORAL

La herejía —dice Francis Hackett— es sólo un puente entre dos
ortodoxias. En uno de esos trucos circulares a que los hombres delgados se dan tan a menudo, el otra vez leído Chesterton
torcía ese puente a un movimiento orbital, bíblico, para vol-
verle al punto de partida. Vuestro amigo, luego, quería eri-
girlo en rueda de la fortuna, porque todo lo que veía de místico en Einstein le incitaba a ello, ilustrándoselo. Así el puente, en realidad, era tanto más valioso cuanto que su inutilidad
económica manifiesta le hacía un absurdo en ingeniería civil.
Adquiría el valor ético, humano, del *looping-the-loop*. Pero a
la caída algunos ángeles inexpertos, como Tolstoy, cerraban
los ojos. En buena teología no vale amar a Dios o a la poesía
ciegamente. Empezó, pues, a ensayar el describir la vuelta empezando arriba, cayendo. Algunas veces Rimbaud se quedaba
en la selva, es cierto. Pero si es que Bach y Valéry no se atreven
a bajar nunca. Vuestro amigo seguía, pues, a Dante o a Juan
Ramón, cuando éste bajaba hasta los laberintos, en viaje de
desnudez a desnudez vía Alejandría. Quedaba, por supuesto, la
escala de Diótima, pero, ya veis, Jacob salió cojo de ella. Le
atemorizaban las escaleras por hechas de relojes, que son los
ángeles más limitados que se conocen. Y amó así el arco de la
línea recta aparente, doblada hacia abajo por el agua redonda
—y su imaginación no se detenía a enderezarla— que mide el
universo y le da la gracia de un litoral, para que empecemos
—¿cuántos millones de años de luz antes?— muy de mañana.
Oídle decir desde casi abajo, cayendo sin fin:

Me sé la sombra del que palpo en el espejo
Y que es dueño de lo que pasa en la corriente izquierda del
    tiempo
Su sombra más pasado más sexo

Y muchas otras cosas más o menos
O es él mismo el pasado inmortal y siempre joven
O es nada más el tiempo nunca joven
O el pasado mañana ya tan joven
O alguien no más que pronuncia mal mi nombre
Eco de una mirada que huele a sabores amarillos
Como las puestas de sol en Sinaloa y como los manjares chinos
Y como los cabellos de aquel fervor inmerecido
Y el limón de no sé si los vicios o los libros

REPETICIONES

A veces teme que todavía es demasiado tarde, que aún hay sol en las bardas. Conoce, en que puede recordar, la posibilidad aún del regreso, es decir, de salvarse, es decir, de morir en gracia, es decir, de morir. Recuerda, por ejemplo, con precisión, aquel aludido juego de sombras sutiles, barajadas por un azar muy estudiado, que luego empezaban a tener, feas a su vez, una sombra, una voz fina también, en palabras agudas, pero más imprecisas cuanto más lejos del aire. Swinburne aludía a este juego, pocos días después de la salida —"Play then and sing; we too have played We likewise in that subtle shade"—, cuando en la huida se puso a envolver en él apresuradamente —¡Vedle, con ser amigo vuestro, llamarse el pío Goeneas!— las cenizas del hombre que trabaja y que juega.

Como caía, pues, de pies y manos a la acción, empezó a oír a un Poincaré matemático que le llevaba con muy suaves modales a que el fin de la vida era la contemplación. Se asía a él, se hacía a él. Dios, qué viejo era mi amigo ya para Manhattan, y cómo su anterior frecuente comercio con los más terribles ángeles occidentales no le salvaba de aquel pudor, de aquella repugnancia hindú a la carrera —a lo histórico—, ya inferior e innoble. Qué bien iba aprendiendo, cayendo hasta los casi-ya-no-románticos, el odio al movimiento *qui déplace la ligne*.

ACRÓSTICO

Cómo llega a pesar de un haz de brisa
Contra un río sin tacto a la cintura
A estatura de alas cómo rueda Cristóbal
A ras de todavía corazón
A mil por hora
Su voz sin sueño
Mi voz sin tiempo
A sueño de constelación
Esa mano clava cuatro mil cuatrocientos tornillos al día
Y ése escribe la ese de *stop* ocho mil
Y esos cilindros que no han bailado en Chalma ni en Palestina
Y una mujer se enciende
Duérmete al sur
Duérmete duérmete niño Jesús
O es verdad el behaviorismo
Y llega el frío llamado Ford
Y hay la mirada fría y plana del acero
Que nos unta a su espejo sin amor
Y cuando salimos tenemos tres dimensiones
Pero la tercera es el tiempo no más
Cómo duele el haber jugado a ángeles
Si ellos no juegan a ser hombres ya

EL RÍO SIN TACTO

Luego, cuando inventó los aeroplanos, que son lo más cercano
a la inmovilidad, estaba ya en medio de la selva, y no había
ese claro del bosque, con luna, en que la música aterriza. Tenía
que caer escultórica, perpendicularmente. Y empezó a ser, en
suma, siempre de perfil, el hombre de la luna. Dejadme explicarlo. Se le veía mal por sus tres dimensiones mediterráneas.
Había que sustituir una por el tiempo. Había que eliminar
una. Prefirió adelgazar. Se volvió largo y profundo, sin frente.
Dejadme explicarlo.

En esos días escribió a algunos de nosotros, porque se había quedado solo. Recuerdo. Aquella vez vivía él en una playa. Aquella tarde nos decía que las pisadas de la pareja salían a encontrarle, mintiéndole que no se había quedado solo. Pero que él sabía mejor. Soledad era aquel retrato en negativa, ceros 0 0 0 0 0 elevados a cero, nada del no de unos tacones agudos en la arena. Soledad era, como lo son los huecos de los clavos en la pared del día de mudanza. Que sus huellas, en cambio, imprecisas, eran las del que al cabo va a regresar: a nadar, espejo de volar por un espejo; a jugar al golf, esa pesca con caña de los peripatéticos; a domesticar al inmenso, tirando, a lo lejos, el bastón que había de traerle luego en la boca espumosa de perro bien enseñado. Nada, que estaba roussoniano en una naturaleza de cartón.

Ah, y que se desentendía del destino de cisne de las olas, de su Torir al primer arrebato lírico. (Y "el mar es la mar por vosotras solas olas olanes, al ponerse otra más aún más desnudo".) Se tiraba en la arena y les daba eternidad de nubes. El mar se movía a lo largo, como un río. Las gaviotas se plantaban un cementerio. Se adivinaba, inminente, inevitable, la invención del cinematógrafo. Y para ayudar a ello escribió un argumento, que después Amero dejó en las primeras escenas. Voy a copiar de él lo que explica la caída y, de vuelo, la muerte de motivos eróticos para esta carta:

el río sin tacto

un pie femenino desnudo baja del ángulo derecho   se detiene en el centro apoyándose seguro en la arena húmeda morena   desaparece por la mitad izquierda   su huella es un ocho impreciso   una ola lo afirma dibujándolo   un pie femenino descalzo baja del ángulo izquierdo   el mismo juego   desaparecido a la derecha quedan por huellas dos ochos   una ola levanta el número 88   otra une los dos guarismos   otra más separa los dos corazones que observaba radiguet   así que quedan en la arena por un minuto dos corazones   una última ola los borra   queda por un rato la arena vacía de otra cosa que las olas
un pie masculino con zapato de golf baja por el ángulo de-

recho se apoya fuertemente en la arena del centro el tacón se hunde profundamente la planta deja por huella una
estrella marina la estrella marina se desdobla y queda un
cero la huella del tacón es un cero más pequeño con el
mismo juego de olas se forma el signo 0° a cada ola se
afirma más y más y ninguna puede borrarlo anochece la
arena queda como con gis en una pizarra el signo 0° se
iluminan intensamente los ceros ya son blancos la pizarra
es un cuadro mural escolar ahora el cero grados es ya un sol
con su planeta éste mucho menos brillante se aclara la visión no es sólo un planeta con un satélite a éste pasa
toda la atención en realidad es la luna se define la silueta
del hombre de la luna se afirma negro aparece un globo
eléctrico con una silueta en papel negro pegada a él aparece
la luna *close up* del hombre de la luna medalla del dante
  hombre de la luna medalla de cualquiera hombre de la
luna sombra humana contra el disco de un reloj hombre
de la luna sombra humana girando en el disco de un reloj
  hombre de la luna medalla de otro cualquiera se hace
girar la cámara para verle de frente y es nada más una línea
  moneda de frente moneda de canto se vuelve a hacer girar la cámara hasta su antigua posición hombre de la luna
  se ve así que sólo tiene perfil el hombre de la luna bosteza
entrecortado interrumpiéndose para frotarse las manos friolen-
to se sopla las manos enguantadas de blanco como de maniquí el hombre está en una claraboya muy alta en un muro
sin otra ventana o puerta se asoma hacia abajo vista de un
planisferio terrestre el hombre baja más el rostro como si
algo imantara su atención se precisa la imagen cartográfica
  es un mapa de norteamérica el hombre se inclina más aún
haciéndose pantalla con la mano aparece el plano topográ-
fico de manhattan se borra un poco para convertirse en un
órgano viril bien definido que se borre a su vez para ser luego
una vista panorámica de manhattan el hombre se inclina
más y más hasta perder el equilibrio y caer caída del hombre
de la luna cuando cae de frente se acelera la caída en
cuanto logra ponerse de plano contra el aire es decir de perfil
al espectador la línea se sostiene ingrávida en el aire o en el

111

vacío o en lo que sea haciéndose la caída extremadamente
lenta   cae sin golpe en la torre del *woolworth* o en la del
chrysler   mira de prisa el paisaje sin interesarse en él acostumbrado a la vista a vuelo de pájaro de la luna   gira el
paisaje en redondo   le interesa el interior sólo   como no tiene sino perfil le es muy fácil hallar acomodo en el elevador   éste baja tan rápido que las miradas de los pasajeros se
quedan arriba   vista de la cúpula del *woolworth* tapizada
de ojos   vista de los rostros que caen en el elevador todos
sin ojos.

ALUSIONES A X

Ahora bien, yo comprendo la inutilidad de este símbolo, demasiado aparente, cinematográfico, al explicar algo más simple
que la música. Perdonádmelo. Y ya terminaré. Pero oídle decir
antes, oíd hablar a este perfil numismático, que necesitaba un
nombre y llamé amigo vuestro, nombrando, así, una ausencia
caída, todavía no ¡ay! demasiado abajo:

APEIRON

Lo desnudo de nombre moviéndose entre la niebla del
    subjuntivo
Me mirase no más si me tocara me quemaría
Ya verbo puro acto sin nadie voz sin mi tu su boca
Ausencia que canta mientras nacen los pájaros y el cazador se
    apunta al árbol de la cabeza
Ejercitar la uña en las vidrieras del invierno
A cada patinadora más perfecta la inicial nunca suya
Y apostar y perder día a día la vida
Porque no responde la sombra en el muro de aire de casi la
    nada

Al Norte atardecían de ira sus cabellos
Entonces su mano habría nevado al Oriente

112

Entonces su mirada sonara entre mis dedos
Entonces se llamaría Manhattan que es el único ángel con sexo
Pero entonces tendría cabellos y manos y ojos y sexo y esto
    licua la lógica de las probabilidades

Y FECHA:

Luego tenemos, más al Norte aún, la mano de un lago. Los
buquecitos quirománticos, regando sus cargas de alcohol con-
trabandista, se empeñan en trazar, una y otra vez, las mismas
líneas de ardua fortuna. De uno de los dedos pende, en descuido notorio, en real rigidez sin gracia, un cordón oscuro,
apenas si con el brillo negro del aceite, llamado río. Este
cordón se ata a un abanico abierto, nuevo y ya muy gastado, que sopla a todos los vientos su tempestad de ruidos
automóviles. En el eje del abanico suceden unos rascacielos
"menores de edad". De uno de ellos veo caer a vuestro amigo.
Por las varillas se mueven unas cosas que antes, allá en Polo-
nia, o en México, o en Italia, o en todas partes, se llamaban
hombres. Aquí tienen un nombre muy largo: los que trabajan
en la Ford. En maquinismo voluntario, pero maquinismo también, vuestro amigo se mueve entre ellos. Toma notas, apresuradamente, en unos cuadernitos minúsculos que luego va
almacenando, y que ya son innúmero, para cuando termine la
temporada en el infierno.
    Como al regreso pondrá buen cuidado de volver el rostro,
varias veces, es seguro que llegará solo. Amazónicas eurídices
vestidas de *slang;* hay tantos estanques en Michigan (digamos
mil) que dan ganas de vestirlas de ofelias. Es el mes de julio
y es el clima del séptimo círculo. Miradle derretirse en humo
epistolar. Decidle que ya no hay sol en las bardas.

LA SEMILLA EN LA CENIZA

Angustia sin edad de alguien quemándose entre tus cabellos
Hay demasiado trópico en la nieve de la colina almohada de
    tu seno
Mañana que me den un alba de limón de perfil lívida
Ya sabré la última curva de tu geometría de espumas
Entonces creceré hasta esa rígida soledad que se afila los gritos
En un paisaje irrespirable de fábricas
Qué mensaje seremos yo y ese pájaro sin voz y sin atmósfera
Ahorcados de ceniza en el alambre sobre el árido río de la vía
Qué amarilla palabra mortal para qué gozo prohibido
De alguien de pie en el humo del pecado llamándonos para
    nacer
Semáforo a la boca del túnel antes de la catástrofe
Alguien si por completo sin edad y sin soñar del mar sin sueño
Como esos camarotes sin ventanas que sólo han oído hablar de
    él a las olas
Hijo nonato que sólo nos sabe por la roja marea de la madre
Así nosotros a Dios por lo que de él nos preguntamos
Apaga tu vigilia y bébeme de llama triangular de tu incendio
Alarga en chimenea tus cúpulas sin empleo y sea humo su leche
Este otoño serán cúbicas todas las frutas y en claro oscuro
Y yo no estaré presente a la cuadratura de tus ojos
Y mañana habrá otra vez escaleras con un ángel en cada
    estación
Y qué haré para recordar el baile de mis serpientes capicúas

LÁZARO MAL REDIVIVO

(Fragmento)

Adónde irás, recuerdo forajido,
con los siete mastines a la zaga:

a qué sombra me llevas, sin sentido,
a qué luz me devuelves, que se apaga.

Adónde, pensamiento fijo, idea
fija en los pinos de memoria verde
y en el reloj de sangre que aún gotea
sobre la nieve en que mi voz se pierde.

A la brasa clavada en carne viva
de mi ternura sin la de tu seno,
al incendio de hiel de mi saliva
sin la saliva de tu ardor ajeno.

O a la flor de papel de un Brahms más sabio
y más frío esta noche entre tus manos,
a la canción que nace a flor de labio
y muere flor de loto en los pantanos.

A esperar, retorciéndome, el deshielo
de sábanas que no me dejan verte,
cuerpo roído por la cal del celo
y la impuntalidad de muerte y suerte.

DE LA ARDUA LECCIÓN

Ahora vas a oír, Natanael, a un hombre
que a pesar de sus malas compañías, los ángeles,
se salvó de ser ángel con ser hombre;
míralo allá: pensil de aquella estrella
les sonríe lección de humanidades,
que es de sensualidades y de hambres.

Les dice: "Sea tu frente
alta y limpia y severa como el cielo de México

para que las cejas dibujen las dos montañas desiguales que lo
    sostienen;
que tu ojo izquierdo ignore lo que lea tu ojo derecho
para que el mundo brille tan virginal como el prístino día;
que en el juicio de París de tu nariz Helena se llame siempre
    rosa
para que la guerra de Troya estalle pronto
y sepas lo fatal y el mar y Ulises;
y que tu boca muerda los frutos verdes y los frutos maduros
y algunas veces hasta los acedos,
pero tu oreja reine fina e insobornable
como la tierna yema de tus dedos,
porque tu rostro salga idéntico a tu máscara
cuando la muerte llegue y te arranque la máscara."

Les dice: "El tiempo es una voz
hallada entre segundos como sílabas,
que si es poesía escribirás con equis
y si es su conciencia se ha de llamar en números romanos
    quince;
tiene los doce pétalos de rosa de la escala,
y es el trébol feliz de cuatro hojas
que forma las praderas y sus distancias y sus estaciones,
y cuando es punta de lanza ensangrentada que palpita
los hombres lo sentimos corazón
porque una mala noche nos atraviesa el corazón."

Les dice: "Si has de llorar,
que sea con los ojos de la soledad en un cuadro,
o vete como un Owen a la estación más honda del *subway*,
debajo de las piedras que se robaron de Prades
donde habita la virgen mutilada que oyó las infidencias de
    Abelardo.
Pero si te da miedo, sigue de ángel y no llores."

"ESPERA, OCTUBRE..."

Espera, octubre.
No hables, voz. Abril disuelve apenas
la piel de las estatuas en espuma,
aún canta en flor el árbol de las venas,
y ya tu augurio a ras del mar, tu bruma
que sobre el gozo cuelga sus cadenas,
y tu clima de menta, en que se esfuma
el pensamiento por su laberinto
y se ahonda el laberinto del instinto.

No quemes, cal. No raye las paredes
de aire de abril de mi festín tu aviso.
Si ya me sabes presa de tus redes,
si a mi soñar vivir nací sumiso,
vuelve al sueño real de que procedes,
déjame roca el humo infiel que piso,
deja a mi sed el fruto, el vino, el seno,
y a mi rencor su diente de veneno.

Espejo, no me mires todavía.
Abril nunca es abril en el desierto,
y me espía tu noche todo el día
para que al verte yo me mire muerto;
Narciso no murió de egolatría,
sí cuando le enseñé que eres incierto,
que eres igual al hombre que te mira
y que al mirarse en ti ya no se mira.

"ALLÁ EN MIS AÑOS..."

Allá en mis años Poesía usaba por cifra una equis,
y su conciencia se llamaba quince.
¿Qué van a hacer las rosas
sin quien les fije el límite exacto de la rosa?

117

¿Qué van a hacer los pájaros (hasta los de cuenta)
sin quien les mida el número exacto de su trino?
Ahora pájaros y rosas tendrán que pensar por sí mismos
y la vida será muchísimo más sin sentido.
Como la esclava que perdió a su dueño
(y tú eras su amo y él tu esclavo),
así irás Poesía por las calles de México.

ES YA EL CIELO...

Es ya el cielo. O la noche. O el mar que me reclama
con la voz de mis ríos aún temblando en su trueno,
sus mármoles yacentes hechos carne en la arena,
y el hombre de la luna con la foca del circo,
y vicios de mejillas pintadas en los puertos,
y el horizonte tierno, siempre niño y eterno.
Si he de vivir, que sea sin timón y en delirio.

EL INFIERNO PERDIDO

Por el amor de una nube
de blanda piel me perdí
duermo encadenado al cielo
sin voz sin nombre sin sér
sin ser voz suena mi nombre
mas dónde sueña no sé
que se me enredó la oreja
descifrando un caracol
tras una reja de olas
lo hará burbujas un pez
mas mi boca ya no sabe
la sílaba sal del mar
sílaba de sal que salta
del mar a mis ojos sin

lágrimas que la desposen
y el frío mal traductor
mal traidor ángel del frío
roba mi nombre de ayer
y me lo vuelve sin fiebre
sin tacto sin paladar
contacto bobo del cero
grados que era su inicial
con sus tardes de ceniza
en mi lengua de alcohol
en su verde voz de llama
de menta ahogada mi voz
con su blando amor de nube
que el orden me encadenó

PROSA

LA LLAMA FRÍA

ERNESTINA, LA BEATA

Estoy un poco trémulo al empezar a escribir de ti, limpia muchacha de mi tierra, en debida recordación del azoro perpetuo que presidía hasta tus menores acciones; y un poco triste también al pensarte, ya algo ajada por la espera inacabable —¿de qué, de quién?—, entre los tiestos que seguirán floreciendo aquellas begonias, aquellos claveles, aquellos geranios que tú me ibas mostrando y nombrando con nomenclaturas bizarras, en el corredor, que era la aorta cálida y vital en la casi humanidad de tu casa. Me conmueve el recordarte siempre conmovida, como lo estarás ahora, cosiendo en cualquier rinconcito alguna casulla, alguna estola magnífica, porque tú, Ernestina, ya te quedaste para vestir santos; si te hubieras resignado a don Antonio, el español aquel que siempre estaba riéndose, en la tienda de la esquina, y que me regalaba con dulces en pago a la más dulce tarea de saludarte... Pero yo entiendo a las mujeres y sé que te habrías roto con un compañero tan ruidoso, como se rompieron todos los cristales aquel día que mi hermano disparó, sin quererlo, el pistolón que en el despacho tenía tu padre.

Si siempre andabas de puntillas por no dejar de oír la gota pertinaz que caía, filtrándose, del pilón oloroso a la gran tinaja, en la destiladera que estaba al fondo del corredor. Así tenías de leves y pequeños los pies —más breves que los míos de niño—, que cuando se murió Lolita, la tísica de la Calle Real, no se te sentía ir de un cirio a otro, como si fueras el alma de la muerta —que aún con todo y cuerpo no pesaba nada— recortando las mechas excesivas; y todo esto sin dejar de llorar, muy discretamente, y de rezar unas oraciones que en tus labios tomaban su sentido y su entonación precisos.

Yo me pregunto ahora, Ernestina, por qué sonreías tan difícilmente si, a pesar de todo, eras tan joven y tan linda como las otras muchachas que no enseñaban nada en la doctrina y preferían irse a corretear, por las huertas, con los rapaces más violentos del pueblo. Si yo hubiera sido tu novio te habría hecho comer alimentos fuertes, que para partirlos tuvieras necesidad de modificar tu manera de coger los cubiertos como con miedo de romperlos; y te habría hecho nadar en la playa, y salir a las meriendas en el cerro del faro y bailar en los bailes que hacían "los grandes", todos los sábados, en el Centro Recreativo. Pero tenías los ojos muy anchos y las manos muy alargadas y muy débiles, y no sé si también yo hubiera preferido la tertulia en los bordes de la banqueta, repitiendo historias vespertinas ya resabidas y diciendo a cada cien pulsaciones de tu muñeca: —¡Ay, Jesús!, ¡ay, Jesús!

Cuando se habló de mandarme a la ciudad, porque creían y creía yo que en el pueblo ya no podría aprender nada, tú lo sentiste como la hermana que Dios no me dio; el último día me llamaste para darme un retrato tuyo: —Para que te acompañe en "ese" México. ¿Por qué te producía tal espanto "ese" México, que subrayabas con un ademán de excomunión, con la palma de la mano vuelta hacia un rumbo muy convencional —ya que México no queda hacia el lado por donde se va el tren, sino todo lo contrario? Muchas veces te he visto otra vez, algunas tardes en que me siento muy débil y me entran deseos de ponerme nostálgico, repitiendo las siete palabras estas y el mismo gesto escandalizado; pero nunca comprendí tu miedo hasta ahora que advertí que ya, casi, te había olvidado, como a todos los del pueblo.

Te diré que entonces me diste un poco de tu azoro; pero mira, aquí también me queda algo de tiempo para recordarte, aunque confieso avergonzado que me es necesario mirar, para ello, tu retrato.

Debes felicitarte de no haber vestido nunca a la moda: así tu figura conserva siempre una poquita de actualidad, sin ese envejecimiento prematuro de los retratos a la moda de la primavera, si se les mira en el invierno siguiente; sólo tu cabellera riquísima me parece una cosa insólita ahora, porque ya sabrás que las mujeres de aquí han encontrado fácil repetir la hazaña de aquellas pobres viudas inconsolables, que poblaban con los exvotos de sus trenzas el altar de la Virgen —que se rumoraba era saqueado, de noche, por el sacristán y el peluquero.

¿Cómo estarás ahora? Ya con la mirada muy opaca y las ojeras más profundas, pero no tendrás las "patas de gallo" que marchitan los ojos de los que han reído demasiado. Ahora soy un hombre robusto y podré alzarte en vilo fácilmente, si conservas aún la esbeltez de aquellos días; tu figura es acaso de "diez cabezas", conforme a las proporciones que aprendí en unos cuadros del Greco que ojeo muy a menudo, y, como creciste verticalmente —a pesar tuyo, a pesar de tus genuflexiones frecuentes y del recato que te hacía bajar los ojos ante todos los extraños—, siempre parecerá que pesas menos que tú misma.

Yo afirmaría, si no te disgustara —si no lo tomaras a herejía—, que te pareces a Zasu Pitts, una muchacha que sólo he visto en el cinematógrafo y a la que tampoco embellece la sonrisa. Pero tú tienes más realidad en el recuerdo.

Naciste de seguro cuando el sol andaría por el Escorpión, que no sé por qué me ha parecido siempre el signo menos propicio del Zodíaco. Sé que tu madre, aquella señora bella y de aire amable, que sólo en esto se te parecía, y que tú llevabas siempre en un medallón, sobre el pecho enjuto, murió cuando naciste; de entonces, de tu nacimiento, datará esta costumbre tuya de andar de puntillas, porque todos deben haberlo hecho así en aquellos días, ejercitándote en un anticipado aprendizaje a callar siempre; y te pusieron Ernestina por recordarla, como por perpetuarla, creyendo hacer lo que los médicos no consiguieron: prolongar sus días con una trampa inocente y enternecedora.

Y recuerdo también a tu padre, amigo de los míos por vecindad, que era un hombrón egoísta y adusto con el que nos amenazaba la nana, cuando pequeños, para conservar la paz doméstica. Era un señor terrible que prefería andar siempre por en medio de la calle, suspicaz, receloso de que las paredes de nuestro pobre pueblo, todas tan viejas, se le cayeran encima;

tenía otros gustos extraños que le merecían las más violentas censuras del vecindario, muy justificadas. Como aquella predilección gastronómica que le valió el mote, bisbiseado apenas entre sonrisas cobardes, de Licenciado Calabazas; recuerdo también que gustaba de andar sin sombrero, con la cabeza exigua engrasada hiperbólicamente, y que se pasaba semanas enteras entre sus librotes, sin salir del despacho aquel al que siempre entrábamos, cuando él había salido, con un temblor agónico que no nos dejaba en muchas horas. Estoy seguro de que jamás te besaría, pero, por lo demás, ya sé que su indiferencia no le hubiera permitido reñirte ni golpearte.

Me causa pena imaginar tu niñez en aquella casa tan grande, sola con tu padre y aquella tía que después se metió a monja y que yo conocí, una tarde que fue a visitarte, todo amarillo el rostro como si se lo hubieran rehecho con la cera de los grandes velones que se queman en las iglesias.

¿Qué pensamientos tendrías tú, tan menudita, en aquel silencio enorme que, el mar aparte, era lo más grande en el pueblo? Presumo que tu alma, que tu personalidad, se diluirían desde entonces como un terroncito de azúcar caído al fondo de una cisterna. Tu alma y tu personalidad verdaderas, porque estas de ahora son algo artificial, hecho de prisa y sin retirar, al terminarlo, el molde. Y eso aunque parezca absurdo que yo esté aquí llamándole una cosa laboriosa a tu ineducación sentimental, pequeño espíritu autodidáctico que seguirás pasándote largos ratos, sin ver, sin pensar, desgranando las oraciones vulgares con una intención inédita, sólo tuya.

Muy de mañana, cuando a mí me levantaban para bañarme, tú estabas ya regando tus plantas, y ya tus canarios transformaban en una música que no entenderé nunca el alpiste matutino. El sol te envolvía, blanca, azul o rosa, con unos rayos extraños, mas pronunciadamente incoloros, que habían perdido todo su calor y su fuerza para no ser junto a ti, ciñéndote, sino como aquellas grandes vitrinas que en la sala cubrían las chucherías predilectas.

Entonces tus mejillas estaban encendidas, pero el rojo, ya sabes mi opinión, no te sienta mal ni en el rostro. Yo me llegaba a ti para que me besaras; cuando lo hacía mi madre, al despertarme, el acre sabor que el sueño nos deja en la boca me amargaba sus besos; pero cuando iba a ti ya había bebido un buen trago de agua. A esa hora estabas menos adusta y yo te decía la misma gracejada siempre y, como siempre, me la festejabas; luego te aseguraba que me daría prisa a crecer y que sería tu novio, y tú sonreías sin tristeza; pero esto último ya no me alegraba porque me parecía que te engordaban, visiblemente, los labios; tu boca, con las comisuras de los labios caídas en un pliegue amargo que le aprendiste a tu tía la monja, no lo niegues, se deformaba un poco cuando sonreías; y he aquí cómo he venido a descubrir lo difícil de tu sonrisa, Ernestina.

Luego te olvidaba absolutamente, al perderte de vista, porque tu figura era incompatible con la emoción salvaje, fuerte y salada que, ya lo sabes, me da siempre la presencia del mar.

Lo dramático es tener unos nervios muy afinados, eléctricos, felinos, y no haber tenido oportunidad de atrofiarse los cinco sentidos; saber que en el pueblo hay personas que no huelen bien y no poder ni fumar ni fomentarse un catarro crónico para no percibirlo. Y verse uno obligado a cerrar los ojos para poder mirar perspectivas distintas a estas de todos los minutos, molestas como los alimentos repetidos de una dieta que se prolongara por toda la vida; tener una sensibilidad intacta y estar temiendo a cada instante que nos la ajen, como un traje muy leve que para las manchas no admite ni jabones ni bencinas, y notar que todos llegan con las miradas negras, malas, y las sonrisas amarillentas.

Entonces hay que volverse un poco caracol, Ernestina, y estarse oyendo las voces de adentro, las palabras insensatas y eternas que se aprendieron en otros mundos y que los sordos no nos perdonan.

Cuando todos, allá, te llamaban "La Mocha" y a pesar de que te amaban no podían evitar el reproche, un poco irónico, en el tono de todas sus palabras, yo sufría indeciblemente y sentía unas ganas atroces de cerrar para siempre, aunque se oscureciera todo el pueblo también para siempre, las ventanas y las puertas de tu casa. O huir contigo del lugar que te hablaba de tú y sepultarte en uno de aquellos palacios subterráneos, confortables como un hotel moderno, que tú ibas describiendo prolijamente cuando se ofrecía un cuento, al anochecer, en las banquetas, a los que éramos tan "seriecitos" que preferíamos estarnos oyéndote, unos largos ratos que no olvidaré nunca, mientras los patios enronquecían gritando, reiteradamente, que la pájara pinta cantaba en los limoneros floridos, con el pico y las alas cubiertas de azahar.

En aquellos momentos te sentíamos más cerca, eras algo más nuestro, y todos los chiquillos como que te aprisionábamos con los lazos de nuestras miradas, entretejidas en una telaraña de luz; después, cuando te ibas a rezar el rosario, a las ocho, ya te perdíamos, sobrenatural, milagrosamente, al deshumanizarte tú, al transfigurarte, en lo espiritual y en lo físico, para no ser más que una llamita de cirio muy temblorosa e inestable.

II
INTERMEDIO DEPORTIVO

Vamos por una carretera blanca, ceñida por los árboles tan estrechamente, que el instinto nos aprieta en los asientos, huyendo a la amenaza de las ramas, largas como brazos alargados para retenernos; el paisaje, afuera, se ve entre las rejas de los troncos como si estuviera enjaulado: perspectivas salvajes de mi tierra que, urbanizada, se ve como una fiera en el jardín zoológico.

Uno, dos, diez automóviles en dirección contraria y, como un relámpago, una mirada, una sonrisa, un gesto cualquiera. Hombres que habrían sido nuestros amigos, un momento siquiera, a no ser por la gasolina que, haciéndonos huir de ella, nos hace intentar alejarnos de nosotros mismos, pues que no podemos dejar su asfixia atrás. Aquí mi padre se detendría un momento a charlar con los hombres, ahora apresurados, sobre lo que se dejaba atrás, un día y otro día; aquí sería acostumbrado el mismo carricoche a la misma hora siempre, y mi madre daría sus nombres particulares a los viajeros, al auriga, a los caballos. Yo tendría una novia y sería "tímido como un niño"; quizá, quizá, me detendría un momento a ver en el cielo, por las noches, el anuncio luminoso de su amor en las estrellas; si había una luna reciente, nuevecita, frágil y afilada, yo le gritaría un nombre cualquiera, con una súplica aconsonantada, y referiría en la casa, ya de vuelta, que por el camino había visto a Doña Ana, a La Llorona, llamándome. Ya en mi cuarto me pondría a pensar en las ciudades increíbles que ahora conozco más que a mi pueblo y suspiraría con un suspiro profundo, pesado, que llenaría de un invisible humo romántico toda la casa; se azorarían todos, viéndose los trajes y preguntando si se quemaba algo, y sólo yo sabría que el incendio ardía bajo mis sábanas.

Esa fábrica es nueva; antes pacían en este campo unas vacas pingües bajo la mirada perdida de un pastorcillo menos pulcro que los de las églogas, que decía palabrotas y tallaba primorosamente las horquillas para la flecha de resortes; al final de la semana estaba negro como un abisinio, pero los domingos deslumbraban la blancura de sus ropas y el metal recién afilado de las erres y jotas de su léxico. Allá queda el cuenco vacío, tenebroso como la cara de los ciegos, del arroyo que secó la codicia de los que construyeron la presa grande, y que ahora le venden al campo desesperado el agua de Dios, inyectándosela metódicamente con las jeringas largas de unos canales casi siempre exhaustos, negros como cicatrices profundas. —¡Ten cuidado, por Dios, muchacho! Yo ya lo sé incapaz de distraerse cuando lleva el volante, pero en esta curva han muerto noventa y nueve turistas; el centésimo fue a caer allá, sobre el verde mar muerto de los cañaverales, y quedó ileso: los que vieron aquella pirueta de bañista la recuerdan aún entusiasmados.

Aquella iglesia de San Juan, torrimutilada en cualquier combate heroico, hace diez años que camina, cojeando, asonantando el suyo al paso de la tarde, hacia algún cuartel de inválidos; noto que sólo ha avanzado, desde entonces, cincuenta metros, los que el pueblo ha crecido por el otro rumbo. Una vez subimos a ella, por la tarde, y gruñía entre dientes —en todos los dientes sucios de los escalones—, con un mal humor que la hizo detenerse en seco, negándose a seguir avanzando; nosotros, con unas largas varas, le hacíamos cosquillas en los nidos de los murciélagos y la obligábamos a hablar con su campana cascada. Pero llegó el sacristán rodeado del escándalo de su gallinero y abandonamos con pánico nuestra tarea de espolearla para que marchara más aprisa.

Porque aquella iglesia tenía un sacristán que criaba gallinas y una caricatura de Cristo que coleccionaba exvotos: don Manuel el tendero se veía en una perspectiva estrambótica bajo las ruedas de un ómnibus, en la ciudad, enconmendándose al Cristo que, posado sobre el vehículo, parecía un hombre muy pobre que viajaba "de trampa": gracias a esto sólo perdió en el accidente un brazo y una pierna, a pesar de que la imaginación artística había puesto su cabeza sobre los rieles. A Juan, el del trapiche, lo fusilaban en las dos divisiones laterales del retablo y, en la del centro, lo ahorcaban de un poste telegráfico; pero luego fue coronel y hasta aprendió a hablar el español con corrección, pureza y elegancia. En una celda redonda, de arquitectura arbitraria, está el otro Juan, el hijo del médico, y su padre, que quiere salvarlo, deja en un rincón su ciencia y se arrodilla ante el ventanuco, por donde entra una luz de milagro que no le inmuta.

¿Cómo se verá el cielo ahora? No sé si mi pregunta será por el zumbar de un aeroplano, que acabo de oír, o si el aeroplano nació por mi pregunta. Allá, sobre la sierra frágil, violeta, se sostiene como por magia el teatral creciente de la luna, deslucido, falso. En el monte cercano los carboneros hacen su invierno: columnas de humo blanco lo pueblan, como cumplidos pedestales para las estatuas que levantemos a nuestros fáciles héroes; y todo, aherrojado por los troncos que bordean el camino, todo encarcelado como corresponde al símbolo de la decoración. Y luego la hacienda de mis padres que se nos echa encima, blanca y verde, en un viraje violento: —¡Cuidado, por Dios, muchacho! El torreón blanco sube ahora, a medida que nos acercamos, clavándose en el cielo de añil; parece que se desmorona y que un poco de sus almenas echa a volar, pero no es sino la banda de palomas que se azora ante el jadear del motor. Yo no puedo confesar, como Azorín, mi pequeña admiración filosófica por aquel Administrador obeso que hacía disminuir, día a día, la bandada de palomas; y no puedo confesarlo porque sería inmodesto, ya que también yo colaboraba en esa tarea. ¡Qué cosas! ¿Pues no estaba ya pensando mi autobiografía? —¡Cuidado, por Dios, muchacho!

Después es una gran blancura que nos ciega, el mar, y una cosa oscura, parda, vieja, el pueblo, mi pueblo, que nos recibe hoscamente, sin quitarse las casas de la orilla los anchos sombreros de palma de los tejados, con sus aleros excesivos, y en el que nos detenemos con esa impresión de las paradas forzosas ocasionadas por un neumático que estalla muy ruidosamente.

III
ELEGÍA DE LAS GLÁNDULAS DE MONO

—Muy bien, don Juan, ¿y usted?
—Así y así. ¡Pero qué "crecida" has dado, muchacho!
—Sí, algo. Pero yo no tengo la culpa.

Y el diálogo se repite mil veces en cada calle. Ya estoy exasperado. ¿Pues qué se creerían estas pobres gentes colmadas de imaginación, pero incapaces de distinguir la diferencia que va de diez meses a diez años? Si la nana, octogenaria, hasta se ha persignado al verme, tras de jurar con un juramento rotundo. Sólo tú me hubieras reconocido al punto, madre, y me hubieras recibido con naturalidad; sólo tú y Ernestina.

Anoche, en mi cuarto, había una legión innumerable de nombres exóticos, que a mí me sonaban familiares y que pensé mostrar ahora, en la plaza, como un montón de cuentas de vidrio multicolor que deslumbraría a los indígenas estos —abrirían unos ojos tamaños y me darían en cambio, a puñados, el oro de su admiración absoluta—. Iban naciendo, como de un huevo de luz, de cada foquillo eléctrico en todas las ciudades que he conocido, en todas las que he entrevisto desde el tren, por la noche, cuando para llamar al sueño nos ponemos a contar las estrellas terrestres, rastreras, que se detienen, un suspiro, en la ventanilla. Se me habían entrado en mi cuarto y yo los iba leyendo todos a un tiempo, con pupilas prismáticas, como cuando nos restregamos muy fuerte los ojos y miramos a todas las constelaciones que en ellos se han fijado, planis-

131

ferios celestes, con tintas indelebles. Antología sentimental que compendiaba los cinco continentes en un donjuanismo fracasado que se conformaba con hacer unas listas muy largas de miradas, de palabras aisladas dichas al acaso, de sonrisas arrojadas a los cuatro vientos, que yo me apresuraba a recoger y a guardarme, furtivamente, en el bolsón desbordado de los ojos. Pero estaban también los signos de las que me han amado, pequeñitas, insignificantes y, sobresaliendo en la misma proporción de mi talla a la suya cuando yo era niño, la más alta, la más firme, esta muchacha que voy a ver dentro de un momento, quién sabe cómo, quién sabe cuán desolada.

Y otra vez, otra vez:

—¿Pero eres tú, muchacho? ¡Qué "crecida" has dado!

—Sí, soy yo, pero le juro a usted que casi no he puesto nada de mi parte...

Mil veces en cada calle.

Me detengo un punto, algo ruborizado, al comprobar que, ahora, no me acoge el menor temblor, no estoy ya melancólico, no siento ninguna inquietud por lo que será dentro de un instante, como algo inevitable y demasiado sabido ya por la frecuencia del ensueño exacto, fidedigno. Es el mismo viejo portón, que a pesar de la pintura reciente se adivina caduco, apolillado e inútil, como bajo los afeites esos rostros marchitados en la coquetería, o el tedio, o el dolor; sería el tedio, que pone su cifra en el polvillo que cubre las alas del gran listón enlutado que ensucia la piedra blanca del dintel, mariposa de muy malos agüeros: —Sí, ya sé, murió también el padre, pero hace tanto tiempo y era su vida tan inútil... Cuando vivía, algunas noches vergonzosas nos llegábamos hasta aquí, con cautela, a sabiendas del mal que hacíamos, y dábamos dos fuertes aldabonazos para hacerle rabiar al saber que "no era nadie". Ahora, al tomar entre mis dedos la aldaba inmensa, me extraña no tener necesidad de ponerme de puntillas, como entonces, para alcanzarla. Es indudable que, sin darme cuenta, he crecido un poco.

¿Quién será esta criada seca, rugosa, que me viene a abrir? No la recuerdo, no podré recordarla, después, nunca; de seguro

que, si ya estaba aquí en aquella época, se confundiría su rostro de corteza de árbol con el embaldosado. La Señorita no
está, pero sólo tardará un "ratito", que yo no tendré inconveniente en esperarla.

El corredor, los tiestos, los pájaros que el calor del mediodía
hace enmudecer en sus jaulas, el silencio infinito, denso, pesado, todo está lo mismo ahora. Me abren la puerta de la sala,
que rechina con todos los goznes enmohecidos, protestando por
este despertar desacostumbrado a que se le obliga. Sobre la
gama de la alfombra afelpada, que ha crecido un poco, se
marca una vereda muy perceptible que va de la puerta al estrado; yo la sigo puntualmente por mi costumbre ciudadana
de aquellos torvos letreros en que se prohibe marchar sobre los
prados, temeroso de que mis huellas queden impresas, demasiado visibles, sobre la alfombra; es, en verdad, como un trocito de parque citadino y los retratos "no" me miran pasar,
como transeúntes abstraídos, indiferentes, desconocidos, pues
hasta ya me iba un piropo a la mitad de la garganta, al ver
ese retrato de mujer que se detiene un momento, descocada,
siguiéndome con la mirada de sus ojos "al óleo" desde la puerta hasta el sofá que, menos duro que las bancas públicas, me
hace dudar de mi apreciación anterior y reconocer que, de ser
un parque, es bien extraño que los espejos de las fuentes sean,
en él, verticales. Y luego el piano, con su guardapolvo negro
entreabierto, como un tabernáculo, como un altar en que se
adora el busto en yeso, blanco y negro, de un tísico muy lán-
guido y muy enlutado, del tenebroso señor Chopin. Y las grandes cortinas de encajes, recogidas en una curva como de muslos
y piernas de mujer, de amazona de circo que cabalga un potro
de luz invisible; y, muy pequeñito, en un marco sin importancia, mi retrato, el que me hicieron todo de blanco, cuando
mi primera comunión.

Después es el portón que se abre con ruido, y un silencio
puntuado por las leves y rápidas interrupciones de un taconeo
como el de los tacones de las botas de siete leguas, en los pies
de Pulgarcito; un taconeo creciente que se detiene, nervioso,
adivinándose que para hacerlo han tenido que usar los frenos,
ante la puerta. Me he puesto de pie y paso maquinalmente mi

mano por la cabeza, corrigiendo la rebeldía posible de algún mechón insuficientemente engrasado. En las tinieblas introspectivas se me enciende un foquito de objetividad: la mujer que se ha detenido sobre el umbral no se parece a Ernestina, sino a la fotografía de su madre; pero yo no puedo admitir así como así un milagro tan vulgar como el de las apariciones de los muertos.

Está hermosa y joven, increíblemente joven, embarnecida también y hasta con un principio de obesidad, fruto a punto de desprenderse de la rama, mediodía de carne tórrida, pleamar de glóbulos rojos en las arterias; viajera que, habiendo partido de la Toledo del Greco, se detiene a pernoctar en la Francia de Watteau para seguir con rumbo a Flandes, donde habrá alquilado para habitación algún cuadro de Rubens. Yo me perdería en este itinerario proceloso sin el *Baedeker* de sus manos, lo mismo de largas y de débiles, y el parpadeo de faro de sus ojos anchos, que apagan y encienden sus luces verdes —¡ALTO! ¡ADELANTE!—, deletreando su nombre verdadero y repitiéndome que ésta es, con todo y mis imaginaciones, Ernestina, no la Ernestina de entonces, naturalmente, no la sólo mía por el arte.

Tampoco me reconoce desde luego, acaso porque la sorpresa me debe haber alargado el rostro; luego es una cierta congoja que me va ganando ante la amenaza de que también su boca se deforme en una posible alusión a mi crecimiento. Y también una molestia, una irritación sorda contra ella —que no es igual a mi recuerdo— y contra mí, que no supe imaginarla igual a ella; es la irritación absurda, irrazonable, de cuando se sabe que a nuestro billete no le ha dado la suerte —esa suerte en que creemos, aunque sea confusamente— el premio máximo de la lotería. Mejor será que hayamos enmudecido, porque nuestras palabras airadas nos habrían quemado y roto la cinta de seda que aún nos ata, entrañable y, al propio tiempo, muy perceptible.

Es extraordinariamente difícil el principio de nuestra conversación; llego a pensar que no hemos sido aún presentados y que habremos de improvisar un pretexto cualquiera —¿es

134

suyo este pañuelo oloroso a mujeres en flor?, ¿le molesta el canto de ese pájaro y me permite que le arroje un poco de invierno en mi más helado desprecio?— para empezar a hablar del tiempo, de la temperatura, y luego de las pequeñas coincidencias que atan para todo el verano de los hoteles. Ella puede, al fin, tutearme con más naturalidad, y, menos sorprendida que yo —"qué bien estás", como única alusión a lo que debo de haber cambiado, ¡qué agradecimiento!—, se pone a hablarme con una locuacidad no sospechada, pero eludiendo, retardando el minuto en que habrá de referirse a sí misma, como avergonzada de su infidelidad a la imagen que de ella traía yo, el hombre defraudado más lamentablemente.

¿O es que se ha reconquistado? Antaño, bien que lo recuerdo, ya me parecía una cosa pasajera, falsa, adoptada con esfuerzo visible —sin retirar, al terminarlo, el molde—, su naturaleza. La máscara. ¿Pero será índice únicamente de hipocresía? Cierto que era débil y tímida —y los cobardes son cautos y furtivos, pero esa actitud sostenida, continuada tan penosamente, ¿no era una fortaleza íntima, esencial, más real o tan real, al menos, como las otras? Dilucidaciones eclécticas que yo no puedo arrojar de la república de mi ortodoxia espiritual, porque me sirven para los momentos estos en que asiste uno, estupefacto, a la trayectoria funambulesca, al salto mortal que sobre nuestra conciencia da un alma de Cristo a Epicuro. Mas yo no debo pensar cosas tan abstractas en esta celebración de lo pintoresco que se inicia en este instante, en el comedor, por la oposición de esta mujer a la que yo presumía. Aprendió por fin a hacer ruido: esos gritos, acompasados como en un coro, que son los colores armónicos de sus vestidos; ese ruido de la actitud levantada, del gesto erguido, de la sapiencia superior de las miradas, lanzadas de arriba abajo aunque no sea necesario; y la voz, que sabe modelar ahora las palabras, como haciendo líquido, con volumen, el aire con que las pronuncia: palabras tangibles y con sabor y con aroma, blancas, aguzadas al final, como si al hablar salieran de sus labios, no las onzas de oro del cuento, sino toda la existencia en merengues cónicos de una repostería. Hasta me asaltan deseos de suplicarle que no hable sino a los postres. Puede ya reír sin esfuerzo, porque sus mejillas al redondearse han hecho menos abiertos hacia abajo los ángulos de la boca; además, su dentadura deslumbrante hace de cada sonrisa un fogonazo de magnesio que la pone en condiciones más ventajosas sobre mí, y parece halagarle el que de vez en vez saque, sin darme cuenta, el pañuelo, para secarme a hurtadillas un imaginario lacrimeo que eso me produce.

Luego hay otra transición:

—Perdóname que no califique aún, Ernestina, esta sorpresa; sería aventurado y probablemente injusto, y temo disgustarte a ti, de ayer, o a ti, de hoy. Mira, nuestra amistad acaba de nacer, no protestes: yo no te conocía así y mi timidez me impide aprovecharme del lance para decirte un piropo; después de comer iremos a donde quieras, si no es, todavía, a la iglesia.

—No, no es necesario. Mi juventud, la juventud es desbordada: se es romántico y hay que optar por la devoción o la depravación; yo no pesaba dos adarmes; pero ahora he leído un poco y no creas que me he estado encerrada todo este tiempo en el pueblo; hoy sólo vengo durante el verano. Además también aquí estuvieron los revolucionarios y un novio me propuso una vez raptarme; no lo permití porque mi padre iba a morir pronto, y más valía esperar que variar sólo de esclavitud. Pero creo que lo amaba, aunque no tanto como a esta libertad que yo no conocía, amada acaso por eso, y cuando rompimos las relaciones me arranqué el corazón para siempre, cuando le oí respirar satisfecho, como diciendo: "¡Vaya, vaya novia más fúnebre que me había echado!" Luego supe que eso había dicho a sus amigos, y fue entonces cuando decidí ser como ahora, en cuanto mi padre muriera.

Conversamos en monólogo, reposados, crueles, serios ya, poniéndole su moraleja, en el ademán, a cada frase. Cada minuto es más distinta, como que se aleja de sí misma, horizontal, por un sendero muy tortuoso, perdiéndose, dejándose abandonada en mi recuerdo; yo la sigo tal vez, pero sólo con la mirada, un poco enternecido, con los ojos húmedos, no sé si por deslumbrados con el reflejo de sus dientes, no sé si con ganas de llorar, no sé, en fin, si por lo picante de este guiso vernáculo que ya no había gustado en tanto tiempo.

136

Estos ratos inacabables de la siesta, en los pueblos, tendidos en una hamaca que, como péndulo exacto, va contando los minutos perdidos, largos como los de una espera en que no separásemos la vista del reloj; se llama al sueño desesperadamente, pero el sueño no sabe nadar y le es imposible atravesar el pequeño lago, negro y amargo, de la ineludible taza de café. Hasta las cinco la veré, cuando el sol empiece a alumbrar horizontalmente los rostros de las casas, que, deslumbradas, cerrarán los ojos de las ventanas, bajando los pardeluces estriados como párpados de largas pestañas; hasta las cinco me estaré leyendo sin enterarme casi, sólo con los ojos de la carne, estos libros queridos que son, cada uno, como la promesa de que en el siguiente aprenderé lo que él no pudo enseñarme. Aquellos zopilotes saben más de mecánica y vuelan más elegantes, más seguros, que el mejor aviador en el mejor de los aparatos; un día conocí un perro que usaba micrófonos y un elefante peripatético, gran imitador de Cristo (probablemente sin ser lector de Kempis), que a todo el que se le acercaba le ofrecía cuándo una flor, cuándo un corazón, que iba cortando entre los prados del zoológico, florecidos de rosales y muchachas, derechos, altos, tan altos que uno no hubiera podido alcanzarlos sin el apéndice proboscidio, eficiente como un mal madrigal o unas buenas tijeras; así habrá también un animal apto como ningún hombre en explicarse la biología, la psicopatología y la retórica de las mujeres; ante Ernestina me he convencido de que ese animal no es Don Juan, el vertiginoso. ¿Pero qué necesito yo explicarme esto que está tan bien así, sentimental, absurdo, arbitrario? Y sin embargo...

Desde aquí, desde el patio de mi casa, más abierta al cielo, se oye muy claro el respirar ultrasanguíneo, poderoso, de ese loco apopléjico de cuarenta mil años —quién sabe si por lo que siempre he sospechado que éste, el mar, se prolonga por el cielo, en espíritu, al menos—. Por eso también dudamos un momento, Ernestina y yo, antes de embarcarnos, pero luego nos decidimos, seguros de que en todo caso nunca sabremos si navegamos por el mar o por el cielo. Yo todavía me acuerdo de la Invitación al Viaje, y de mi boca saltan los paisajes exóticos como si mis palabras, larga cinta de celuloide, proyectaran vistas cinematográficas que impresionaron, en otros días, mis ojos. Como el vapor sólo viene a mi pueblo cada mes, huimos en una balsa pesada, tarda; Ernestina me va mostrando como a un médico su rostro marchito, su seno marchito, todo su cuerpo marchito, que ha desnudado para arrojarse al mar en un cansado salto sin gracia; nada silenciosamente, como una sirena envejecida que tomó un resfriado y perdió la voz; yo he crecido hasta la talla de Odiseo, y las algas me aprisionan, me retienen atado al mástil de la balsa; el viento marino trae sales que se pintaron de rojo en el crepúsculo, y me embadurna el cuerpo desnudo, disfrazándome de cardenal; Ernestina nada silenciosamente, como una sirena envejecida, en el mar sangriento. En el horizonte nace una gran ballena de cobre que se acerca a flor de agua rápidamente, como un submarino que nos enfoca el doble periscopio de su géiser; quiero gritar, advertir a la muchacha, pero la espuma de las olas me amordaza con una fina batista irrechazable; ahora, más de cerca, me parece que tiene rostro humano y no sé, pero me parece que es el rostro, conocido en todos los periódicos, de Voronoff; sí, es indudablemente él: ¿para qué usará este *camouflage*? Ernestina sigue nadando en torno de la balsa, silenciosamente, como una sirena, etc.; la vida se ha detenido y, como un buen automóvil, ha encendido su foquillo rojo posterior —el que sirve para indicar las paradas— el sol moribundo, horizontal. Cierro los ojos, angustiadamente, desesperadamente; Voronoff, la ballena, el submarino, se ha tragado, como a un Jonás macilento, a la sirena envejecida, que no ha tenido tiempo de lanzar un solo ¡ay!; ya recuerdo que por el esófago de una ballena no cabe un cuerpo tan grande, pero ahora me conviene darle más fe a la Biblia. Cuando salgo de mi desmayo, ya el viento me paseó por todas las playas; en esta donde desembarco empieza un bosque que yo "sí" puedo ver, a pesar del proverbio alemán y de los árboles, como si fueran de cristal: en la espesura hay hombres blancos que tocan música de negros y etíopes de frac que transmiten por el inalámbrico conferencias llenas de ingenio, de citas aristotélicas y de terribles alusiones a la democracia, a la pulcritud y al juego de dados; los papagayos escuchan con emoción, pero, aunque enmudecidos, parece que siguieran hablando. Ahora todos se dirigen, corriendo, hacia la playa y pienso por un momento que se trata de recibirme con una recepción espléndida; pero no me miran a mí y pasan de largo, sin percibirme, lanzando hurras al mar que acabo de abandonar; yo encuentro este panteísmo un poco demodé y ridículo, y estoy a punto de gritarlo, pero me contengo difícilmente. Los fotógrafos ajustan a su *kodak* lentes convexos o cóncavos, para perpetuar la escena lo menos fielmente posible, y los reporteros de los grandes diarios, que ya conocía yo de vista, aprestan unos voluminosos cuadernos de entre cuyas hojas salta, como una flor romántica de entre las de un libro de versos, la verdad disecada, aplastada, que ellos se ponen a inflar como un globo de goma elástica pintarrajeado, desfigurado. Me vuelvo también hacia el mar, que es más el cielo que nunca; de una ola enorme, como de una nube dirigible, ha nacido Voronoff, con su sonrisa más cruel; ahora parece sólo un submarino, sin duda para no disonar en el paisaje; en su lomo se abre un escotillón por donde aparece Ernestina, riéndose, rejuvenecida, embarnecida, hasta con un principio de obesidad; la multitud la saluda y me la roba, para siempre, llevándosela entre las músicas negras de los blancos y los discursos europeizantes de los negros...

IV

FOTOGRAFÍA DESENFOCADA

Llego a la cita con un pequeño retraso, agradecido al bochorno de la siesta que me permite la fácil vanidad de no ser el primero; bien sospechaba que el reloj de la hamaca no sería muy exacto. Ernestina, que me esperaba, finge ahora que no ha terminado de arreglarse. Como si pretendiera demostrarme lo inútil de la velocidad, va y viene del tocador al gran ropero y cada vez que se acerca a los espejos parece que fuera a abrazar a su imagen, como a una amiga no vista en muchos años. Sus pasos señalan el compás a la música incivil e inspirada de los pájaros, que inician mil veces, sin proseguirla, ensayándola, una partitura escrita en el pentagrama de alambre de las jaulas, vertical. Luego, en la calle, nuestros pasos serán el pulso exangüe del pueblo, que empieza a despertar, desperezándose ruidosamente y haciendo circular la rápida hemorragia que sale por la puerta de las escuelas; parece como que, al trasluz, frente al sol de la tarde, empezara a caer una lluvia de cristales prismáticos; pero luego se rectifica la impresión, porque el iris de las risas infantiles es mejor que una cabellera ascendente de cohetes de colores. Como yo, hace tantos años, algunos rapaces sonríen a Ernestina y se acercan como plantas animadas ofreciéndole, para que las corte, las flores en botón de sus cabezas; pero ella se conforma con inclinarse a olerlas y darles un beso literalmente católico. Ya cuando crezcan no dejarán de cortarles el cuello, pobres Holofernes voluntarios, pobres Bautistas impacientes.

Me animo a tomarla del brazo, mistificador, para que crean los vecinos que nos amamos; pero es indudable que aquí nos conocen demasiado y no olvidan nuestras edades respectivas. Las muchachas de aquellos días pasean ahora su prole y su grasa, con ese contoneo gallináceo de las matronas, vestidas con un mal gusto imponderable; Ernestina las saluda y las besa; ¿pero es que hoy sólo sabe besar? En la playa, que es una isla volcánica de vida citadina, rodeada por el pardo lago del pueblo, florecen con efusión tropical las plantas regionales y los sombreros de jipi, éstos en sus tallos de trajes *palm-beach;* cuando los zafios del pueblo se descubren a nuestro paso, con sus sonrisas villanas, hacen un ademán de ir a decapitarse. Una niña paliducha abre los ojos enormes, asombrada, sobre el pedazo de cielo que ha caído en la fuente central; hay demasiados vehículos ya, con ser sólo diez o doce, y sus figuras y el grito de sus bocinas los hacen iguales a una manada de gansos pastoreada por la iglesia. Yo, que me acuerdo del sueño de esta tarde, arrastro a la amiga lejos del mar, con miedo de perderla, por la calle opuesta a la que lleva al muelle; como no se explica mi actitud, sonríe; ¿me amará? Sí, me ama, pero ni ella ni yo sabemos de qué manera, con qué amor. Ya estamos en el parque nuevo, el que hicieron, tirándole las tapias y rasurándola con tijeras de peluquero, en la huerta del Carmen; allá queda el crepúsculo, idéntico a siempre, lloviéndose sobre las casas enanas, asimétricas, que se pintan el rostro al paso de la hora, blancas, violetas, purpúreas —toda la gama y toda la sombra—, y en un desorden romántico que me enternece primero y luego me desespera y me avergüenza. Y nosotros, empequeñecidos, recorriendo las callejas de esta otra ciudad verde —que es como su reflejo ennoblecido y ya sereno—, donde la geometría jardinera dibujó en los cedros disciplinados todas las arquitecturas. Me parece que ella preferiría mi beso entre los dientes, pero es sincero mi propósito cuando le ofrezco tatuarle pirámides y cúpulas en el árbol vehemente de su corazón. Si a mí me parecía que lo que dijo en la comida era una lectura anterior, también mía, y que ella, negándolo, me mostraba más rojo que nunca su corazón adormecido. Y le propongo el ejemplo de los pájaros, civilizados casi, anidando en estos rascacielos como en los suyos mis amigas lejanas —también pájaras—, de nombres inefables por difíciles de pronunciar. ¡Ciega, ciega! ¡Qué felices sus ojos deslumbrados ante la joya de mi voz, que yo voy arrancando de mi garganta para colgarla de la suya! Ella, en cambio, qué caídas palabras va mezclando al humo de mi cigarrillo:

—Sí, y me ofrecías crecer de prisa para ser mi novio, chiquillo. Y yo que no podía a mi vez ofrecerte no envejecer...

—No digas, Tina, si es al contrario, si has rejuvenecido incomprensiblemente. Si entonces, dices, no pesabas dos adarmes, y hoy, aunque has leído mucho, no sabes aún la tristeza de la carne.

—Eso, ¿aunque te haya dicho que ya no tengo corazón?

—Yo sé que es un órgano molesto que quisiéramos suprimir, no viéndolo, imaginándonos que, sin ponernos la mano sobre el pecho, podremos olvidarle.

Sus ojos se iluminan, alargados, y no porque se haya quedado mirando hacia el crepúsculo, a diez años de distancia, en una pose opuesta a la de aquel retrato que conservo. Bajo los afeites perfectos la adivino encendida como no lo estuvo nunca, y me temo que habré de demandarla, judicialmente, ante la probidad universal y la cavilación homérida de los viejos de nuestra aldea, por este pensamiento mío de carne que está chamuscando las hojas tiernas, verdiamarillas, de los prados. Pero

141

lo matamos, recién nacido, ahogándolo entre nuestras manos, que se han unido muy castamente, frente al pueblo que se va constelando de luciérnagas, al mismo tiempo que el cielo, como si fuera, muy bajo, su espejo.

—Entonces, ¿no me amas?

—Así no. Yo no puedo dejar de considerarte un chiquillo; para mí no has cambiado, y por eso te soporto junto a mí.

—No mientas, tú seguirás siendo la misma de aquellos días, o la que lógicamente se anunciaba para ahora en aquellos días, y sobre mi conciencia pesaría el deber de seguir siendo un niño. Pero tú no puedes ya verme como entonces, porque has dejado aquel punto de vista. Me has traicionado en cierto sentido que no quiero explicarte, y, para no despreciarnos, es necesario que nos amemos.

—Je n'en vois pas la nécessité.

—¿Te burlas?

—Me burlo.

—Entonces, me amas. Bésame.

—No te amo, pero te beso.

En este minuto ya sabríamos la exactitud del verso de Mallarmé, y de la tristeza de la carne nos nacería un imperativo macilento, el deber de separarnos para siempre a riesgo de no poder hacerlo nunca. Monologamos, conversando a solas con nuestro egoísmo; ya no la invitación al viaje; ¿qué niebla londinense me impediría ver siempre su rostro enrojecido?, ¿dónde ha crecido la higuera en que se pueda ahorcar mi remordimiento? Pero basta; ya mis ancestros lloraron por mí muchas noches largas —¿de cuál habré heredado esta inconsciencia en el mal, mi ferocidad de esta hora? Por un camino blanco abierto en el cielo va mi inocencia, pisando la leche derramada por Hércules: lo que se aleja es lo que muere. Camino de Santiago, el mar devuelve sus muertos a la tierra, pero mi niñez y aquella muchacha contradictoria, esa muñeca de papel dactilografiado que yo fui dibujando, con mi pluma más literaria, sobre mi vida, se han entrado en el círculo vicioso de la serpiente que se muerde la cola. Además, ya de nada me servirían y por algo tiene el libro la forma de una losa sepulcral; cierto que no pesa

142

lo suficiente, pero los muertos ya no pueden establecer ponderaciones fundándose en las leyes de gravedad. Déjame que me lave de mi virtud y de tu literatura, Ernestina; tú y yo nos casaremos cuando pase la cuaresma, aunque las comadres murmuren de la diferencia de nuestras edades: éste es un tema para comadres y carreteros; y entonces nos iremos del pueblo, que ya no es escenario para ti. Sólo cuando te empieces a marchitar literal y definitivamente, haremos un viaje a Yucatán para divorciarnos; después volverás al pueblo a reconquistar tu mote, y cuando oigas que te llaman "La Mocha", recordarás enternecida, entre rezo y rezo, a aquel muchacho que soñó una vez cerrar para siempre, aunque se oscureciera todo el pueblo también para siempre, todas las ventanas y las puertas de tu casa. Ya para entonces habrás aprendido otra vez a llorar silenciosamente...

Me asalta un escrúpulo:

—¿No quisiste una vez ser mi madrina? ¿No estuviste a punto de serlo?

—Sí; y te recuerdo que la teología no ha revolucionado.

Me besa con un beso frío, horrible, sobre las mejillas, y me rechaza dulcemente, sin violencia, como hubiera querido ser mi abrazo; ¿dónde sufrí yo una farsa romántica como ésta, en una noche idéntica? Los hombres se doctoraban en ruido, y clavaban a tiros las flores de sus cohetes, en el azul ensombrecido; pero cuando los ángeles respondían con el cohete silencioso de una estrella fugaz, sólo los astrónomos y nosotros, señeros, aprendíamos la lección. Ya sin palabras, el amor podía ser íntegro y brutal, y esto espantaba a las pobres mujeres que preguntaban la hora, el día o el año. También era general que preguntaran dónde estaban, y esto era en Nueva York o en la India. Sobre todo hay que recordar que en la India eran de la misma estatura las palmeras, el chorro de las fuentes y las muchachas, pero éstas hablaban con una voz exagerada que nos hacía preferible leer la *Guía de Hoteles* o el *Ramayana*. Y ellas se apartaban dulcemente, sin violencia, con una mano sobre el seno, firme como una armadura. Sucedía entonces, como ahora, que los hombres ya no sabíamos rogar, ni llorar, y las veíamos marcharse o volver al coloquio recompuesto con

143

sólo un fácil nudo, sin fuerzas para protestar; era el minuto este de ahora en que se dice que hay que matarlas o dejarlas, y nosotros no llevábamos ni un alfiler y no teníamos la fuerza digital de Otelo. Así Ernestina me explica pobremente que no entiende el amor, y que permanecerá soltera porque los hombres le repugnan; cuando pequeña, su retraimiento obedecía a eso que yo había entrevisto, a lo áspero del mundo externo, que le causaba dolor, al tocarlo, en la yema de los dedos; y luego lo amargo de su juventud prodigada en la obediencia a las restricciones paternales, y después aquel afán suyo de comodidad espiritual, que encontraba preferible la libertad somera de las ciudades a la historia ostensible de un noviazgo pueblerino. Ernestina es la víctima de su sensibilidad; ¡qué bien que lo explicaría ante una asamblea de frenólogos o ante un concilio! Pero yo soy menguado auditorio y, en el pueblo, me distraigo fácilmente cada vez que hay que atravesar por un estrado de los que se forman en las banquetas, y hay que pedir permiso, con el sombrero en la mano, y dar las gracias y saludar.

¿Cuál eres tú, Ernestina? He aquí cómo he venido a certificar la deficiencia de mis sentidos, la enorme ineptitud de mi razón para conocerte y de mi conciencia para juzgarte. ¿Cómo eres tú, verdadera? Sé que mi fracaso, que yo exhibo aquí como los pobres limosneros, a las puertas de la iglesia del pueblo, sus llagas, no puede serte ofrecido en desagravio; pero hay también algo menos apresurado que este libro, y es la miseria mía que yo guardo para cuando, en las noches, me entra un hambre profunda de irla soltando al viento, poquito a poco, en unos largos suspiros que allá te irán a encontrar, entre la brisa, buscándote el corazón. Te daré mi humildad en cada aniversario, probablemente guardando "cinco minutos de silencio" en tu honor, por las palabras torcidas que he dicho esta tarde. Mira, ahora, en mi cuarto, mi imaginación ha partido antes que yo, y también se ha perdido entre los dibujos complicados de mis pijamas y de mi kimona; y andando, andando, se ha llegado a todas las ciudades que conozco, y ha reunido en un haz muy apretado todos los foquillos eléctricos de los cuales nacían,.

en otra noche memorable, muchos nombres de mujer exóticos, que yo leía con mis pupilas de prisma; pero ahora con ser tantas bujías de fuerza que si penetrara un rayito de sol se perdería como un niño en un trigal, sólo forman, de modo inexplicable, la temblorosa llamita de cirio en que creí simbolizarte; y he puesto mi mano sobre ella para ofrecerte el dolor de la quemadura; pero tu llama, que alumbraba, no quemaba también. Por eso, mañana que me reintegre yo a la ausencia de la que no debí salir nunca, ya no me llevaré tu memoria, Ernestina, como un remordimiento que me queme entrañablemente el corazón, vuelto un grano de incienso; el recuerdo de tus metamorfosis me será solamente una llama fría, como para el poeta latino —"O nix, flamma mea"— la nieve cónica de las montañas. Pero hasta al escribir estas cosas sentimentales dudo, desesperando de lograr fijar tu rostro verdadero, como si, imagen en una agua de río, cambiase perpetuamente. O acaso tu rostro será el firme y sencillo, y todo es que yo, muy aprendiz de fotógrafo, no he logrado, no lograré acaso nunca, enfocarlo.

México, 1925.

145

NOVELA COMO NUBE

IXIÓN EN LA TIERRA

1, sumario de novela

Sus hermosas corbatas, culpables de sus horribles compañías. Le han dado un gusto por las flores hasta en los poemas: rosas, claveles, palabras que avergüenza ya pronunciar, narcisos sobre todo. Ernesto marcha inclinado sobre los espejos del calzado, sucesivos. Se ve pequeñito. Su tío tiene razón: siempre será sólo un niño. O poeta o millonario, se dijo en la encrucijada de los quince. Un camino quedaba que daba a la parte media de la colmena, pero esto no quiere decir que la burocracia sea para los zánganos.

Pequeña teoría y elogio de la inercia; datos estadísticos de los crímenes que evita. Un acróbata que caía, sin fin, desde aquel trapecio. Se quería asir del aire. La atmósfera en un cuadro que representara cosas de circo sólo podría resolverse mezclando almíbar a los colores. Su amigo el ingeniero del ingenio le reprochaba el ser lampiño. ¡Qué triste! No poder comparar en un poema las delicias de rasurarse con la estancia en Nápoles. Pero ¿quién no ha leído a Gide? Non point la sympathie, Natanael, l'amour. ¿Y quién lo practicaba? Sócrates, Shakespeare... Tantas Desdémonas en lechos de posada, tantas Ofelias en los estanques nocturnos.

Una se ahogó en su ojo derecho. Tendrá que usar un monoclo humo de Londres para ocultarla. Ladrar del viento policía, investigando asesinatos líricos. A la luna la mató Picasso en la calle Lepic, una noche del mes de... ¿de qué año?, del siglo xx. Aquel profesor de historia que refería: "día y noche, bajo los rayos del sol, los ejércitos..." La mala música del Sr. Nunó, fuerte como un trago de alcohol; los mismos resultados, alcohol o música, bebido, oída. Le decía: Asómate, amiga, a mi balcón del 15 de septiembre. Y Ofelia se caía siempre al mar de la calle. Era muy torpe, la pobre, para entender las lecciones, y la pólvora no iba a sostener eternamente la varilla del cohete. Vidas paralelas, profesión de cohete, amores con las señoritas de la clase media. Cada vez que su cielo amenazaba borrasca, encendía uno, como hacen los agricultores.

2, el café

Ya está cerca el café. Ahora el Ojo, como si Ernesto estuviera viviendo en verso, en esos versos antipotéticos del señor Hugo, tentándole al remordimiento. ¡Pobre Ofelia! Todo por la aversión de Ernesto al paisaje suburbano, resuelto en manchas de colores opacos, pastosos y, en el calzado, de lodo. Y por saber ya cómo terminan todas las películas, y por tener amigos —¡qué horribles compañías!— que le leen sus comedias antes de estrenarlas.

Su preferencia por ese café. Mana una luz, aparte de la metafórica, que se llueve de los espejos y sale a borbotones, por puertas y ventanas, a las calles sordas y apresuradas, ferrocarriles sin freno y sin fin hacia los campos. Pero la ciudad ha tomado pasaje de ida y vuelta, y en vano esperará el borracho el paso de su cama, y se tirará en la acera, recibiendo sobre su cansancio la burla del duchazo de luz.

Presiente que el que ría al último no encontrará ya justificación para su risa; recuerda una máxima popular de tan citada: "Reír antes de ser feliz, por miedo..." ¿Aquí, también, el miedo? No; engolfarse en el vacío gustoso, olvidado de ella, la suburbana, y de sus cavilaciones de postimpresionista.

Un mozo tira la luna llena sobre la mesa. El hastío empieza a derramar sobre el techo la leche embotellada en el cigarro. Si las frutas están en la cornisa, el salero estará lleno de azúcar. Se adivina el paso del Padre Brown. Pero los botellones no están llenos de vino, y los vasos son unos pobres vasos comunes que inmovilizan su ancho bostezo hacia arriba. Hechos de agua sedienta, esperan que el Moisés de su mano toque la roca de cristal del botellón.

Saludos. Sus brazos infinitos, como las luces de un faro, guían a los remeros de las mesas, rebaño incuestionablemente descarriado. Sus miradas untan de amor todos los rostros conocidos. No simpatía, Natanael, Amor. Pero allí está la réplica del Ojo, por Ofelia: —¿Y aquella muchacha, en los suburbios? ¿No, mejor, abandono?—. Leve discusión. Su principal argumento: —Su casa es un bungalow tan feo—. Y luego: —Si robarle a ella este amor, si el agrarista gesto de irlo repartiendo entre los indiferentes vecinos va aumentándoselo, fortaleciéndoselo, cabeza de hidra en proporción geométrica creciente.

3, Ofelia

Ofelia, donde las casas no están ni en la ciudad ni en el campo. Cada diez minutos el terremoto del tranvía la hará salir a la ventana, como arrastrada, como empujada por un torrente de luz. Se habrá dejado la cabellera de algodón, de muñeca francesa, que le aburre a él tanto. Una vez le agradó durante cinco minutos, cinco minutos durante los cuales estaba él comunicativo y se lo dijo. Parecerá un juguete, un objeto decorativo, un cuadro de Marie Laurencin, lo mismo: la chalina en un hombro, desnudo el otro. Tendrá flores en las manos. Querrá que la besen, y en el rostro blanco y redondo sólo resaltarán, brillantes, los ojos y la boca. Será sólo como un beso rodeado de leche.

Todos los que ahora bajen en aquella esquina tendrán para la esperanza de Ofelia el cuerpo de Ernesto, su manera de andar, sus ademanes de cansancio un poco exagerados. Muchos se dirigirán a la ventana y, viéndola tan abierta, no faltará algún audaz que la salte a robarle aquella sombra chinesca de finas curvas, que ensayarán, sobre la pantalla de los visillos, el temblor de él predilecto. En este instante, de seguro, ya la habrá perdido, ya se la habrán robado sin remedio.

4, la aparición

Lo mejor es tenderse, cruzados los brazos, ante el rompecabezas plástico de ese rostro descompuesto, como por el olvido, por

148

la lente poliédrica del botellón, allí enfrente. La nariz, bajo la boca, en el lugar del cuello. Tiene, aislada, un valor definitorio independiente; sensual, nerviosa, de aletas eléctricas como carne de rana en un experimento de laboratorio. Dos pares de ojos, en el lugar de las orejas, le brillan como dos aretes líquidos, incendiados. Así serían las joyas de la corona, hechas con los ojos coléricos de los mujiks rebeldes. La frente es todo el resto de la cara, multiplicada su convexidad por la del cristal de la botella.

Mujer, raro ejemplar despedazado del tronco indogermánico... Ernesto le haría un discurso elocuente, pero sin embargo de la deformación esta que se la ofrece fragmentaria, como una víctima de la cólera preconstitucional, está seguro de poder reconstruir puntualmente ese rostro femenino. La ha visto antes. En alguna parte con árboles y con horizontes profundos, contra una marina crepuscular, él le hizo una cofia con un poco de espuma y, hábil dentista, le incrustó diamantes de sonrisa entre los dientes menudos y fuertes. Ahora está viéndolos, hacia la mitad del botellón, como un anuncio conocido de dentífricos.

La voz de sus amigos. Viajan de Wölfflin a Caso, en un mariposeo ecléctico verdaderamente punible. Merecen quedarse en Caso para siempre. Sugieren hipótesis sobre la futura colisión de lo oriental y lo europeo sobre campiñas perfumadas de folklore, arrulladas por él dentro de la cuna que le hacen los dos brazos solícitos de la Sierra Madre. Agrias escenas de la guerra ruso-japonesa con acompañamientos de guitarras y fondo del Popo y del Izta, las pirámides de San Juan y ruinas de conventos churriguerescos. Tema para los autores de corridos. Problema futuro para nuestra peregrina dirección de Antropología, deformadora de cuentos de hadas.

Y Ernesto por los cerros de Úbeda. Pero Dios es grande y esa mujer no lo es tanto. Le parece de talla mediana, precisamente como la que anda buscando por su memoria, alumbrándose con la linterna-botellón.

Sí, esos cabellos rubios, ahora recortados, fueron juguete suyo una vez. Estaba él convaleciente. Un permiso, un mes íntegro de la renta paternal. Muchas horas, dos días de ferrocarril. Alimentación metódica, aire, sol, aburrimiento. Los médicos de la ciudad recomendaban el campo; los rurales las diversiones citadinas. Era un partido de tennis, sobre la red ferroviaria, y los enfermos obedecían sin resistencia su destino de pelotas.

Aquel médico le aseguró que las excitaciones le matarían, bilioso ex habitante de Pachuca, y se empeñaba en que no pensara, no peleara y no amara. Lo tranquilizó por cuanto al último mandamiento, pues sufría su primera crisis misógina por entonces, pero se atrevió a argüir, con mucha modestia, la dificultad del primero.

Aventuró su opinión de que equivalía a prescribir un tedio terapéutico. No, nada de literatura. A lo mejor lo declaraba loco, o neurasténico al menos, aquel médico peligroso. Acató sus fantasías, por peregrinas que le pareciesen, y se fue a buscar diversiones como de niño a una playa lejana. Escenario de sus primeros ensayos arquitectónicos, no sólo sobre la arena de la playa. Sobre la del alma también, pues entonces edificó un pequeño sistema filosófico que luego ha olvidado. Una ola se lo borraría.

Crepúsculo de los cinco sentidos. Y esta misma mujer, una tarde, ante el Pacífico todo amarillo como de tanto verse en él los chinos que infestaban el puerto. El mar, viejo barítono, ocultaba en el bolsillo de su verdiamarillo chaleco de fantasía la moneda del sol, jornal de todo un día de trémolos guturales. Ya en el fondo de los cafés y en los almacenes y en las callejas profundas estaban encendiendo las lámparas, y todavía la luz amarilla del crepúsculo andaba jugando con él por la playa, por las casas de la orilla, que se ponían lívidas al verla bajar por los despeñaderos mortales del promontorio, y trepar a las palmeras más altas, y dormirse, incauta, "haciendo el muerto", sobre las olas falaces, que fingían mecerla, acariciándola, para comérsela luego, como al sol. Noviembre olía a su día de muertos y todo el yodo marino no bastaba a apagar las llamas de cirio que eran, alargados e invertidos, los corazones y las bocas en forma de corazón de las mujeres que se tendían, pesadas de pensamientos cotidianos, melancólicos, sobre las rocas y las bancas del paseo. Y las rubias, que eran las más letradas, sabían que en noviembre las tardes tienen que ser de lo más amarillo, y, para lograrlo, se peinaban frente al mar hecho trizas.

Y había muchas que cantaban para adentro las canciones más en armonía con el paisaje, que seguía siendo un estado de alma a pesar de tantas escuelas de pintura posteriores, y algunas suspiraban con suspiros densos, pesados, sujetos a las leyes de gravedad, que se alzaban un poco, *geissers* hirvientes, para caer en seguida, como cosas de fundición de metales, al mar espumeante. Hasta hacía un poco de frío, pero esto no contradecía la realidad artística del espectáculo, y el ruido de los corazones desenfrenados, mil ochocientos y tantos, no permitía oír las cosas bíblicas que predicaba el mar mogólico, monosilábico y tartamudo, y los recuerdos más pavorosos ensordecían y cegaban como un viento desalado; y no había nadie que pensara en el porvenir, nadie que quisiera leerlo en las estrellas que iban asomándose, componiéndose antes el tocado, como novias pobres, en los pedacitos de espejo de las olas.

Y era algo muy grave y muy triste aquello. Era la agonía de los cinco sentidos. Porque también los dedos se habían agarrotado y se habían vuelto insensibles, envueltos en el guantelete duro de aquel frío insólito, absurdo, que nadie quería explicarse, y los dientes mordían el fruto amarillo de la tarde, que era de ceniza, y se mascaba el aire vanamente al decir palabras insípidas, sin sentido. Y, como el paisaje, el alma de esta mujer, pequeñita, sentimental y lastimosa, y por contraste al paisaje su figura, que era la primavera adelantada.

6, Eva

Ahora, esbozado ya el fondo, le es muy fácil reconstruir por completo ese rostro. Toda esa mujer y el prólogo de una historieta interrumpida y olvidada. Ella alza un rostro que comprueba sus hipótesis, pero ya no es necesario. ¡Eva! ¡Ah, sí, Eva! E... V... A. Nombre triangular y perfecto, con perfección sobria, clásica. Agradable de pronunciar, cuando se alarga la E y se saborea la V como uno de esos besos que son mordida también.

Bueno, aquella tarde, ante el Pacífico... ¿Qué estaba pensando? Ah, sí, la agonía de los cinco sentidos, y esta mujer pequeñita y sentimental, y sus cabellos entre los dedos, largos de nerviosos, del convaleciente. A esa hora se abre una glándula, de función más bien patológica, que segrega romanticismo. A esa hora todo está tremendamente exagerado. Bajo la soledad exaltada del crepúsculo agrio, los tenores dicen las cosas más inocentes —¿Me presta usted su lumbreeeeeee?— exagerando los trémolos del falsete. Los jóvenes se gritan por teléfono esas cosas incendiadas que hasta en el interior de los cines están mal. Se presiente que, si pasara por la playa un sacerdote, lo haría hisopeando a diestra y siniestra. Esto quiere decir que Eva sentía la necesidad de prometer algo para siempre, desfalleciendo y entrecerrando los ojos. Naturalmente, lo que juraba y quería que se le jurara era un amor que no sentían.

Lo improvisaron eterno, y él llevó su complacencia hasta improvisar, también, una historia suya increíble, para no llegar con las manos vacías al festín de las confidencias. Ya no recuerda si fue la anécdota que le supone nacido en el mar y llamado también Sindbad, o si repitió simplemente la que mayores éxitos le ha dado, aquella que le fruncía el entrecejo para que se leyeran en él cosas de gambusinos y filibusteros. Ella le confiaba la suya con música:

> *...soy de tierras muuuuuuy lejanas,*
> *soy de San Luiiiiiiiis Potosí,*

para el arranque, y por lacrimoso epílogo le aseguraba tener marchita el alma y el vino melancólico. Pero a pesar de sus devaneos por el campo, sembrado de trampas, de las canciones vernáculas, su relato tenía demasiada ilación para ser verídico. No era siquiera verosímil. Probablemente Eva tenía, además, imaginación. Cambiaron de juego, sin embargo, porque a él

152

le pareció de pronto —¿por qué?— que eran muy viejos amigos ya, hasta un poco parientes.

¿Por qué? Se le había acercado un momento antes:

—¿Pinta usted, señor?

No tuvo fuerzas para negarlo, porque ella lo veía. Confesiones estéticas de una burguesa: le gustaba la pintura, pero sólo entendía, un poco, de música. Le parecieron ingeniosas estas vacías palabras. Llegó a atribuirle cualidades fabulosas. Creyó ver en ella, sin motivo, el mirlo blanco: una mujer mexicana con sentido del humor. Acaso le parecía que no lo había dicho en serio. Era seguro.

Se prometió hacerle un retrato y desquitarse exagerando un poco ese rasgo: —¿Pinta usted? Resultaría la más impura, la más literaria de sus pinturas; bueno ¿y qué?

7, sus manzanas

Como se llamaba Eva, le confió que a la patrona de su nombre, vieja ya, demasiado pingüe ya para seguir ejerciendo alegremente de modelo para pintores, la conoció una vez en California, dueña de una finca empacadora. Pero no fue de Eva, fue de sus manzanas de lo que Ernesto le habló.

Que poseía la más valiosa colección. Que sabía el arte de ordenarlas, armonizándolas en una escala de sabores, como las teclas de un piano que se oyera con el paladar; y que tocaba en él sinfonías como Des Esseintes en el suyo de licores. Le contó también que tenía algunos ejemplares visiblemente apócrifos. Que las de Atalanta y las de las Hespérides, por ejemplo, no eran de muchos quilates. Y que Manzana de Anís no era más que un nombre y un poco de tono menor. Habló de Ceylán y del Paraíso terrestre y de sus manzanas venenosas, que guardan las huellas de unos dientes. Pero le dijo también que tenía una manzana, fruto que tentará a los hijos de nuestros hijos, y que esta manzana era en realidad un puñadito de humo, una sombra de manzana, una nube en forma de manzana o de Juno, postre cumplido para la generación que, ya

sin dientes por la alimentación sintética que los haga super-
fluos, sabrá saborear como es debido los olores.

Y para que no fuera Eva a atribuirle una significación ética
—la moral, qué divertida a los veintitantos—, le explicó que la
edad de oro de los sentidos, que floreció en la Babilonia del
tacto, que decayó con el predominio de músicos y pintores,
sólo volverá a ser en el mundo, un momento, con la hegemo-
nía del olfato, para extinguirse luego para siempre. ¿A qué
venía decirle todo esto? Probablemente porque aquella tarde a
Ernesto le parecía evidente la muerte de todo lo sensual.

Ella le oía sin asombro, aceptándolo todo posible, natural,
acaso porque no le interesaban esas anécdotas. Le interesaba
el amor.

8, su lexicología

Bueno, el amor, precisamente, no. Tenía demasiado, o le atri-
buía Ernesto gratuitamente, el sentido de la ironía, y por sabia
que hubiera sido no se habría podido llamar Eloísa nunca.

Hay personas que siempre parece como que hablan con fal-
tas de ortografía. Por correcta que sea su pronunciación, un
cronista fiel no resiste al deseo de llenar sus pláticas de caco-
grafías al transcribirlas, o, simplemente, al describirlas. Otras,
los diputados, sobre todo, los políticos en general, hablan sólo
con mayúsculas iniciales, intercalando muchas palabras entre
comillas, espaciadas y subrayadas. Es también una manera de
modestia, un modo de lograr que todas pasen inadvertidas.

Otras aún —de éstas, Eva— dicen palabras que necesitan,
cada una, de un asterisco, para explicar al margen la significación esotérica especial que tienen, en su boca, en cada caso.

No sólo las palabras: cada ademán, cada gesto, cada suspiro.
Cuando decía "amor", por ejemplo, se le dificultaba a Ernesto
el sentido de la frase. Entendía a veces "aventura", muy pocas
"sacrificio", las más "economía doméstica". Después de todo,
¡se parecía a Elena, tan poco a Ofelia!

Sigue una laguna en su recuerdo. No es el silencio acom-
pasado del sediento que bebe, sino el del que nunca hubiera

154

tenido sed, o temiera tenerla. ¡Qué rabia! ¿Por qué acataría aquella vez las prescripciones del Médico? Un día futuro, aún con Elena, contra toda la Medicina. Tendría que echarle la culpa a la crisis misógina, no muy sincera, que creía padecer. Su desesperación, al otro día, cuando desapareció Eva del hotel, de su vida.

Ahora, allí enfrente, se acentúa su parecido con Elena. Peor para Ofelia, la suburbana. Como lo natural es que no le recuerde, o finja no recordarle, él está seguro de que sucederá exactamente lo contrario.

Si se atreviera.

Pero sus amigos se creen escuchados por él. Se quedarán confusos si ven que le recorre un escalofrío, el de los encuentros peligrosos, y que esta descarga eléctrica tiene su relámpago de cabellos amarillos en la mesa vecina.

Querrán explicaciones. Él no puede darlas, porque la historia no es, para él, airosa. Se estremece. Imagina las burlas futuras. Sí, queda el expediente de la mentira, pero le sobra pereza. Mejor esperar. ¿Qué? Lo que sea.

La seguirá a la salida, un amigo providencial lo presentará, cualquier cosa.

9, el espionaje

No. Tendrá que seguirla. Siempre, siempre, por más que quiere evitarlo, la ironía de sus amigos —¡pero qué espantosas compañías!— al verle salir, inconsciente, fascinado, tras la pareja. El mozo guiña un ojo, cuando le paga de más, creyéndolo ebrio.

La calle le parece desierta, deformada, redonda, en su centro la pareja, como cuando se avanza con un farol en la mano y uno se siente inmóvil, y uno siente que lo que se mueve es el círculo de luz que lo conduce en su centro.

Pero no está desierta. Un automóvil le viene a demostrar, ruidosamente, que bien se puede nacer para hongo, que bien se puede nacer para genio, y, errando la vocación, dedicarse a víctima del tráfico.

Los hombres se deslizan a su lado rápidos, tan nocturnos, tan cabizbajos, disfrazados de poemas de Poe. Se respira densamente el heroísmo de ser hombre.

¿Tan cerca de su casa vive Eva? Nunca lo hubiera sospechado, y le parece mágico.

Y luego se queda en la noche con ese sentimiento trágico de la vida que tienen los perros callejeros que se aficionan a un noctámbulo y lo escoltan hasta su casa, y sufren la tremenda injusticia de un portazo en el rabo. Continúa en él, vicioso masoquismo, el de seguir en pos de algo, de alguien.

Irse tras la noche a conocer sus escondrijos de minutos, vigilarla paso a paso, ruido a ruido por la ciudad, por el campo silencio a silencio, por el cielo estrella a estrella.

Y la amargura de sentirse despierto y desbordado de cosas profundas, agua negra de las cisternas, hermana bastarda del agua nieve de los volcanes, en esta noche tan igual a la otra, en un puerto, ante el Pacífico, como si viviera el mismo momento, pero en los antípodas, Eva ya tan lejana.

Su confianza, al otro día, en el amigo providente que le presentará a Eva; no puede faltar, está seguro de que asistirá a la cita telepática que va dándole en cada esquina, en cada bar, en cada iglesia; de pronto saldrá —¿quién, quién?— de cualquier casa, y le invitará sin preámbulos a presentarse a Eva.

Hasta supera su timidez, más bien su desinterés en la vida, que llenaba antes de lógica sus sueños, sin permitirle ser nunca, siquiera en ellos, el protagonista, y con una mala fe terrible le asignaba siempre papeles de comparsa, de servidumbre a lo sumo. La vence. Ahora va, de noche, por la calle, y mira a Wallace Beery asaltando a un hombrecillo indefenso y ridículo, Chaplin, quizá. Ernesto lo defiende con heroísmo; el hombrecillo, que se descubre ser el esposo de Eva, le dice que renuncia a ella y se la da, sabiendo su amor, agradecidamente. O hace erupción el Popocatépetl, y ella y él, los únicos supervivientes, tienen que encontrarse por fuerza y se aman eternamente. Nada.

Nada ese día, ni el siguiente, hasta el sábado, preñado de maravillas.

10, el sábado

La tarde del sábado, al principio casi vacía, bostezo contenido de la siesta, cielo descolorido, casi blanco, que poco a poco va colorándose. Sólo flotan en el aire delgado aspiraciones sencillas: pasear por una plaza de pueblo, oyendo la serenata, del brazo de Ofelia; estar casado, tener hijos y ser asmático para roncar tan recio, tan recio, que, por la noche, se reconozca en él, Ernesto, por su manera de roncar, al hombre más prominente del pueblo, al que tiene la respiración del pueblo a su cargo. Ser presidente municipal...

Luego la tarde se transfigura, ensaya colores, se va llenando de cosas milagrosas; los inspectores del tráfico, los carrillos redondos, serios en su función pueril de inflar el globo de colores de la tarde, soplando sobre sus mismos brazos, molinos de viento. Alberto Durero que hace de las suyas, dibujando sus monstruos pueriles en el esqueleto metálico de un inmueble que no se acabará de construir nunca, contra el poniente enrojecido. La tarde, como esas muchachas que se ruborizan queriendo ocultar una hemorragia inesperada, y es como si la sangre les llenara todo el rostro, todo el cuerpo. Alguien, vestido de azul, el único sin manchas de sangre, se columpia, suavemente, en una nube atada de dos pararrayos, como una hamaca de púrpura.

Y Ernesto siente un terror muy preciso de perder el recuerdo, libro aún no leído, de Eva. Su sólo recuerdo es ya algo tan femenino, tan femenino, que no resistirá al deseo de estrenar uno de esos trajes magníficos que está realizando, en su barata, el crepúsculo, y se le convertirá en un *stratus* para írsele por sobre el bosque de lanzas con que la ciudad va componiendo su rendición de Breda.

Un cine abre su refugio engañoso, como la boca de un pez grande en espera de que se acerquen los chicos. Ernesto, encandilado, dando excusas a diestra y siniestra. Por fin. Un sitio vacío. ¿Vacío?

—Señorita, perdóneme, mil perdones, por poco...

—Usted habría salido perdiendo, mire.

No ve gran cosa. Acaso un sombrero, retirado con presteza,

157

y un alfiler tremendo en el sombrero; pero ya no se usan. Da las gracias, confuso, mientras un escalofrío le tiembla, unánime, en la frente y en las piernas.

Le fatiga demasiado la penumbra, con esta mujer, abstraída, a su lado. Es un vaivén desesperante el de las variaciones de intensidad de la sombra, como un oleaje; la semioscuridad se la acerca inmensamente, pero ella se rebate, violenta, como una buena nadadora contra la corriente, yéndose, con su mirada, a la pantalla, asiéndose, para alejarse, a cada ráfaga de luz.

11, el encuentro

Tan suya, esta mujer; ya sólo el tener los dos las manos en el barandal, le parece a Ernesto estar los dos la mano en la mano. Empieza a reconocerla, viendo ya un poco más.

Los hombres de la marimba lloran sus cosas absurdas, inclinados, atentos, como mecanógrafos escribiendo al tacto un amparo para que se deje en libertad a las corcheas prisioneras en el pentagrama.

Cree decirlo en voz baja:

—¿Te acuerdas de aquel camino, desde el tren, vigilado por los gorriones?

Es una asociación de ideas natural, pero ella no se acuerda de aquel camino, y se revuelve despertando. ¿De qué país regresará? Ernesto prefiere no saberlo, y para no saberlo se obliga a no mirar hacia la pantalla. ¿Cómo remediar ahora lo impertinente de su observación? Haciéndola, muy finamente, el principio de una plática.

Con tal de que los vecinos no protesten. Hay muy pocos que no estén, cada uno, demasiado en sus cosas. Ella le mira extrañada, pero nunca con mayor sorpresa que la de Ernesto mismo: ¡Eva!

Eva empieza a hablar; le informa de que no tiene por costumbre dirigir la palabra a los desconocidos, de que no se llama Eva, de que no recuerda a Ernesto. ¿Todo negativo?

No, porque también le pone al corriente de que el día ha sido azul, de que le aburre la ópera, y de que cuando se ve la luna nueva basta gritarle el nombre de alguien para que esa persona nos sea fiel todo el mes.

No sufre una gran decepción al enterarse de que no se trata de Eva. Comprende que, si hubiera tenido tiempo de formarse un ideal de ella, tan olvidada hasta ahora, hasta la otra noche, esta mujer encarnaría su ideal. A Eva le hubiera sobrado el recuerdo, alfiler presente en cada poro, que le hubiera impedido acercarse a ella, como lo hace ahora, con el ademán seguro del que corta una fruta en el propio huerto.

12, film de ocasión

Eva segunda —bueno, más bien Eva tercera, la primera Elena— le dice más: es casada y su marido es Otelo; pero —¿cómo se llama?

Empiezan los dos, la mano en la mano, como en un truco de Mr. Keaton, un viaje que va desde la caseta del mecánico hasta la pantalla. Empiezan pequeñitos, del tamaño de la película, para llegar al lienzo con estatura el doble de la real.

Y se entran en una primavera sólo de luces y de sombras, como enmudecida por aquella carencia absoluta de color; así tendrá que ser toda primavera vista, a través del recuerdo, desde el otoño que ahora termina. El paisaje cuadrado tiene un primer término con césped y bancos y un fondo de árboles verdaderos pero como llenos de noche, sin un amarillo de hoja seca, sin un verdiamarillo de hoja tierna. Y, sin embargo, es de día, el mediodía casi. O todo se ha desteñido o Ernesto sufre un acromatismo exacerbado, como el alma incolora de su amigo Xavier.

Inicia un diálogo de amor, concienzudo, entusiasta e inelegante, en que la primavera sale de los ojos de ella como de los de Ernesto ha salido ella misma, un momento antes.

Se sigue una marina muy sencilla. Puede pintarse con sólo tres brochazos paralelos; en la primera franja, la más clara, se escriben muchas V V V V decrecientes, cifra de las gaviotas, y en la de en medio basta recordar que el mar valúa en mil emes de espuma su oleaje; luego sólo falta esparcir estatuas de sombra por la playa. Esos frutos que se dan en Mack Sennett y que nos llegan de California en los mismos empaques de los perones y de las películas: Thelma buscando el cenit, hecha una escuadra, y Elsie el nadir, plomada que cae, sin remedio, desde el trampolín de una boya; y Eva, su Eva, que ignoraba el problema arquimédeo, cree indispensable asustarse al resolverlo, gritando ¡help, help! en vez de ¡eureka!, con amargos gritillos de gaviota. Otras hacen arqueología, suponiéndose hallazgo para los sabios imberbes, hundidas en la arena como estatuas pompeyanas semidesenterradas de entre las cenizas. La emoción romántica está a cargo de dos buques lejanos que se cruzan, en lo irremediablemente opuesto de sus rutas. Y Ernesto, en un rinconcito del paisaje, escribe su nombre sobre la arena con el gesto de un pintor que, ya terminada, firma una marina.

Cabalgando la ola número setecientos, Eva se acerca a Ernesto, naciendo de la concha líquida como una venus muy convencional, inmensa, y le entrega un carnet con su nombre, su dirección y el número de su teléfono, que es una procesión de cisnes: 2222222. Abajo se leen, en una letra menudita, más detalles exactos: peso: 557 kgms.; altura, 16 mts.; temperatura normal, 360° centígrados; dote probable, 10 millones, ¿de qué? Nunca sabría su Patria.

No tiene tiempo de protestar contra la superchería de decuplicar las cifras, porque el paisaje se les va de las manos, absolutamente, y se encuentran del brazo en el hall de un hotel cosmopolita, donde los franceses se dejan birlar la amiga, ante la indiferencia calva y miope de los alemanes, por los norteamericanos que bailan mejor que los salvajes más salvajes; un inglés consulta su baedeker y un portugués termina la tarea iniciada el día anterior, firmar en el libro de registro del hotel. Ernesto y Eva se tiran en uno de esos divanes envidiables que no soportan las casas decentes por su aspecto tan de cama de posada.

Empieza a admirarle la constancia de esta mujer que, tan sin pestañear, le sigue en su viaje inmóvil, y sospecha un momento que no sea Eva, que sea verdad lo que ella le ha dicho, ya que los proverbios la quieren voluble.

Gilberto Owen (*óleo de Roberto Montenegro*, 1927)

Gilberto Owen (*dibujo de Gabriel García Ma-roto*, publicado en *Galería de los nuevos poetas de México*, Madrid, 1928)

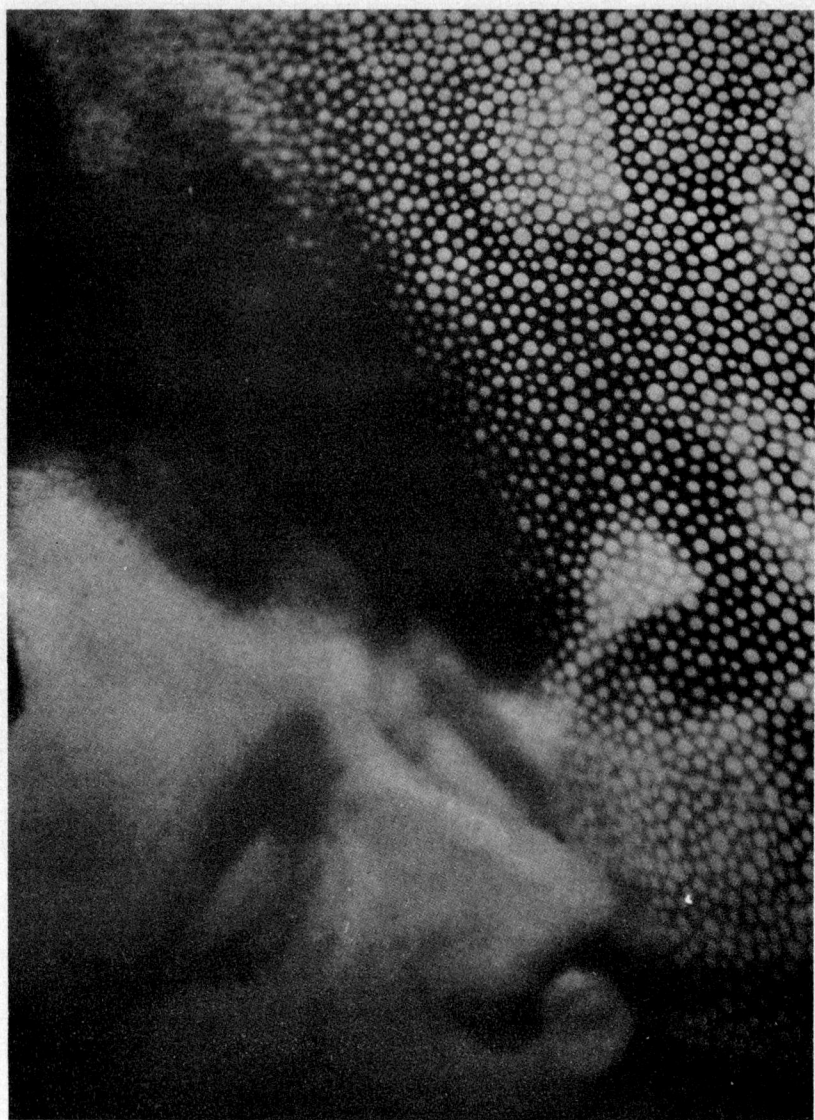

Dos fotos de Owen tomadas en 1930

Gilberto Owen (*óleo de Ignacio Gómez Jaramillo,* reproducido de la *Revista América,* núm. 10, octubre, 1945, Bogotá)

En 1930

Owen cuando era diplomático

En Filadelfia, 1950

En Filadelfia, 1951

En Filadelfia, 1951

La mira un poco agradecido, con enternecimiento, y no puede resignarse a tomar sin ella el transatlántico del día siguiente. Lo difícil es que no hay camarotes disponibles, pero todo lo arregla su vieja amistad con el capitán, rotundo, sanguíneo, obeso neoyorquino de quien se murmuran pestes. Dejan en la calle, como quien dice, a ese lord anguloso y a su hermana, maupassantina y lánguida Miss Harriet, que protestan, la mano en el pecho, con ademanes melodramáticos, por la invasión.

Esto es delicioso. Ernesto es el paniaguado de aquel ser rechoncho y magnífico que, Dios y el mar aparte, tiene más poder sobre el universo por ahora.

Por las claraboyas de babor, Eva y Ernesto se hacen señas, desde sus camarotes respectivos, sobre la admiración de los delfines y de los tiburones, que escoltan el barco en pos del beso que se caiga, por mala puntería, en el intercambio carmesí y arrebatado de la señorita del 15 y el señor del 13. El señor del 13, no le cabe la menor duda, es él; pero, además del número, a él se le conoce por el título, un poco largo, de "el amigo del capitán".

Luego la Atlántida: a Platón se lo contaron, pero Ernesto lo está viendo. Los buzos —esos esgrimistas tomados con cámara lenta— dejan a bordo su personalidad y, todos idénticos, como en una bella época clásica, trabajan en las mismas cosas con el mismo estilo y semejantes ideas. Pero ¿es éste un transatlántico o un barco de pescadores de perlas?

Denuncia indignado aquel escamoteo de nombres, pero Eva le explica que naufragaron y que esta mala cáscara los ha recogido. Ella, además, le está muy agradecida, porque la salvó de una muerte segura. Su proximidad le ha abierto más los ojos, ya demasiado grandes, y le ha dejado un temblor muy fino entre los labios, como una fruta madura y cristalina que fuera a la vez el cielo, constelado de estrellas.

Señor, Señor, ¿por qué nacería Ernesto en una tierra tan meridional? Comprende que todos sus actos giran en torno del amor, que la mujer está presente en todo lo suyo, eje de todas sus acciones. ¡Siente en este momento unas ganas tan verdaderamente dramáticas de besarla!...

¿No ha aprendido aún que aquí, por fuerza, terminan todas las películas? Ese murmullo, de aplauso o de protesta, pero siempre de satisfacción, de descanso, con que una multitud saluda el fin de algo.

Para los demás lo será. Presiente que para él apenas empieza, ahora, una realidad extraordinaria: Hay un hombre delante de ellos. No sabría decir cómo es. Pero es El Hombre.

Está allí, ante ellos, gesticulando. ¿Desde cuándo? Desde el principio del mundo, le parece. La mujer, al lado de Ernesto, ha lanzado un grito que él no se atreve a definir.

Su pensamiento recorre, hacia atrás, las distancias más remotas. Pero a la realidad presente no penetra, como si el hombre este se hubiera detenido precisamente sobre el umbral de uno de esos minutos que sirven a los historiadores para iniciar una época.

Es tan claro lo que está sucediendo, que no lo entiende. Son las cosas demasiado diáfanas las que no se ven, aire, cristal, poesía. Ésta la sentimos en cómo nos humedece los ojos; el aire en cómo nos los seca, Góngora, su pañuelo. Lo que ahora ha llegado es la tragedia, demasiado claramente, y sólo la reconoce, sin verla, en que su máscara le impide respirar, como si la sotabarba se le apretara, ineludible, a su garganta.

Ese hombre durará una eternidad, ahí, inmóvil, mudo. Lo reconoce Ernesto. Es el que acompaña a esta Eva segunda en el café; maquinalmente hace un inventario de todos los pequeños gestos hostiles, de todas las miradas sesgas que le lanzó la otra noche, desde cuando sólo la veía a través del botellón hasta aquella larga, ya decididamente enemiga, del segundo antes de cerrar el zaguán. ¿Cómo no lo advirtió hasta entonces? Algo brilla en sus manos.

Ernesto siente algo ardoroso, incendiado, como el índice de

Dios —y Su Ojo, en los de ese hombre, como un espejo ustorio que recogiera todos los pecados de toda la vida de Ernesto, y los proyectara, ardientes, en un solo castigo— que le toca el rostro, quemándoselo.

Después, muchos siglos después, cuando lo ha entendido ya todo, oye el disparo...

Verá mañana, en los periódicos, si supieron los otros con exactitud lo que ha sucedido... ¿Se ha apagado otra vez la luz?

II
IXIÓN EN EL OLIMPO

14, nacimiento

Al despertar, queda abrumado por el peso de tantos recuerdos de su sueño, más grávidos aún por el desorden, que los hace apretarle, desequilibradamente, en sólo algunos trechos de su memoria. Piensa Ernesto que antes, quizá, la noche le serviría para ordenar lo vivido, el día para ordenar lo soñado; pero ésta ha sido una noche polar, de muchos meses, en los que ha soñado sin descanso un solo día largo —sin lagunas de sueño— como un viaje de Ashaverus que hasta Josafat no se detiene.

Le queda un pensamiento divino, evolucionando como un león enjaulado por los dos hemisferios de su cerebro, describiendo mil veces cada vez el signo de ese infinito que entrevió en su sueño. Y una sed dolorosa de tenderse sobre su carne, de reposar en el ejercicio de sus cinco sentidos, tan olvidados ahora que puede ver sin sus ojos, tocar sin sus manos abandonadas, muertas, sobre las sábanas. ¡Qué descanso oírse el corazón, en su sístole diástole olvidada, ensordecedora! Debe de haber cerca un reloj, porque junto a su pulso sin rienda se oye otro isócrono e intachable. O será el corazón indiferente de alguien que vela junto a él. Quisiera abrir los ojos, pero le contiene el temor de no poder hacerlo. ¡Qué lástima para

163

el que ahora le vela si lo sorprendiera en un estéril esfuerzo de levantar los párpados, que deben pesarle como nunca! Esa mano que abre los ojos de todos los muertos qué bien le haría ahora, recién nacido, ahorrándole este esfuerzo a que no se atreve.

Debe de estar, supino sobre un lecho muy duro, más blanco que las sábanas. Sus manos —no adivina su posición— estarán rígidamente asidas a ese lienzo de seda cuyo contacto le regala, desde su despertar, con un placer que nunca, ni cuando las pasaba por dorsos femeninos, en su otra vida, había experimentado. No adivina el gesto de sus brazos, pero de sus dedos sí sabe que, deteniéndose mucho en cada milímetro de lienzo, pasan y repasan, deliciosamente, los millones de celdillas que responden con un temblor acorde, perceptible tan sólo para sus nervios nacientes. Y este temblor le va haciendo recordar las imágenes impuras que poblaban su vida anterior al gran sueño que acaba de abandonar y que fue, éste, una cuaresma huérfana de mujer, de amor, de tristeza.

Será una mujer la que le vela, porque el olor de su sexo triunfa sobre la asepsia de hospital que le envuelve como podría envolverle, en el vacío, la nada. Es como si en la tiniebla más honda subiera a él, desde un estanque, oblicua, la luz de una estrella muy roja, o mejor muy verde, con ese verde pútrido de los pantanos. Recuerda el olor de otras mujeres, los sábados, cuando con las cabelleras húmedas sobre la espalda, junto al grito de blancura que eran, en la estancia hogareña, las ropas que planchaban, le hacían saborear el inocente licor de lo único limpio que gustaría, después, en la noche sabatina, que al encenegarle los sentidos sólo le dejaba incólume el olfato. Ellas, las nocturnas, le reprochaban luego, desconcertadas, preguntándole si amaba por las narices.

¿Y si se habrá quedado ciego? Debiera ver la franja morada de cuando, en la luz, se cierran los ojos. ¿O estará la habitación a oscuras? Qué dolor nacer en la noche y qué incompleto nacimiento el de aquel de cuya madre no puede decirse, literalmente, el giro de los cronistas de sociales: "dio a luz"... Mejor seguir como está ahora, sin atreverse a nacer antes de tiempo, respetuoso de esta hambre suya de gozar, íntegramente,

164

el tesoro que va reconquistando. Cuando sea el día, y esa mujer se bañe de luz, enmarcada en la ventana, Ernesto alzará, sin apresurarse, la otra ventana de sus párpados. Pero su primera mirada será para sus brazos, cuyo gesto no puede, no puede imaginar. Lo intentará mañana, bajo la luz.

No, mejor ahora: estarán tan blancos sus brazos que podrán destacarse en la más densa de las sombras, resaltando su blancura sobre la de las sábanas... Mas ¡ay!, que su primera mirada, la que él destinaba, limpia, para sí, se le ha dado larga, untuosa, ciñéndola como un brazo a la mujer que se inclina sobre él y dice, fatigada, un monosílabo saludable:

—¡Ya...!

15, Elena

Es Elena, la reconoce Ernesto fácilmente; en su otra vida tenía un bigotito castaño, a la inglesa, que daba la medida exacta de la boca de Elena; pero afirmaba, en un cumplido exagerado, que cuando dejaba de afeitárselo crecía hasta el tamaño de cada uno de sus ojos, del mismo color que los suyos, pero más largos y anchos y como congelados; o a Ernesto se le parecería porque las lágrimas tardaban mucho tiempo en llenarlos, en tanto que las de él devoraban kilómetros.

En aquellos tiempos, por la noche, el elogio prefería siempre irse a los ojos, acaso por falta de otra medida de lo vivido cada día. O sería que él se había propuesto ser poeta lírico, profesión melancólica, elegante y, a pesar de ello, estoica, hecha de la constancia en renunciar a los datos exactos del mundo, por buscar los datos exactos del trasmundo. Él se entiende. El caso es que parecía que cada día vivido iba agrandándoselos más, llenándoselos cada vez más de las dulces cosas del mundo, y era muy grato, para medir lo vivido, inclinarse a contar las estrellas que cabían cada noche en los espejitos gemelos, que tenían una fosforescencia lechosa, como la del cielo de la ciudad, cuando llueve. Y para que Elena lo permitiera, era indispensable la argucia previa de un elogio tendencioso. Luego que, como era su novia, le interesaba saber lo que había hecho durante la jornada, y más que en sus palabras, erizadas de interrogaciones, lo leía él en sus ojos, que por una repartición equitativa del trabajo habían contraído la obligación de responder siempre.

Era fácil: cuando los ojos le crecían hacia los lados, era que había coqueteado un poquito con los vecinos; y, si para abajo:

—Tú has pensado en cosas trascendentales hoy, Elena, y eso no está bien, te envejece.

Un día supo, así, que había llorado. Se azoró; si tomaba la costumbre... Porque el llanto, Ernesto lo sabía, no es una cosa natural, sino un arte, de aprendizaje más o menos laborioso, pero ineludible. Dicen de algunos que nacen llorando, pero Ernesto no lo creía; era improbable, a no suponer cierto entrenamiento uterino, dirigido de peregrina manera por esas madres muy sentimentales, muy sentimentales, de *Corazón* de Amicis en vez de órgano cardíaco. Fue entonces, también, cuando conoció él el tiempo que tardaban las lágrimas en llenar sus pupilas y, como a pesar de sus discursos pedantes lloró con ella, la mayor velocidad de sus propias lágrimas.

¿Por qué no le extraña verla junto a él? Ernesto acaba de nacer, sin hipérbole, ante sus ojos, pero también ella nace ahora, con todo el universo, para él. Y le parece que han crecido paralelamente, por floración espontánea, como esas plantas de los países tropicales que les enseñaban en la escuela.

Desfallece, fatigado de la atención sostenida, del nacimiento súbito de toda su memoria. Cierra los ojos, que sólo ha tenido abiertos un instante, y regresa al sueño, muy hijo pródigo.

16, lecturas, retratos

Elena ha terminado su cuestionario de hoy, muy corto acaso en consideración de lo débil que está Ernesto aún, y se ha retirado a un rincón a coser y a responder con los ojos. Rosa Amalia ha terminado una relación que él no ha entendido, y ofrece ahora:

—¿Prefieres que te lea el periódico o este libro?

Él ya está acostumbrado a no entender las palabras de la

hermana de Elena, atento a gozarse en el timbre de su voz. Desde hace muchos años se ha dado cuenta de que no dice nada interesante —demasiado frío y lógico, demasiado sutil todo y rebuscado—, entregada a un inconsciente afán de ponerles música a todas sus palabras; lo había advertido también en su correspondencia: páginas interminables escritas como en papel pautado y con signos musicales y, al final, casi siempre en la breve postdata, lo único que deseaba, verdaderamente, decirle. En los días lejanos del noviazgo con Elena, Rosa Amalia, menor dos años, terciaba algunas noches en la plática, de la que todos salían entonces con una fatiga espiritual y física que era, en la boca, como después de haber mascado chicle durante muchas horas. Era, le parecía a Ernesto, el pájaro y el jardín y los amantes en aquellos idilios deslucidos en los que sólo debía haber sido, siempre, la hermana de la novia, como en los versos cursis.

Con su voz dulce, delgada, está leyendo las grandes letras negras en que el periódico dice sus cosas graves, pesadas, más negras que las letras. El mundo le llega a Ernesto empequeñecido, primero, por la mezquindad de los sucesos, y también regocijado por la modulación con que Rosa Amalia colabora. Llega a parecerle una zarzuelilla de aires populares agradables, pero incoherentes, en una trama pésimamente urdida. Los editoriales quisieran hablar con voz ronca y solemne sus discursos incontestables, pero es muy eficaz alambique el que se retuerce de los ojos a la garganta de la lectora y salen de él destilados en un dulzón aguardiente folletinesco, en que la cuestión social es una frágil señora entretenida y los hombres que sobre ella disputan unos simpáticos comediantes que representan sus papeles de bajos y de tenores, de héroes y villanos, con una fácil cólera de teatralidad insospechable. ¿La tragedia? Deben haberse equivocado en el formato, porque la dejaron olvidada, confundida hasta en su redacción, entre las noticias policíacas. Allí aparecería —¿hace cuánto?— una pequeña nota que regocijaría a sus más estimados enemigos, aquella mañana que Ernesto no vivió. Pero ¿cómo habrán dejado ese poema entre los anuncios de ocasión?

A un lado cose Elena. Ernesto la interroga; sus ojos responden que sí, que sí está pensando en el tío Enrique, que allá en el Real está ahora ganando un dinero que ni siquiera es para gastado por un hijo de él y de Elena.

Vislumbra Ernesto que su figura podría resolverse en chorros, en corrientes caídas de luces y colores. Está la cabellera bermeja, sin acabar de caer nunca, con sus oleadas de barro torrencial, sobre los hombros redondos y perfectos; y en la confluencia del entrecejo los ojos alargados unen sus aguas azules a la de las cejas, para seguir por el recto acueducto de la nariz, rosa de agua de luz de amanecer. Y lo mismo pondría su técnica esta para el cuello, para el descote, para ese brazo abandonado sobre la rodilla, ahora que ha dejado un instante de coser, con la mano detenida en su caer por un fenómeno gemelo del que inmoviliza, en el invierno del Niágara, estalactitas de hielo.

De cuando en cuando Rosa Amalia interrumpe su lectura —y es entonces cuando Ernesto recuerda que está leyendo— para ponerle un rápido comentario sin importancia, que él finge aplaudir con su zurda sonrisa. La luz del sol, colándose por la persiana, cuadricula la figura de Elena, haciéndole a él recordar los modelos de sus lecciones de dibujo, en la escuela de este pueblo.

¿La ama todavía? ¿Le amó ella alguna vez? Le extraña el verla, como si no fuera ella, de perfil, en el espejo del ropero, porque le parece increíble que éste pueda reflejar otro rostro que el suyo, que ya era en él como un cuadro, inmóvil y eterno, que no se borraría ni cuando dejara él de mirarlo. Era aquel ingenuo narcisismo superficial anterior a su salida, hijo pródigo, de este hogar de su padre, del tío Enrique después, en donde entonces no había más mujeres que las viejas criadas que habían conocido a "aquella que él no osa nombrar". Pero volvió a la hora precisa de la Biblia, y le irrita esta infidelidad de su espejo, tan insospechada, que quién sabe qué rostro reflejaría ahora si Ernesto lo mirara. ¿A quién se parecerá con estas vendas? ¿A Apollinaire? Siente una necesidad casi física de saberlo, pero si pide un espejo se reirán de él las dos muchachas; se acercara Elena... en sus ojos, como antes.

Baja los párpados, pero no para pensar en sí mismo. No podría. Unos pasos de mujer que se alejan distraen demasiado, pero más el ruido de escoba que hacen dos suelas de goma; son pasos firmes, varoniles, que hacen un rumor progresivo de noventa centímetros más cerca cada vez; sin la precaución de las suelas de goma, quedarían impresas en el piso de cemento del corredor sus huellas; ya está en la puerta; es el Ángel Ernesto, un ángel que pesara, como los de Poussin. ¿Qué, decía la imposibilidad de pensar en sí mismo?

Si es él mismo quien aparece, un poco avejentado, pero más fuerte, sano, sonriente, bajo el dintel. Es Ernesto a los cincuenta y tantos años: ¿Cómo había vivido, tan sin memoria, aquel adicional cuarto de siglo? Es él quien sonríe a alguien que está recostado en la cama, con una cicatriz en la frente, y lo saluda y lo besa, llamándole hijo; el otro no contesta y finge dormir, porque no se resigna, perezoso, a ser actor en una comedia en la que se le había reservado butaca de sueño tan cómoda.

Se ha quedado un poco sorprendido, además, viendo con los ojos entrecerrados que no ha cambiado casi, ni su traje es, en manera alguna, extravagante; de corte sobrio, eso sí, de colores oscuros, como corresponde a su seriedad de hombre muerto. Se afeita la barba y las guías del bigote son moderadas. Pero quizá lo que al otro le admira es la fortaleza de minero, la energía que preside todos los ademanes del Ángel Ernesto. Ahora lo está viendo con sus ojos apagados, hundidos; pero, aunque se le parece, comprende que no, no es de su raza; su mirada es molesta, impertinente: ¿su hijo?, había que ver.

Inicia una reprimenda, pero desde luego comprende la inutilidad de hablar desde arriba a un ser tan pobre, tan débil. Le hablará mejor dulcemente. No por piedad: los hombres de la raza del Ángel Ernesto ya la habían matado un día, en un desierto muy septentrional que abonaron con su sangre para ver alzarse una selva de hierro y de cemento armado.

El Ángel Ernesto habla a Ernesto, y éste comprende que en

realidad es el compañero de aquella que él "no osa nombrar", la que tenía las manos más dulces del mundo, y que se fue una tarde al piso de arriba a cruzarlas sobre su seno; a él lo llevaron a verla, blanca, pero el espejo de sus ojos se había empañado inefablemente, con el lienzo de los párpados encima, como las gasas negras que pusieron después en todos los de la casa. Y él ya había aprendido que los espejos sólo lo son cuando nos miran. Recuerda que su padre la amaba más aún que a la mina, más aún que a los partidos de beisbol, y que en su despacho la habían eternizado viendo sin ver, desde el trasmundo, asomada a su ventana de oro.

El Ángel Ernesto le mira con su mirada más dura, y le habla de un pasado vergonzoso, y le dice que está a punto de cometer una deslealtad con el tío Enrique, y que su futuro será infame. El Ángel Ernesto no sabrá de piedad, pero el deber, en cambio, lo conoce al dedillo. Y después de todo Ernesto es el ruin, el malo, el que sólo lamenta ahora, en vez de su pecado, no haber aprendido a tiempo el lenguaje que hablaba aquel retrato; si ahora lo supiera, qué fácil le sería convencer al ángel; renunciaría a ello, sin embargo, porque recuerda que la única vez que vio emocionado el ángel le pareció tan ridículo como Hércules con las vestiduras de Omfalia, y esto le hizo llorar.

Además, ya sabe el secreto de la fingida dureza del ángel, que es su manera de cordialidad. El que ha echado callo en el corazón es él, Ernesto, que, débil, se sabe la fortaleza de la hipocresía y va a empezar a mentir dentro de un momento, cuando acabe de soñar en aquel retrato. Pero, en su honor, sólo dirá mentiras necesarias...

18, unas palabras del autor

Me anticipo al más justo reproche, para decir que he querido así mi historia, vestida de arlequín, hecha toda de pedacitos de prosa de color y clase diferentes. Sólo el hilo de la atención de los numerables lectores puede unirlos entre sí, hilo que no quisiera yo tan frágil, amenazándome con la caída si me sueltan ojos ajenos, a la mitad de mi pirueta. Soy muy mediano alambrista.

Diréis además: ese Ernesto es sólo un fantoche. Aún no, ¡ay! Apenas casi un fantoche. Perdón, pero el determinismo quiere, en mis novelas, la evolución de la nada al hombre, pasando por el fantoche. La escala al revés me repugna. Estaba muy oscuro, y mi lámpara era pequeñita. Algunos recomiendan abrir las ventanas, pero eso es muy fácil, y apagar la lámpara imposible. Siento no poder iluminar los gestos confusos, pero "no poder" es algo digno de tomárseme en cuenta.

Ya he notado, caballeros, que mi personaje sólo tiene ojos y memoria; aun recordando sólo sabe ver. Comprendo que debiera inventarle una psicología y prestarle mi voz. ¡Ah!, y urdir, también, una trama, no prestármela mitológica. ¿Por qué no, mejor, intercalar aquí cuentos obscenos, sabiéndolos yo muy divertidos? Es que sólo pretendo dibujar un fantoche. Sin embargo, no os vayáis tan pronto, los ojos, de este libro. A mí me ha sucedido esta cosa extraordinaria:

He estado, de noche, repasando un álbum de dibujos. Por el aire corría el tren de Cuernavaca, en esa perspectiva absurda que se enseña —a mí no me cuenten, que se enseña— en las escuelas de pintura al aire libre. Y cuando lo miraba más y más intensamente, llegó hasta mi cuarto, aguda y larga, la sirena de un tren verdadero. A mí me sucedió esta cosa extraordinaria.

Voy a usurpar un minuto los ojos de mi muñeco, porque él está encerrado, para hablaros de Pachuca, donde está la casa del tío Enrique.

19, Pachuca

En las escuelas de Pachuca, ¡qué fácil será entender que la tierra es redonda! Pero no cóncava, sino convexa, y que la naranja lo es, vista desde adentro, la otra mitad el cielo. Todo el pueblo se ha hundido por el peso del reloj central, que cada cuarto de hora inicia una canción demodada. Esta música, a la larga, llega a pesar más que la torre misma. Se llega de

171

noche y nunca se sabe, desde el balcón del hotel, dónde termina la tierra y principia el cielo, lo mismo de cargados de luces o de estrellas. Por el columpio de las calles se mecen, sonámbulos, unos cíclopes que llevan en la mano, para mayor comodidad, su ojo único, luminoso y redondo. En la noche, sólo ellos y los gatos, que los hombres vulgares no se aventuran ni cien pasos por las veredas falaces; ellos sí, que al salir ya se saben a salvo, con el paracaídas de luz en la mano, y por eso son ellos los únicos clientes de las tabernas nocturnas.

Para los demás habitantes se han hecho las farmacias y las dulcerías, allí tan numerosas. Se ha previsto el exceso de susto y derrame de bilis: de noche, el temor a caer en una mina profunda; con la aurora —¡el sol!, se dicen los habitantes: que no lo vean los mineros, pues abrirían un pozo en el cielo. Y se ponen, unánimes, a soplar contra el oriente el humo de las chimeneas, para velar un poco el oro celeste. Muchas veces han estado a punto de ser sorprendidos en esa actitud de vientos de la antigua cartografía, en una larga fila temblorosa.

Después ya no pueden disimular su azoro en todo el día, y en la primera parte de la mañana se equivocan invariablemente al comprar o al vender, al administrar justicia, al hacer el amor. El reloj también se equivoca. Tiene que corregir, cada quince minutos, recomenzándola al infinito, el principio de su cancioncilla.

El cielo, en otras partes más que un océano, allí es sólo un pequeño lago invertido. Las casas, sedientas, escalan los cerros arrastrándose hacia él. Por él vagan, tortugas aladas, hilera interminable de hormigas celestes, las carretillas del funicular.

Y los cíclopes siguen siendo, ya de día, un poco de noche rezagada.

Mujeres rubias, producto taumatúrgico del oro —que están ahí por el oro que llegaron a buscar sus maridos o sus padres—, miran nostálgicas la única brecha al norte, y se tiran a los tranvías de cola de pavo como una paletada de mineral a la vagoneta de la mina.

Los literatos locales sollozan: —¡Ay, cómo ahoga este ambiente, ay!, y esos señores de bigote que abundan en las provincias hacen de la plaza municipal la vitrina de un expendio de postizos—. Enfrente está la loba del bar. Son demasiados gemelos. El mozo se viste apresurado su traje más desastroso; aumenta artificialmente su mugre; se ata al cuello una chalina casi romántica: hace versos, cocteles y chistes, malos, fulminantes y desagradables, respectivamente. Habla de medicina.

La medicina es la epidemia verdadera. Todos se contagian. Todos hablan, a las doce del día, de medicina, porque algún viajero macilento no llega a buscar oro, sino salud, a un pueblo vecino. Se le admira abiertamente. ¿Tanto oro tiene, o tan poca salud, que ha venido a eso tan sólo? Llegan estudiantes, mineros, empleados. A los dos minutos están hablando ya de medicina.

—Yo —dice un pobre— una vez tuve un resfriado.

Le interrumpen miradas frías de desprecio; parece indigna del minuto esa casi enfermedad insignificante. El pobre calla, lamentando la ausencia en su historia de una de nombre y terapéutica complicados.

20, la víctima

A todo esto el cielo es espeso. La tierra se fuma una chimenea más. Olvidaba el júbilo de las muchachas con gorras de colegiala. Olvidaba a los aguadores, balanzas ambulantes de fiel un poco encorvado por la inútil tarea de tasar en agua el peso del agua, demostración patética de que la vida es dura, amarga y pesa.

No hay ninguna ciudad más agria. Si yo conociera un paisaje más austero, más aún del cubismo, me habría ido allá a pensar mi novela. Vislumbro que el terror, un terror ancestral, natural, ya fisiológico, es el complejo sumergido decisivo en sus habitantes.

Los cíclopes son los culpables. Son unos hombres fuertes, alegres, y violentos. Vienen del Real. Bajan del monte a beberse los licores de los de Pachuca, y cargan de paso con sus mujeres. Aunque no se recuerda un rapto de las sabinas violento, con violencia histórica, es indudable que se consuma todos los días, de una manera legal e hipócrita, bien adaptado a la época y al ambiente.

Si los de Pachuca no han desaparecido la explicación es fácil: yo tenía un amigo con tal aspecto de víctima, que era de tal manera el tipo de víctima, que todos los que nos acercábamos a él dudábamos un instante si alguna vez lo habríamos ofendido; nos parecía seguro que alguna ocasión lo habríamos hecho y, por escrúpulos, nos acercábamos a él ofreciéndole nuestra mejor sonrisa como un presente de desagravio; así, en realidad, no fue nunca víctima de nadie. Todos los del Real tienen en Pachuca un amigo así.

Pero ahora caigo en la pedantería de esta página que acabo de escribir. En realidad no me interesa el unanimismo como actividad mía. Lo único que deseo es dibujar al muñeco Ernesto y a dos muchachas lo mismo de falsas que él, y confieso trampa el haberme detenido en ese fondo algo barroco, pero que me era indispensable para justificar algunas cosas. Lo patético sería —ved que sí lo comprendo— el choque de la curiosidad de las dos muchachas —azuzada por los ojos borrascosos de Ernesto— con el miedo atmosférico de Pachuca. Pero tampoco es eso lo que quiero. Estoy a punto de reconocer que todo lo escrito hasta aquí puede ser pasado por alto.

21, Rosa Amalia

Todos estos días de convalecencia, Elena, a su lado, ha sido el espacio y el tiempo. El tío Enrique —no le guarda rencor alguno, pero nunca se resignará a pensar en él como esposo de Elena— viene del Real todos los sábados, y día a día se informa por teléfono de su salud. Esta tarde ya pudo hablarle él mismo, y su voz, adelgazada por la distancia, era fina como voz de mujer. Ernesto, en esa a manera de oscuridad de la ausencia, lo sentía cerca, como si estuvieran en una alcoba nocturna, muy juntos, y tuvo que hacer un esfuerzo, dominándose, para no susurrarle palabras enternecidas.

Rosa Amalia es diferente; siempre lo deja vacío de comentarios, pues la adivina falsa, pérfida y muy hábil. En realidad seres así sólo interesan a los novelistas. Siempre la ha creído muy lejos de la bondad. Los otros no lo entienden y la aman sin correspondencia. Él sí, desde cuando ella iba al colegio.

Tiene los ojos verdes, la tez muy blanca y la boca colorada. Y, como su nariz es aquilina, los días de reparto de premios la vestían de china poblana. Apisonaba, en el patrio lagar del jarabe, un picante vinillo de entusiasmo que mareaba a la concurrencia y le mojaba de rojo los pies. Y se la hubiera creído ingrávida a no ser por los vecinos desvelados, que repetían máximas agraristas asegurando que el suelo era de todos. Entusiasmaba sobre todo al final, cuando, inexperta Salomé, ofrecía en la diana su propia cabeza en la charola invertida del jarano.

Rosa Amalia tenía conciencia de las responsabilidades que se contraen llamándose de una manera tan romántica, y como la fuga vertical, en forma de llama, del misticismo, no la atraía, se dedicaba a inmoralizar a los que la rodeaban. Ernesto se cree en condiciones de afirmar que ella tenía el diablo en el cuerpo; era simpática a todos, feliz y felina. Tenía cosas de hombre: le gustaba pensar y su pensamiento era ágil, propenso a la ironía, y no creía que el amor fuese un fin. Nadie en su casa, nadie en la escuela comprendía lo peligroso, lo demoledor de un carácter así en una sociedad constituida a base de un mutuo respeto, en los sexos, de la jurisdicción del contrario.

Ernesto la cree incapaz de piedad. ¿A qué viene, entonces, esa asidua presencia ante la cabecera del enfermo? O para espiarlos o para competir con Elena. Ésta sí, ésta sí merecería la mano de Ernesto en el fuego. Pero Rosa Amalia... Ha llegado a molestarle su insistencia melosa, que comprende él hipócrita. Discurre con demasiada lógica, es incapaz de emoción. Sería un amigo falso y adorable, al que en el fondo odiaría para no dejarse influir por él. Elena, a la recámara del enfermo, iba a interrogar y a coser; Rosa Amalia a responder suficiente y a leer cuando él, para librarse de su inteligencia, fingía quedarse dormido.

Se siente defraudado; no siente emoción alguna al encontrarse de nuevo en las calles de su ciudad; luego que Pachuca

175

defrauda siempre un poco a los habitantes; tienen siempre dos horas menos de sol que los de otras partes.

Pero al menos, ahora que ya puede salir, le será más fácil esquivarla. Se está mejor vertical, después de todo. Si estuviera en Tepic, en Cuernavaca, en Uruapan, este jardín sería hermoso; aquí las flores son muy de metal, y eso cuando las hay, no ahora.

¿Cómo sería este amor de Elena y el tío Enrique? Imagina la novela con facilidad, pero recuerda que ya la escribió el señor Pérez de Ayala. Tigre Juan, tío Enrique: el mismo número de sílabas fonéticas ¿el mismo significado? Pero Colás... Eduardo... no, no resulta. Será porque aquél era la aventura con la nobleza, raza de santos vagabundos, de reyes gitanos. Y Ernesto si dejó el pueblo, si dejó a Elena sin una palabra de disculpa, fue por los vicios de la tierra, que tenían tan linda voz.

Era literatura su noviazgo. Lo prueba que luego, muchos años luego, cuando le fue a alcanzar quién sabe adónde la noticia de esta boda increíble, sólo le ocurrió la fuga goethiana de escribir un desahogo enrevesado. Lo recuerda puntualmente, se llamaba...

22, *elegía en espiral*

LA CURIOSIDAD. Ésta de ahora era una muchacha, yo pretendo, buena. Sus virtudes eran numerosas, pero menuditas, como vistas con gemelos invertidos. En cambio, para sus vicios —sólo dos o tres— la posición del anteojo se conservaba correcta.

Otras cosas tenía que no se puede, propiamente, calificar de cualidades ni de defectos; ved, si no, su curiosidad. Ahora, muerta —bien que lo sé—, estará inclinada sobre mi hombro, desde el trasmundo, leyendo lo que de ella escribo a medida que voy escribiéndolo. Yo debería hacer el escarmiento popular de poner aquí una palabra dura, o simplemente irónica, que la castigase en su falta; pero no me ofende, y me halaga, su atención, y de ella voy a colgar el hilo de mi plática, que ya sé que me será auditorio propicio e innumerable. (Sí,

176

innumerable: imaginad el coro de pequeñas virtudes como una asamblea escolar sin moscas, sin pajaritas de papel y sin demasiadas esperanzas en la hora del recreo.)

Y, voy a decirlo aunque no es cierto, se murió de curiosidad una mañanita tan clara, tan de cristal, que parecía haberse corrido el velo de todos los misterios del mundo, y ya sólo quedaba el de la muerte.

LA VENTANA. Quedará al siempre la sospecha de que ella no, sino el de afuera, la reja interpuesta, era el preso. Se podía hablar de las macetas y de la luna, pero no era necesario.

Al pasar, cada quince minutos, el sereno, se cambiaba de conversación y de postura, y por un momento el silencio vehemente derretía el hierro de la reja. Tampoco entonces tenía alas el amor, pero trepaba al cielo, muy ágilmente, por aquella escalera.

Era por mil ochocientos ochenta y aún no descifraba James Joyce sus monólogos en espiral, pero ya se podían atar las cláusulas del discurso con el lazo sencillo de una consonancia, de un gesto, de un recuerdo.

EL DISCURSO. Esta mañana llegó Rosa Amalia. Traía una mariposa en las trenzas. Ya debe ser la primavera. Ahora te estás borrando, mira, pálido, y ya no es verdad que mis dientes alumbran. ¿Cómo sería, cuán negra, la boca del lobo? El abuelo no cree en los duendes, pero la criada oyó una noche a la llorona. No somos, mira, más que dos terrores jóvenes. ¿De qué estará hecho el temblor? Parecemos cosas de música tañidas por el susto y por el cariño y por ahí llega el sereno, suéltame los ojos.

EL SERENO. Avanzaba, dentro de su globo de luz, él, tan tenebroso. Era el planeta que en menos tiempo —quince minutos— recorría su órbita, la única cuadrada. Pero cada vez era otra vez lo imprevisto y el suéltame los labios.

¿De dónde sacaría todas aquellas mantas? Preparaba un truco de circo, despojarse una a una de diez americanas, veinte chalecos, treinta camisas. Era aún el invierno, porque sí, y aunque no era preciso.

¿Quién podía intentar robarle sus veredas? Y sin embargo él tarareaba que primero la vida que la querencia, arrullándose, porque ya llevaba consigo su cuna de luz. Aquel farol. Era un sereno jovial. Sus horribles cigarros. Su honradez. Ya vivíamos en pleno teatro español, pero ¿a qué venía salirnos con Ciutti?

INTERIOR. Un cuarto de minuto, cada quince, el de afuera leía un renglón de aquella sala. Cosa inocente tan prohibida.

El día, un parpadeo, tenía su alba en el espejo. Un espejo que soñaba retratar a San Jorge, mordido infinitamente por el dragón dorado del marco. Aplacaría su sed en el estanque, y el que cayera al agua sería devorado. Rompían a cantar los pájaros en el bosque del tapiz y, en el rincón más alejado, sobre el piano que jugaba al dominó, no se sabía si Chopin lúgubre acechaba, santo medieval, al Dragón, o era él mismo otro dragón al acecho de almas sentimentales. Con qué exquisita corrección se sentaban las sillas del estrado.

A esta cárcel daba otra cárcel, y a su ventanuco se asomaba esta misma muchacha, más inmóvil, más borrosa, más enamorada, ¿de qué, de qué?, en su silencio.

EL RETRATO. Se podía hacer, sin preferencias, el de la ventana a la calle o el de la ventana a la sala. El primero era más fácil, cuadriculado por la reja. Como de tus diosas, Homero, era la sangre translúcida, insípida y aérea que corría bajo el rostro cristalino. Sangre sólo de aroma de sangre. Como el mármol en la de Milo, la carne estaba en ella, pero no ella en la carne, ni Venus en el mármol.

Los cabellos rojos, aguacero contra el crepúsculo, sobre el busto. Lo inmenso eran el mar, la estepa y su frente. Por ella, remeros de las cejas, bogaban los ojos, lindos remeros de las cejas. Que alzara el dedo la más linda, nariz, patinadora arrepentida, refrenada a tiempo de no mancharse, la cándida, en el fino labio rosado. Para más detalles, consúltese cualquier madrigal de la época.

178

La tragedia. Sabía preguntar y callaba después maravillosamente. Pero como la hora no alcanzaba para todo, empezó a entregar al de afuera estanques lilas perfumados llenos de cisnes inquisitivos.

Su interés era enciclopédico: ¿Qué era la filosofía? ¿Para qué servían la Esfinge y el Coloso de Rodas? ¿Quién era el Arzobispo de Constantinopla que pretendía dejar de serlo? ¿Qué era más, novio o esposo? y ¿qué era el temblor?

Inventario, me prometía, de las cosas que ignoro. Pero estaba sumamente alta para hacer diccionarios con éxito. Cuando iba en la B se casó, y no con el de afuera, sino con otro que llegó por adentro, como Dios manda.

Paréntesis declamatorio. Esta muchacha, caballeros, me parece que tenía un nombre, pero lo he olvidado. También tenía historia, pues era honrada, pero curiosa. Ya comprendéis lo que puede pasarle a una muchacha curiosa, en la oscuridad, en un balcón, junto a un hombre poseído de ardiente celo pedagógico.

Para decirlo se necesita una estilográfica muy aguzada y una atmósfera enrarecida. Vámonos a recordarla desde una estrella. Por el camino os contaré *El impertinente,* novela jamás concluida de G. Owen. Es ingenuo y feliz. Come con propiedad, pureza y elegancia. Ya lo veréis académico en 1990. Pero, en castigo a este paréntesis, propongo que coloquen un espejo en su ataúd, para que vaya viendo cómo se resuelve en cenizas.

La elegía. La dejaré plantada, ahora, porque estuve pensando ir a verla. Como se casó y ya se ha muerto, ella es, y el de afuera no, la libre, ¡oh dichosa!

Le disgustará una metáfora, mi mil ochocientos ochenta. Hoy, al escribirlo, tiembla sobre mi hombro su voz delgada protestando: —Pero entonces aún no nacíamos... no nacíamos... íamos... ossss. ¡Ah, sí, el temblor está hecho de ecos, o viceversa! Olvídate.

Falsa, esta elegía. Ha oscurecido ya. Regresará. Elena estará
inquieta. Le reñirá por haber estado bajo el sereno, en este
pobre jardín sin recuerdos siquiera, absolutamente desierto. Se
inclina sobre la fuente como sobre una ventana abierta al cielo
de los antípodas; Ernesto, el chino, mira también desde el
otro lado al Ernesto y al cielo occidentales: no puede sostener
su mirada llena de siglos y de opio. La desvía poco a poco, y se
distrae. Un pez se acerca, muerde el anzuelo de una estrella;
no tiene ánimos para tirar de él, y se le escapa, con anzuelo y
todo. Un día lo abrirán, como en los cuentos, los pescadores,
y sacarán de su vientre un diamante enorme. Siente, superior a
su voluntad, superior a todo, la manía de hacer discursos, que
le gana siempre que tiene miedo de pensar en algo. Fuente,
principia, pupila desvelada, ya te cansarás un día de ver al
cielo, fidelísima; ni siquiera eres el cielo, ni siquiera estás
lejos. Se detiene; su auditorio eran las plantas, pero lo ha
aumentado el sereno; es tan parecido a una estatua hecha tan
sólo para sostener el farol, le parece tan electrizado, que tiembla y se calla: si le aplaudiera se produciría un corto circuito.

Vuelve a la casa, pensando ahora sí ya en su plan. Al abrir
el zaguán oye los pasos de alguien; no puede ser sino Elena;
Rosa Amalia estará de visita, hablando de cosas que no cree.
Las criadas no andan tan agudo. Está pálido, lo siente. Si Elena
encendiera la luz ahora, podría leer desde luego, en su rostro,
el pensamiento infame que le va ganando, creciente, creciente.
Él mismo, ante un espejo, gritaría: ¡Al ladrón! Ladrón, ladrón,
ladrón. No, Ángel Ernesto, esa muchacha era mía, el ladrón
ha sido el tío Enrique, no me detengas, Ángel Ernesto, suéltame. Si Elena enciende la luz, él no podrá decidirse nunca.
Mejor salir a su encuentro, en el corredor, que debe de estar
aún más oscuro.

Pasa una sombra. ¿Será ella? Pero siente su talle muy delgado, como de virgen. ¿Será que el tío Enrique no la ha...?
Ese beso, tan torpe, debió dárselo entre los dientes. Es natural, en la mano, no haber encontrado resistencia alguna. Eso

no es ningún triunfo. Ahora, la puñalada debe ser rápida, sin vacilaciones.

Te quiero hablar, vé al cuarto de estudio a la media noche, ¿quieres?

Ella no responde, pero la mano en su mano, apretándose, dice muy claro que sí. Le extraña no sentir ninguna emoción. Comprende que es el final, minuto en que agonizan los tenores de todas las óperas, y en la pantalla empiezan a ganar los buenos.

Se diría que siente un desencanto anticipado. Se suelta de ella con violencia, con un beso afilado, y comprende que se le ha desgarrado algo muy sutil. Sube a su cuarto, corriendo casi. Se encierra con llave. Iba a llorar, pero en el corredor suenan las voces de Elena y Rosa Amalia, entrelazadas, como las líneas gruesas y las delgadas en una inicial renacentista.

24, el cuarto de estudio

Piensa si habrá hecho mal en escoger este cuarto; ¿qué escrúpulo de disfrazar de decencia su infamia lo hizo elegirlo? ¡Bah, infamia! Parece que no has leído novelas francesas, Ernesto. Pero a ella quizá se le dificulte venir. Aun así, la espera no se le haría demasiado ingrata, en este cuarto, con las cosas que le acompañaron en todos sus viajes, con las cosas del estudio de México, y con las anteriores a su salida de esta casa, hace mil años. Elena. Debe de haber sido la que las hizo traer, tan ocupado el tío Enrique, incapaz Rosa Amalia de esta delicadeza, de esta ternura. Están todas, todas.

El calor: al ruido; el silencio: al frío. Sí sale. El día, el calor, el ruido, necesitan de director de orquesta, de policía; el sol necesita estar enjaulado, dando vueltas como un león, de un trópico al otro, incansablemente, dentro de su jaula de meridianos y paralelos. El silencio, el frío, están bien como están. Adorables. Morir. Aquí sería muy grato.

Cada arista de cada mueble, de cada juguete, tiene para él un ademán hospitalario, acogedor. Parece que en todos se hubieran escrito estas palabras inútiles, tan bellas, "pase usted", "está usted en su casa", "haga aquí lo que guste". Cada cosa va adquiriendo, a sus ojos, día a día, mayores cualidades de humanidad. Va descubriéndoles nuevos gestos, pasiones más o menos vituperables, pero que él se explica y disculpa. Va aprendiendo a verlas desnudas, con desnudez perfecta de trajes ni siquiera de aire, de cosas dentro de campana neumática. Y siente que él es, en este cuarto, rodeado de sus cosas, un feliz y complaciente Rey Paussole. Mañana plantará aquí un cerezo; colgará de él cerezas cristalizadas: al natural no le dan un carácter tan benevolente. Administrará, bajo él, justicia: lo que dirá el papel contra las tijeras de largas mandíbulas de cocodrilo y ojos de gacela, pico de cigüeña que en las cotidianas navidades de sus lecturas no le aporta hijos, sino recortes de prensa, hijos muertos de los otros. —Ese remordimiento de infanticidio que persigue a los escritores que publican demasiado—. Ese bock va a protestar porque se le destina a contener pinceles; acaso le disgusta ese aspecto de erizo, de alfiletero, que se le ha dado en cambio del femenino de antes, desbordada la cabellera de algodón, espuma de la cerveza.

Cualidades femeninas, verdaderamente, las de esa cortina de raso; curvas armónicas, suavidad voluptuosa. Curvas de mujer vertical, inmóvil, retratada contra el pobre paisaje urbano y enmarcada en la ventana. Una mujer se tiró una vez, desnuda, sobre ese diván; era algo tan extraño, tan sin concordancia a lo otro, su carne morena. La hostilidad, entonces, de los cojines, de las cortinas, de todo lo femenino de la pieza, celoso. La corrió casi, por miedo a una insurrección doméstica. ¡Qué lástima si ese cojín hubiera perdido de rabia los colores de sus mejillas, si se hubiera puesto amarillo de bilis!

Andar descalzo, como Cristo, y sin mojarse los pies, por el lago azul de la alfombra; irse a sentar, incómodamente, en su salita japonesa, que no es una sala, sino un rincón de la pieza —aquel día que compró un álbum de dibujos y estampas obscenos, japoneses, y para mirarlos largamente trajo esta mesita enana, frente a la que se sienta a la manera oriental, en cuclillas sobre unos cojines, y que constituye, ella sola, toda su sala japonesa.

Se ve, de pronto, en el espejo frontero. Su vanidad: casi se

182

creía ser más él mismo en su autorretrato, a un lado, que en el espejo. No, habrá que empezar de nuevo. Torcer un poco el ángulo de la boca, hacer oblicuos los ojos azules, como los que miraba esta tarde en la fuente, como los de un chino que fuese rubio.

25, la mano de Júpiter

Sí, vendrá. Antes, en el cuarto de México, sólo tenía que recordar, para saber si alguien asistiría a sus citas, su categoría social. En efecto, sólo distinguía una división racional de los hombres; dos castas: los que encuentran placer en divertirse y los que se divierten por la necesidad de ocupar en algo el tiempo; éstos, cualquiera que sea su sexo, son puntuales a todos los reclamos de la aventura. Cierra los ojos, para convencerse de que está solo y vacío; necesita estar solo y vacío para convencerse de que es él mismo. Hay una larga pausa en su pensamiento. Está seguro de no pensar en nada, como no sea en lo difícil de no pensar en nada.

El roce de un traje de seda que se acerca es, en el silencio, catastrófico. Cómo agranda los ruidos, inmensamente, la soledad. Ese himno ensordecedor la precede. También su mirada, que entra un poco antes que ella. Su mirada opaca, borrosa, y sin embargo pletórica de cosas íntimas, como esas ventanas que empaña el vaho de demasiada gente detrás de ellas. Ya está por entrar. ¿Dónde será mejor besarla? En la mano, para que comprenda que Ernesto ha estado en París.

Empieza a suceder algo extraordinario. Le asalta la duda de si estará soñando y es así como se convence de que está bien despierto, pues ha observado que esta idea sólo nos visita durante la vigilia. No es Elena.

—¿Soy puntual? —empieza Rosa Amalia—. Eres vanidoso, encuentras natural que haya yo venido, y tu obligación era encontrarlo pasmoso. Si supieras todo lo que he tenido que vencerme para venir aquí.

...Quisiera interrumpirla. Sí lo encuentra pasmoso, pero ya es costumbre en él sonreír y guardar silencio cuando no

183

entiende algo. Da así la idea de haberlo comprendido todo, de encontrarlo todo natural. Quisiera protestar. Ella sigue hablando. Es hermosa con ese traje, mucho más hermosa que Elena. ¿Qué hace aquí? ¿Sería ella la del corredor? Se parece un poco, también, a Ofelia.

Qué rígida atención continuada, qué empeñado amor a la armonía, a la simetría casi, la que puso Dios al crearla; se comprende que nada le distraía al trazar con la uña esta línea recta absoluta, inconcebible. Sólo así podría lograr esta consonancia de sus gestos con sus intenciones, esta obediencia de todos sus músculos, que responden a su voluntad como las piezas de una máquina incapaz de lo absurdo. Y detrás de todo la malicia, la falsedad, lo felino. Cree tener resuelto el problema Rosa Amalia. Sólo que el comprender que es una mujer normal le hace admirarla extraordinaria, y se propone no fijarse sino en lo felino, en lo eléctrico, lo que desentona en ella un poco. No, no se parece a Ofelia, ni a Elena, ni a Eva, ni a la otra Eva. Y sigue hablando.

Nada, no es posible decirle nada. Siente deseos de rebelarse, de gritarle que el lenguaje es de todos, que los monopolios están penados por la ley, que...

Pero Rosa Amalia ha vuelto a él sus ojos tan lentamente, tan suavemente, como si en el alambre de la mirada llevara pájaros posados y temiera espantarlos.

Esta mirada él no se la conocía; la habría improvisado, probablemente, para desmentirlo en lo de la electricidad. Le parecía tan inquieta que hasta cuando estaba acostada la sentía caminar, como si todos los lechos se convirtieran, al tocarlos su cuerpo eléctrico, en asientos de automóvil o divanes de pullman en movimiento.

26, Ixión en el Tártaro

Ahora, si se atreviera a decirle que no es ella a quien esperaba... No, muy endurecido en el mal estará él, pero no tanto que para salvarse tuviera que herir a Rosa Amalia, compro-

184

metiendo a Elena de paso. Tendrá que aceptar las consecuencias. Su rueda de Ixión será el matrimonio.

Se siente, de pronto, muy feliz y muy desdichado. Lo bastante feliz para besarla sin deseo, para tirarse por el balcón sin motivos. Lo suficiente desdichado para, suspicaz consigo mismo, buscarles explicación a sus gestos —sí, besarla para que se sienta humillada, sí, tirarse por la ventana para comprometerla. Y después del leve sacrificio de su libertad —ya lo ha hecho, por ti sola, Elena— le entra una rabia de altruismo, de sacrificio; le duelen las cosas más imprevistas; siente ahora como enfermedad propia la hidropesía del mar, condenado a beberse sin término todos los ríos de la tierra. Muy feliz y muy desdichado.

Se consuela. Así es todo lo definitivo, vestido de blanco y negro, el tiempo con la pechera del día y el frac de la noche, el espacio con su traje de rayas de telescopios y microscopios, la poesía, con Dante desvelado y Homero lleno de sol.

Rosa Amalia está hablando todavía. ¿Qué habrá dicho? Su voz tiene ahora un ruido apagado de agua corriente subterránea. Ya no podrá recordarle la estampa romántica: sobre el talle del surtidor, su elocuencia, ha florecido la luna. No, ahora los cenotes, Yucatán, los divorcios fáciles. Este cansancio... Sigue hablando:

—...y te quería de siempre, Ernesto, y no me importaba que tú no lo supieras. Elena dice que lo de ella y tú eran cosas de niños, pero yo era más niña aún y sin embargo sentía deseos de matarla. Por eso ahora que te trajo el tío, que Elena ya no te amaba, que los de México ya no te retenían consigo, que esa historia que no quiero saber te hace encontrar grato el venir a enterrarte entre nosotros, sentí que te podría yo ganar, Ernesto, y me has hecho hoy muy feliz, muy feliz...

Ernesto se siente agobiado. Es como si la balanza que se suponía un momento antes, en la diestra la felicidad y la desdicha en la otra mano, acabara de desnivelársele de pronto, quedándosele vacía la mano derecha. Qué dolor el idilio en que uno solo es los dos amantes y el jardín y el pájaro. Y ser sólo el espectador es poco honrado. Ahora tiene Ernesto tanta pena que toda la vida no le bastaría para gastar su caudal de amargura. Tendrá que heredársela a un hijo, a un hijo de Rosa Amalia.

Y tampoco tiene tiempo ahora para hacerle los honores debidos al dolor; lo dejaría para más tarde, ya solo, en su salita japonesa. El mundo está poblado de desencantos, que es como decir que está vacío. Rosa Amalia acabará de hablar algún día, él lo presiente, y se desquitará haciéndole un epitafio mal intencionado. Su esposa. Su esposa.

Ha dejado ella de hablar. Sus miradas giran por la habitación, como las manecillas de un reloj, y se detienen en él, marcando la hora de besarla.

Su boca es tan pequeña que un beso completo la ahogaría, y resuelve partir su beso en pequeños trozos que va pasándole uno a uno, con el meñique. ¡Qué besos agudos, punzantes, casi tan sólo un punto, los que se dan sin sonreír! Ofelia besaba así; luego, en sus cartas, indicaba ese punto, esos puntos de los besos, por la interferencia de dos líneas en cruz. Ahora sus cartas parecen un cementerio de besos.

Quisiera desasirse de ella para continuar su juego, para seguir siendo espectador también en lo que se va a seguir. Arrancarse la memoria para seguir una a una las impresiones del que no ha visto nunca, antes, desnudarse a una mujer. ¡Qué vergüenza creciente estar vestido! Como cuando uno cae a un río, a un tanque, gallardo si desnudo, si vestido ridículo.

Pausa, una gran pausa.

Es su esposa. ¡Ay, Elena inasible, haberte amado siempre en imagen! En Eva, Ofelia, la otra Eva, y todas, todas. ¡Júpiter vengativo, habitante del Real, seré el esposo de Rosa Amalia, de esta nube! Ixión en el Tártaro, el matrimonio, el matrimonio.

Se serena un poco. Es un consuelo pensar en que nada se nos da, no conocemos nada en efecto. De las cosas sabemos alguno o algunos de sus aspectos, los más falsos casi siempre. Las mujeres, sobre todo, nunca se nos entregan, nunca nos dan más que una nube con su figura...

Marzo-abril de 1926, en El Chico.

EXAMEN DE PAUSAS

1

...y es una exageración, pobres maridos, ser a la vez coquetas y devotas, ¿no cree usted?

Como no me atrevo a desmentir a La Bruyère, digo que sí. Pero no basta. Ese silencio de todos significa que debo decir algo más. Luego que, si apoyo con mucho énfasis las opiniones de esa señora, van a creer que empiezo a enamorarme de ella. Es casi una confesión y, desde luego, un sistema. No me siento con voluntad para ser misógino toda mi vida. Aprobaré mejor a la señora de la casa, tan moderada en sus vestidos, en sus opiniones, en sus adulterios. Pero ¿quién tiene mi voz? La oigo sonar, como en un espejo, en aquel rincón.

Fue Elvira, me la quitó al besarme, cuando cerrábamos el libro de solfeo del balcón, vacíos los alambres de gorriones, borrada por la colina la llave del sol. Si la denuncio, sus padres lo descubrirán todo. Nunca volverán a invitarme. Seré el que mira el baile desde la ventana. Seré el ángulo agudo, inclinado sobre los libros, mientras los rectos trabajan para que el obtuso siga recostado en su sillón de aire.

—¡Cuidado con humanizarme las matemáticas! —me grita un ángel antiguo. En realidad es aquel maestro de escuela. Era tan calvo, que las miradas se nos iban a rayarle el cráneo, limitando las zonas de una frenología no más inexacta que la otra; la depresión occipital, como una tonsura en hueso vivo, misticismo; las prominencias sobre las sienes, difamábamos, afortunado en el juego...

Pero tengo que hablar y Elvira sigue luciendo mi voz. Aún con sordina, se pone a explicarla diciendo que está acatarrada. Y como mi voz nunca ha servido para otra cosa que para repetir impertinencias, se ha puesto a hablar de poesía. Si recita estoy perdido. Y la perderé, además, porque el poeta Gilberto la hará su última voz. Necesita una así para cantar sus pinturas.

—A propósito... —empiezo. No sé nada a propósito, pero todos están esperando mi discurso. Me veo como esos críticos que escriben: "Abriendo al azar el libro", y se ponen a buscar durante muchas horas la página en que desean abrirlo al azar.

Necesito una frase larga, delgada, con un anzuelo de pescar sonrisas en la punta.

Me molestan los anteojos de ese señor. Su espejo curvo me redondea, engordándome y empequeñeciéndome en una amorfosis desconsoladora. Sus ojillos, detrás, me gritan: "¡Al grano!" con sus luces más insolentes. Ya lo conozco: es incapaz de sensualidad, vacío de imaginación; prefiere las ideas en esquema, sin ramaje dialéctico; suspira por el advenimiento de la alimentación sintética, incapaz de saborear nada. Deseará el amor, acto final, sin preliminares de ternura y sin epílogos de ligas, de compromisos. Unirse sin atarse, receta de los que no quieren, luego, arrancarse la cola. No se casaría por amor. La antipatía es la única razón de existir de los que tienen en tan alto aprecio sus ojos, que los guardan bajo cristales tan gruesos, suspicaces, temiendo que se los roben.

En venganza le diré a su mujer cosas delgadas; le descubriré que existen los pájaros, los minuetos, la poesía pura. La voy a hacer temblar con el temblor de orden místico que sobrecoge a los profanos cuando oyen hablar del espacio de cuatro dimensiones. ¿Quién me está matando el tiempo? Este minuto no puede vivir más, ni con la manera de respiración artificial, para ahogados, que ensayo saludando a uno que acaba de entrar, ceremonioso. Mi anzuelo de sonrisas necesita el cebo de un recuerdo. Ya no recuerdo, ahora lo veo, ni de qué hablábamos. A propósito...

Elvira —era su obligación— me ha salvado. Me llama; nuestro vals va a empezar. Mi mayor caravana, señoras. Dentro de cien años yo y Fray Luis seguiremos: Como decíamos ayer...

Si partir es, todavía, morir un poco, muero, al separarme de este grupo, tres centésimos de segundo: por la señora García, por la dueña de la casa y por los anteojos de ese señor. El primer paso es, tan difícil, decisivo al atravesar un salón.

Me llena de recuerdos de viaje. El tren, como un pedazo de la ciudad que echa a correr por el campo; pueblos de la altiplanicie, del mismo color que la tierra, escondiéndose, disimulándose; el tren llega preguntando a gritos por ellos, buscándolos a derecha e izquierda, y reanuda su camino con esa rabia sorda de los carteros que se encuentran con que el destinatario ha cambiado de domicilio.

Puebla, perfecta como un poema de estrofas perfectas, que es lo más perfecto que se conoce; estrofas de cuatro versos de sílabas exactas, con las bellas imágenes, dentro, que son una iglesia, una casa colonial, sin un solo ripio de terrenos baldíos, acabada. Veracruz, las palmeras, esos hisopos, regando agua bendita de cocos y de canciones contra el rostro de la ciudad, bajo aquellas estrellas que no verán ya mis amigos de Colombia, y que los yanquis no han acabado de enjaular entre las barras de sus banderas.

Al tercer paso siento deseos de llorar, y me duermo hasta el cuarto, abandonado al orgullo de saberme solo, en alta mar, en el punto más eminente y más expuesto del océano de esta sala. ¿Dónde poner las manos? Estoy como en el minuto antes de que se anuncie el fotógrafo: "Ya no se muevan"; todos los del grupo se encuentran de pronto ante el problema de las manos, que habían ido dejando para después; no tienen tiempo de resolverlo; las dejan, como yo ahora, caídas, apenas si con un leve esbozo de gesto, intentando a última hora levantarlas, cuando ya no era posible. No se muevan, que va a salir...

Pero en alta mar dicen que sólo hay golondrinas; por cierto que su caligrafía es de amplios y sobrios trazos latinos; los colibríes, en cambio, han aprendido la más complicada letra gótica: vuelan en alemán; las golondrinas en esperanto, por lo mucho que han viajado.

Ahora, si tropezara... Mil veces preferible un naufragio. Nadie se reiría, y Elvira tal vez lloraría un poco. Si yo fuera Secretario de Estado nadie osaría tampoco reírse. Ese caballero correría a arreglar la alfombra, culpando del accidente a una arruga imaginaria. Si yo supiera jugar al tennis, el Ministro sería mi amigo, me bastaría con el ajedrez para ganarme la confianza del Oficial Mayor; pero como sólo practico el juego del arte, tendré que conformarme con la amistad de las muchachas muy demodadas, como Elvira.

¿Cómo nacería este noviazgo? No siempre puede empezarse por el principio, y a veces ni siquiera se sabe por dónde, como la mula de la noria no sabrá nunca si empezó a girar por el principio, por la mitad o por el final del círculo. Pero la circunferencia siempre será infinita, como la señora García, que tiene la culpa de todo, eterna. (La señora García siempre ha tenido, siempre tendrá la misma edad. Como si sólo supiera contar hasta cincuenta, como si hubiera aprendido su aritmética en los ábacos de los billares.)

Ella descubrió que Elvira y yo tenemos el mismo timbre de voz y usamos las mismas entonaciones; pero Elvira —y es la única diferencia— es incapaz de expresar con ellas ideas generales. Esta incapacidad, ya lo sabéis, es femenina. Se aprovechó también de mi predilección por el monólogo para unirnos. Nadie me hará creer nunca que no es un monólogo lo que hablamos Elvira y yo.

Junto a ella me siento verso de la misma estrofa. Pero un verso que participara a la vez de las cualidades del regular y del libre. Somos unidades silábicas iguales, pero somos también, por nuestro significado, entidades completas independientes. En fin, que no puedo ahora explicarme esto; acaso luego. Ahora se trata de no parecer asombrado de que me haya llamado, de no demostrarle ninguna gratitud por su oportunidad. La gratitud es algo que separa, y yo no quiero todavía alejarme de ella.

3

Si me quedara ciego, no podría seguir amándola; sería un narcisismo inconfesable estarme toda la vida hablándome de amor ante ese espejo de palabras. Luego que me copia mis gestos, también, y mi perfume y mis manías, y sólo la vista puede definirnos y separarnos; también la felicidad, que a ella la rejuvenece, la hace más bestia joven, y a mí me arruga la frente con exceso.

Colecciono manías, pequeñas supersticiones; a cada nueva adquisición corro a Elvira, deseoso de asombrarla. Ella quién sabe por qué medios, se me ha adelantado ya.

De mis profesores tengo este vicio de abstraerme, de no escuchar lo que los otros dicen, o de escucharlo a medias, y de hablar a solas, de pronto, sabiendo perfectamente que nadie me oye, como a ellos en la cátedra. Ella se estaría pensando mal de sus amigas, aunque la casa ardiera, aunque sus amigas se hubieran ya vuelto buenas, sin darse cuenta de nada.

De mi amigo el químico me ha quedado esta necesidad de análisis que, cuando saboreo un coctel, lo descompone en mi boca, como un prisma de los sabores, dándome distinto el de cada licor; pues bien, ella, equivalente perfecto de esta manía, deshilvana todos los tejidos de sus amigas, con el pretexto de aprender a hacerlos.

De los personajes de Mac Orlan he aprendido a roerme las uñas; ella desde niña sabía ya tirarse, sistemáticamente, todos los botones de todos sus vestidos.

Y, como esto, todo lo que voy aprendiendo en los libros lo sabía ella antes, muchísimo antes.

Voy a bailar con ella, seguro de no perder el ritmo ni una sola vez, porque sabemos exactamente los mismos pasos de baile. Cuando yo le ofrezca el brazo, su mano estará ya a la altura precisa, y cerrará el eslabón de la manera más natural del mundo, como si nos hubiéramos estado una vida ensayándolo, maquinalmente, sin titubear un solo momento, no me dejará dar completa esa vuelta que hacen todos, al encuentro de su pareja, para el abrazo del baile; me ahorrará la mitad del viaje, haciéndolo ella.

Nos avenimos demasiado, es demasiado hermana mía.

Nuestro amor es un amor casi incestuoso, y es castigo bíblico no poder, no querer apartarlo. Me irrita la perfección del espejo y quisiera romperlo, pero no tengo la seguridad de no hacerme daño.

La orquesta empieza a llover sobre la sala pañuelos de colores. Son, me parece, los nombres de las muchachas que me han gustado. Azul el de Consuelo, que era sana y robusta, y por eso amaba los valses, pues si en el jardín había luna, le daban la ilusión de adelgazar sin necesidad de ponerse a régimen de dieta; rosa el tango de Alicia, que era como un alba que se eternizó en alba, porque Josué, la muerte, fue a detener más allá del horizonte el mediodía que se anunciaba en sus besos a las amigas. Llameante el de Rosaura, de quien, como nunca la vieron de día, y era tan rubia y tan inflamada, las cosas afirmaban que era el sol que bailaba de incógnito.

Elvira me dejará un pañuelo metálico, para limpiarme el rostro con mi propio rostro. Me dejará el lienzo de la Verónica.

4

Ese vals tiene que ser viejo. En cuanto logro aprender de memoria la letra de una canción, comprendo que ha pasado de moda. Igual en esto a ese rival mío, el poeta Gilberto. Atento siempre a la poesía francesa, comienza a ensayar un ismo cualquiera cuando en París ha sido aceptado hasta por el *Mercure de France,* y no habla ya nadie de él. Va a necesitar que le envíen por cable los nuevos poemas. Me satisface saber, así, que se arruinará sin remedio.

No es que lo odie, pero me molesta demasiado. Es suspicaz, desconfiado, pesimista; si una acción cualquiera permite dos interpretaciones, él escogerá siempre la peor; encontrará las manzanas agusanadas, nunca, ¡ay!, los gusanos llenos de manzana; el mar, por ejemplo, no sirve para personaje de poesía; lo pusieron donde está para que las noticias de París le lleguen con retraso; yo no le reclamo mis libros, ni el dibujo de Diego, y él lo atribuye a mi mala memoria y no a mi buen corazón. Además, me irrita que trate a los grandes hombres como a su cocinera; por la noche, ante el busto de Dante, lee en voz alta sus poemas, exigiéndole luego una opinión que siempre le es favorable, porque como el que calla...

En todo procede con falsía; estoy seguro de que también ama a Elvira, y ahora nos sigue su mirada, llena de intenciones muy teatro español y muy reprobables. Pero me sabe preferido y es incapaz del heroísmo de ponerse en ridículo declarándose mi rival abiertamente. Estará esperando que descubra yo su amor; entonces, convencido de que la merece más que yo, renunciaría a Elvira para dársela. Como cuando ha escrito un poema agradable, nunca me lo enseña desde luego; se entretiene, primero, en hacer muchos detestables entre los cuales lo esconde para darse el gusto de que le descubra yo su probable genialidad.

"I'll be loving you always..." Es la única canción que canto con éxito. Mis amigas me piden siempre la letra. Me han obligado a mejorar mi ortografía inglesa, que estaba bien defectuosa. Ya no me amará Miss Hannah, porque también mi pronunciación ha mejorado, y ya no podré pedirle que me bese cuando quiera rogarle que me perdone.

Elvira subraya, sin convicción, mirándome y oprimiéndome la mano, todos los siempres que hay en este vals, pero nadie mejor que ella sabe que nuestro amor no podrá durar gran cosa. No le deseamos exclusividad, Xenius, ni, menos aún, eternidad. Somos lo mismo de modestos; no diremos nunca —ella menos, incapaz de generalizaciones alegóricas—, por ejemplo: el sol, atado de mi cabeza, es un péndulo con oscilaciones de doce horas; preferimos humildes confesarnos, atados de un rayo de sol, al mediodía, el plomo de la plomada.

Ahora tiene ella en los ojos un azul de llama de alcohol; lo conozco, porque una vez me sorprendí, ante un espejo, pensando mal de alguien. Si no es del poeta Gilberto, será de mí. Prefiero dirigir su pensamiento.

—Cuídate de Gilberto —le digo, formulándolo—. Es un hombre que ama la música.

¿No lo decía? Es de él; como si siguiera yo hablando, es ella la que continúa mi frase:

—Es cruel, míralo; usa ese gran diamante para engañar, de noche, a las mariposas, que prefieren su fistol a la lámpara.

Es mi pensamiento, en imágenes fin de siglo. Y luego:

—Tiene el suficiente buen gusto para que ese diamante sea falso —termino yo, infame.

Afuera, es cierto, el ruiseñor no sabrá nada de nada; pero le hemos dejado abierta la llave de la lengua al surtidor, retorcido como víbora. El poeta se ha quedado dormido pero la montaña irá a él; en esta vuelta, sin ponernos de acuerdo, tropezaremos con él Elvira y yo. En vano protesta Gilberto que la vida no le interesa. Hace un esfuerzo, cuenta hasta mil, y se despierta.

—Está planeando, fíjate, mis funerales. Me gustaría morir en endecasílabos.

Elvira no me atiende. Acaso encuentra inútil que hable yo para decir exactamente lo que ella piensa. Comprendo que estoy perdiendo mucho. Ahora Gilberto es el ángel de la lotería, y me indigna; enjaula a la suerte, como una mosca, en los carretes de hilo del milagro, levanta el cielo y salen siempre seis ases, aunque la ciudad tenga muchísimos más tragaluces. Me está ganando mis mejores adjetivos, y ahora tendré que llamarle al pan vino y al fin la aurora vino siempre, siempre, hasta para los que no teníamos piernas ágiles para saltar, dormidos, doce horas.

5

La orquesta, sabiéndose efímera, repite "always" con la obstinación del que tuviera un hijo muerto entre los brazos y lo arrullara para dormirlo.

Canción de cuna de Los Ángeles. Creo en California. También del Extremo Occidente, que se toca con el Extremo Oriente, puede llegarnos la revelación alguna vez. Y porque todos lo sabemos, y porque esta canción vino de allá, nadie atiende al significado irónico que la anima. Todas la cantarían con solemnidad. Yo también, con acompañamiento de guita-

194

rra, precisamente, porque la actitud de uno que baila es la de uno que toca la guitarra.

La música. Llega de lejos. En el camino se entretiene bailando, con la horda, en torno de las hogueras; luego se martiriza, gime y se hace salmo bíblico, o se perfuma y se hace carne de sirena. Pero Pitágoras, con su muslo de oro, vivía junto al taller de un herrero, y la hizo número. Y entonces comprendí que ya no podría llorar tranquilamente, porque siempre habría alguien que me contara los segundos, y de no cesar antes de diez me declarara *K.O.* —Ese alguien era, también, yo.

"...a pesar del número uno; a pesar del amor, dos." Voy a perder el paso, por la dicha de la iluminación inesperada; es posible hacer una diferenciación más entre Elvira y yo. "Yo" no es indivisible, no es unidad. Hay, ella, el yo que hace; yo seré el yo que me veo, en ella, hacer. Tengo que ser un espectador que provoque el acontecimiento, que lo dirija y lo explique. La felicidad me está arrugando el rostro. Tanto mejor: es la máscara que conviene al coro griego.

Nosotros —¿puedo seguir diciendo yo?— dudamos un momento si Narciso moriría de aburrimiento. El espectáculo cansa, a la larga. Aunque ella tenga mayor resistencia, por la costumbre de muchas horas diarias de tocador, es indudable que también está sintiendo la necesidad de dirigir su pensamiento fuera de sí misma, es decir, de mí.

Queremos amarte, X. —¿Por quién substituir esta X? Estamos vacíos desde que, ya no habitantes de la casa, más que eso, la casa misma, nos hemos hecho, idénticos, copiándonos con perfección fotográfica, la pared frente a la pared, techo y piso, aristas paralelas, rincón y rincón, iguales y, sin embargo, tan opuestos.

Nos llamamos lo mismo, y nos rechazamos. Vamos a buscar el otro polo. Yo, sobre su hombro, voy a coquetear con la señora García. No, sería una horrible traición al siglo veinte; no, aunque ahora me sienta excesivamente romántico. Además, sería apartarme de un incesto para caer en otro mayor. A la señora García le debo algo así como la vida, en cierto sentido.

En el principio era mi instinto, enteramente, científicamente aislado por un caos de amnesia, el que Freud quiere apartar de sobre los años infantiles. Y mi instinto estaría chupándose el dedo, narcisismo prehistórico que luego ha evolucionado hasta la manía de hacer relatos autobiográficos y enamorarme de todas las fuentes. Aquí entra también la señora García como culpable, porque un sábado, en la doctrina, dijo distraída un *fiat lux* narrativo que yo interpreté en imperativo, dirigido a mí, y por mis malas calificaciones en lengua nacional la luz se hizo.

Es mi primer recuerdo distinto; en aquella época el bien y el mal tenían una frontera precisa, definida, la barda que separaba del atrio a la huerta. De este lado baldosas oscuras, bancas incómodas en que los futuros fieles cristianos aprendíamos cosas que violar, y el padre Ripalda, sabio y tenebroso, que era como un corsé o unos tirantes de fuerza para erguir, rígidos, los cuerpos de las catequistas, fuera de allí personas que no se comían palos de escoba. Del otro lado... Después lo supe muy bien, porque luego nos explicaron el episodio de la serpiente, y al otro sábado salté la tapia de la huerta, y ni me rompí una pierna, ni me gané la merecida indigestión, y eso que aún no leíamos a Mark Twain, amigo Alfonso Reyes.

Descartamos, pues —nosotros es yo—, a la señora García. ¿Por quién substituir la X? ¿A quién amaremos ahora?

¿Lo habré dicho en voz alta? Ya está hablando Elvira.

—Me gustaría amar a un hombre nocturno, con el sentido, aún, de la vehemencia. Es decir, un poco tonto. A Gilberto, por ejemplo...

OTRAS PROSAS

NOTA AUTOBIOGRÁFICA

PARA la Antología que se publicó en España con retratos de Maroto, escribí una vez: "Gilberto Owen es un bailarín flaco, modesto y disciplinado"; me asombra ahora la inmodesta exactitud de aquellas notas, al recordar la sutil diferencia que Valéry advierte entre la danza (poesía) y la marcha (prosa). Me ocupa hoy aprender a marchar al paso trabajoso del pueblo, y sólo a veces, por las noches, vuelve a ganarme la liturgia del baile. De entre los últimos sueños pensados tomo los que en esta página aparecen para ilustrarlos en temor de incurrir en la momia shawiana de los prólogos. Fijo aquí algunos detalles exactos.

He nacido en Rosario de Sinaloa, un pueblo de mineros junto al Pacífico. Tengo algunos recuerdos de la infancia, pero sólo a Freud le interesarían. Mi padre era irlandés y gambusino; de lo primero he heredado los momentos de irascibilidad, disimulados por un poco de humorismo, y de lo otro la sed y manera de buscar vetas nuevas en el arte y en la vida, no sé si compensada por hallazgo alguno. Mi madre era mexicana, con más de indio que de español, y a su padre le debo mi aspecto físico, mi falta de sentido de la propiedad y mis aptitudes para lo inútil, tan laboriosa y vanamente combatidas.

A los trece años me fugué de Balmes y de los *Trozos selectos de la más pura latinidad* defraudando las ambiciones maternales de bendecir la casa con un buen obispo, y me fui al altiplano y al Instituto de Toluca, donde habían estudiado medio siglo antes los mejores compañeros de Juárez. Fui eso que llaman un librepensador, me hice bachiller, dirigí una biblioteca en la que había más de Teología que de Física, me gradué de maestro de escuela, hice versos gongorinos y salté a México. Conocí entonces a Xavier Villaurrutia y a Jorge Cuesta, hi-

197

cimos versos y novelas, revisamos nuestros clásicos, y nos fomentamos los tres una infinita curiosidad viajera, una dura rebeldía al lugar común y una voluntad constante, a veces conseguida, de pureza artística. Con Salvador Novo y otros sísfides fundamos *Ulises*, revista de curiosidad y crítica, y luego un teatro de lo mismo, en el que fui traductor, galán joven y tío de Dionisia. Dionisia se llamaba Clementina, pero yo le decía Emel, Rosa y qué sé yo. Escribí *Desvelo* (1925), poemas a la sombra de Juan Ramón; *La llama fría*, relato de 1925 que ya no recuerdo, agotada la edición entonces; *Novela como nube* (1928), fuente modesta de algunas novelas de mis contemporáneos, y *Línea* (1930), poemas en prosa que perdí en 1928, que mis amigos recobraron no sé cómo y que Alfonso Reyes publicó no sé para qué. De *Examen de pausas*, novela también perdida, se salvaron los primeros capítulos en una antología de la prosa mexicana moderna que no llegó a publicarse. He traducido poemas, novelas, comedias, ensayos, no sé qué no, del inglés y del francés. Como nunca he tomado en serio el italiano sólo he traducido del español al español una farsa de Rosso de San Secondo, traducida del italiano por Agustín Lazo, pintor.

Tengo 28 años y el mundo es más viejo que yo. He viajado un poco y los ojos se me han ido quedando un poco en cada parte; he perdido en el viaje muchas cosas —mi preciosismo, mi "niñoprodigismo"— pero me ha servido para darme cuenta de que América existe, y me he preguntado con qué linaje de amor había de amarla; he visto que unos sólo la compadecen, he visto que unos sólo la respetan; y mi fervor muy otro, no pensado en la sensual dialéctica helena, que reduciéndolo todo a estatura de hombres hacía que cada griego no respetase tanto a sus diosas que no quisiera casarse con ellas; y he comprendido que nunca haré sino desear casarme con Indoamérica. Y porque a su multitud me habré dado, yo sé con júbilo que no moriré "en olor de multitud".

Los poemas que siguen son danza pura todavía; aún no tienen voz en mi boca las cosas del mundo; aún no tiene categoría artística mi emoción social; busco una poesía de la Revolución que no sea mera propaganda, que no sea mera denuncia; me parece que voy encontrándola, pero ningún poema mío es digno de la masa. Los de esta página podrían haber sido escritos hace cinco años; forman parte de un libro: *El infierno perdido,* que en la muerte voluntaria de mis sentidos meridionales es el último juego de esos mismos sentidos, un poco como la zalema final del bailarín. Los amo como un vacío que estuvo a punto de matarme.

Bogotá, enero de 1933.

[Esta nota precedía a "River Rouge", "La semilla en la ceniza", "Defensa del hombre" y "El infierno perdido", en *El Tiempo,* Bogotá, 22 de enero, 1933.]

El texto a que se refiere Gilberto Owen, al principio de esta "Nota autobiográfica" es el siguiente:

GILBERTO OWEN

Gilberto Owen es un bailarín flaco, modesto y disciplinado; habla dogmático desde que, hace cuatro años, jugó un reverso heroico de la apuesta de Pascal, y empezó a tirar los dados del arte para no ganar nada, acertando, a perderlo todo, por temor de equivocarse.

Como también esta manera de crítica es lo que piensan los hombres sensatos de los hombres que se mueven, este bailarín se sienta alguna vez a mirarse ir y venir; sus vueltas no son un medio, sino un fin, pues carece de aspiraciones horizontales. Viajar —esa glotonería, dice Allain— no es necesario; moverse sí es necesario. Owen se mueve rítmicamente, pero con lentitud, pues su agilidad no alcanza siquiera ese salto de doce horas, ojos cerrados, de la noche; tiene que sortear la zanja poco a poco; viendo, a obscuras, con los dedos, pensando así los versos de *Desvelo.* Ya sin música, la visión paróptica sigue el alambre invisible, una arista apenas, "del filo de las doce". En realidad es la frontera del sueño, y el libro ahí nacido se llama *Línea.*

Cree en el movimiento puro, desinteresado; sin embargo, un querido calumniador que le vio peripatético bajo esos manzanos de que las musas maduras se arrojan sobre los sabios distraídos, descubriendo la ley de Owen, asegura su conversión al modelo cezanneano, y que

> *...para tener en paz y en regla a su postura,*
> *le roba al tiempo su madura edad.*

199

MOTIVOS DE LOPE DE VEGA

SUMA DE OCIOS

Nota al título

Nos quedamos de este lado del cuadro —del lado de Rembrandt— oyendo pasmados la lección de anatomía del doctor Nicolás Taip. Por buenos, por atentos discípulos, no tomamos un sitio merecido dentro de la composición, y al terminar nos hemos ido lentamente, Rembrandt y nosotros, a plantarnos autorretratos, con un leve despecho —¿o ufanos?— de no haber cabido en la Historia.

Hemos llegado a nuestra casa, a mirarnos en nuestros libros, en nuestras aficiones, en un río privado que llamamos espejo que anda y que es apenas nuestra memoria. Nos hemos espiado en sueños, sin atrevernos a respirar siquiera para no despertarnos; y a hurtárselo todo, luego, a nuestra sombra, odiada y más rica que nosotros al alba, a nuestros pies y desposeída de su negra bonanza al gritar las doce de la vida.

Y los apuntes preliminares, los que después no cabrán en el autorretrato, por indecisos o impuros, en lugar de arrojárselos al viento los hemos llamado ocios y se los hemos mostrado, ¡qué secos ya y qué oscuros!, a unos jueces ante los que querríamos disculparnos en versos del que escogió por suicidio huir al África:

> *Oisive jeunesse*
> *a tout asservie,*
> *par délicatesse*
> *j'ai perdu ma vie.*

Prisión del orden

Salí de Góngora como de una cárcel —siguiendo a Marinello—, "con el juramento de vivir en libertad". De esta última palabra no sabía entonces, no voy a saber nunca de seguro, el significado. La suponía viento sin ley que acechaba, al doblar la esquina, para destruirme; pues yo había elegido este cautiverio precisamente como un refugio, al huir de la improvisación y de la facilidad que me repugnaban en ejemplos más cercanos a mí, geográfica y temporalmente: yo nací huyendo del Chocano a voz en cuello, de nuestro paupérrimo y ensordecedor romanticismo americano, de la baratija de nuestro folklore, empapado éste de las dos cosas que más repugnaban con mi espíritu: las lágrimas y la sangre.

Luego que la prisión me era amable, a pesar de la severidad de su regla. Era grato su jardín de peluquería, cortado y recortado jamás al capricho, siempre de acuerdo con una sabia arquitectura total que yo me esforzaba en aprender puntualmente. Acostumbrado a pasear por la penumbra de sus soledades (¡y cómo la penumbra copia exactamente la inmensidad, alargándolo todo infinito en la distancia, y dejándonoslo todo, sin embargo, al alcance del tacto y la razón!), me desconcertaba que hubiese ojos y oídos tan deslumbrados que encontrasen obscuridad en el cordobés mi carcelero. Me acontecía ante él lo que a mi mejor contemporáneo ante Mallarmé; todo en él me era tan claro que "hasta cuando pretendía ser obscuro se veía claramente su intención serlo".

Lo de fuera, desde mi cautiverio, sí que era obscuro, instintivo y de una sensualidad bestial que yo no comprendía. Afuera había tempestades inasibles, y se morían millares de hombres, tan sólo —me parecía— para que el genio popular improvisara corridos, para que las cantaoras de la feria hiciesen sus gorgoritos insensatos y para que los turistas se relamieran, sin comprender tampoco gran cosa: "Oh, este México, ¡qué lleno de color!" Afuera había unas tardes de alegría demasiado sana, estridente, animal. Afuera estaban —¡Dios me guarde!— la Libertad, la Igualdad y la Fraternidad. (Si yo hubiera leído ya entonces a Lenin, qué de acuerdo me habría sentido con su encontrar en la libertad "un prejuicio burgués": sólo que yo habría dicho "plebeyo".)

Encadenado al cielo, a aquel orden especial, me parecía que

todos los otros mundos, que todos los otros órdenes, eran el caos.

Mucho después supe algunas otras cosas.

Catálogo de diatribas

Desde mi clausura miraba el mundo de Lope, su latifundio sin mojones, como tierra baja inundada por aguas de rudo origen, "con razón Vega por lo siempre llana". Los cristales de mi postigo tenían demasiada pasión, así la creyera yo pasión por la inteligencia no más, para ser de otra guisa que parciales y deformármelo todo a su ley.

A veces abandonaba los ojos al puro y fácil deslizarse de aquella corriente de Lope, a su manar sin trabas y sin tacha, pero se acercaba a ponérsela, por encima de mi hombro, mi implacable Pantuflo cordobés:

"Patos de la aguachirle castellana", me hería su voz sinuosa y fina, y yo me iba corrido a estudiar su manual de cisnes, sin sospechar la muerte entre sus cantos.

La injusticia del cristal no me irritaba, por mucho que me lo empequeñeciera todo con sus artes de gemelos al revés; lo cómico de aquel maestro mío de Literatura en el Instituto de Toluca, sordo y zurdo, contribuía a ello, cuando quería infundirme un amor a Lope que él mismo no sentía.

Allá iba Lope, pidiendo que le ensillaran su "potro rucio", y desde mi ventana se le volvía "asno rucio" sin remedio; paseaba él, acompasando su más heroico paso al de la musa castellana, y se la oíamos "en tiernos, dulces, músicos compases como en pañales niña que gorjea"; las "diecinueve torres del escudo" se las tornábamos torreznos cuando las ponía en la frontera de su Arcadia para "armar de un pavés noble a un pastor rudo", y ¿a quién no le hubiera irritado el vernos colocar a sir Francis Drake y sus bajeles sobre la chimenea, dragón doméstico "creado entre las flores de la Vega más fértil"?

El santoral de sus comedias nos olía a posible chamusquina de la Inquisición, leyéndolo profesión de fe mahometana ("celebren chusmas moras nuestros cantos de cigarras"), y veíamos cómo en aquel mundo se iban a las manos Lot y Lamec por la paternidad de Ylec, y les echábamos encima a Joab, Jafet, Jacob y el rey Acab.

Y nos metíamos también con sus parientes de la carne; para decirle yerno de especiero le recordábamos dos hortalizas que habían sido esposas de David, en nuestra ortografía Micol y Nabar, y no olvidábamos a los hijos, Vicente y sor Marcela, él Hernandico el galgo y Sebastiana la mona ella, que no llevaban el nombre del padre en su fe de bautismo.

¿Y María de Nevares? Pues volvíamos de revés el nombre del diablo que la amaba, y el "pelo de esta Marta es".

Luego la cuenta de sus lectores: cien rapaces para el romance *Sale la estrella de Venus;* tres monjas para *La Angélica;* un ciego para los *Soliloquios;* un idiota para *La Filomena.* Ah, y el bobo Vinorre de Sevilla que no sólo leía la *Arcadia* sino que gustaba además de la *Dragontea.*

Empecé un diccionario de lo que no se debe hacer; antes de llegar a la B desfallecí. Entonces ocupé mis ocios en un catálogo de exorcismos —¿o de venenos?— para ensayarlo contra aquel diablo de la fecundidad. Eran, entre otros: Insolente poeta tagarote. Danos gatazos Lope con su ciencia. El terenciano Lope que... sobre zuecos de cómica poesía se calza espuelas. Boca de Pipote. A este Lopico lo-pico. Es tu cómica persona sobre los manteles mona y entre las sábanas marta. Embutiste, Lopillo Necio Zote. Después que Apolo tus coplones vido. Señora Lopa. No está, yo lo fío, en la Vega Garcilaso. Descienden sobre vos las piedras de Valsain. Melindres son de lechuza que en lo umbroso poco vuele. Etcétera.

Qué hipócritamente nos reprochábamos: "Haces mal en condenar invencibles ignorancias." Nos regocijaba condenarlas, buscarle cuatro gazapos a Lope (que no se preocupaba de ello, después de todo) para poder aconsejarle: "Vuelva a su oficio y al rocín alado en el teatro sáquelo los reznos."

No fue en Lope donde primero hallé la libertad. Anduve encontrándola y perdiéndola a cada paso, en cada libro, paisaje, sueño. Aprendí, antes que en Gide, en todas partes, que "cada libertad es provisional y no consiste sino en elegir la propia esclavitud o al menos la propia devoción".

Fue hacia 1927, cuando se acercaba el centenario de mi cárcel y pretendía un regreso a ella, hijo pródigo siempre fracasado, que me encontré con Lope y me detuve a descansar, afuera, en lo que tanto había condenado desde adentro. Imperceptiblemente fue ganándome la contrición. Pronto abjuré, no de mi amor a Góngora, sino de mi ligereza ante lo más ancho de ese amor.

Existía aún, para conturbarme y abismarme, lo desmesurado, lo infinito de la parcela del Fénix. Todavía viejo prejuicio gongorino, lo que mi vista y mi razón no sujetaban me irritaba. Yo quería mis dioses comprendidos, y quería poder echármelos a la espalda cuando ardiera Troya, y acariciarlos en la noche, cuando perdidas las llamas del incendio sólo pudiera verlos con cada poro de mis dedos y de mi deseo.

Luego aprendí, al fin, el orden de la libertad, la manera de medir el infinito, suponiéndole lo que es: una sucesión de órdenes de mundos, cada uno definido y limitado con precisión, como para elegir en él el huerto o la celda más de nuestro agrado. Todo cabía en el mundo de Lope, hasta la cárcel culterana a la que yo quería regresar. Así debía de ser, así había visto yo que era el mundo, así la poesía: todos los órdenes y todo uno y lo mismo. La libertad es una sucesión de cárceles.

Yo no creo que se tache de metafísica esto que sólo es autobiografía; sería injusto para los filósofos y para mí. Para explicarme al lector ante Lope de Vega sólo tengo mi propia experiencia. "I am being my own rabbit because I find no other specimen so convenient for dissection", como le acontece al señor Wells. Estoy tratando solamente de explicar cómo he venido a amar a un poeta difícil de ser amado en su totalidad, o sea aprehendido, comprendido o siquiera leído totalmente. (¿Que escribió 1 440 comedias? Os desafío a que me lo demostréis.) Estoy tratando de explicar cómo, poco a poco, desistiendo de lo que al principio me podía caber en mi razón, he ido pasando por sus círculos y eligiendo en ellos mis moradas. Pero enumerarlas ya hay que dejarlo para otro ocio. Y ya sé, ya sé, que ante esta prosa alguien va a decirme: —Pero si usted no ha salido de Góngora.

[Sobre pintura mexicana]

Aparte de su valor intrínseco, por el accidente histórico de ser el primer caso racional de pintura mexicana, Diego y sus ángeles, no todos buenos, ordenaron el caos del principio —fácil, indolente pintura mexicanista de los más, o soberbia descastada de los europeístas—, inversamente que Jehová, no separando, sino uniendo dos tradiciones, poniendo al servicio de la emoción vernácula las aportaciones técnicas de la pintura europea; así son esas sus influencias: junto a la ingenua concepción de la forma de los retablos populares, la riqueza de colorido de las lacas michoacanas y la geometría decorativa de los aztecas, las disciplinas estructurales que inició Picasso y el ímpetu sabio, la amplitud serena, la grandeza equilibrada del Renacimiento italiano. El ejemplo de los pintores actuales, aquí esbozado, es lección y respuesta suficiente a la última pregunta.*

* *Encuesta sobre pintura mexicana.*
1) Esencialmente, ¿por qué es importante el movimiento actual de la pintura mexicana? 2) ¿Cuáles son las principales influencias de arte extranjero en el desarrollo actual de la pintura mexicana? 3) ¿Cuáles deben ser las fuentes de enseñanza para las artes plásticas en México?
Contestan: José Clemento Orozco (pintor); Bernardo Ortiz de Montellano (arquitecto); Carlos Chávez (músico); Gilberto Owen (literato).
Forma: Director, Gabriel Fernández Ledesma; Censor (responsable del criterio de la Secretaría de Educación Pública y de la Universidad Nacional), Salvador Novo.

CARTEL SOBRE LA DISCRECIÓN DE
I. GÓMEZ JARAMILLO

En el sueño todos nos encontramos —todo se encuentra— a condición de irnos por él en atenta vigilia. Ignoro de otro medio por el cual pueda el escritor entender a los pintores y puedan éstos penetrar a la obra de arte poética, musical o escultórica. El vacío lugar común del soñar despierto asume así contenido de fórmula mágica especial. Se tienen los datos intelectuales de un cuadro —un sistema de líneas, volúmenes, colores—; se tienen los datos sensuales —calidad— de los materiales gratos a nuestros ojos y a nuestros dedos, que también con éstos se ve; y no se tiene todavía la cifra exacta del cuadro, que sólo se nos entrega, si abrimos bien los ojos, escrita en la pizarra del sueño y su misterio. Si este otro mundo pudiera descifrarse y reducirse a términos de lógica discursiva en lenguaje literario, por ejemplo (a términos de fotografía en las artes plásticas), poesía y pintura, música y escultura no existirían. Y no sabemos en qué consiste, en realidad. "La postura es indecisa" dice Valéry y sólo hay que debiera decirlo de todas las artes, de todo el arte, mejor. Viendo un cuadro, pretendemos cifrar ese misterio en el juego de las distancias, de las profundidades, que nos hace mirar cosas sabidas como nunca podríamos mirarlas fuera de él; y no es eso sólo. Creemos reconocerlo en todo aquello en que el cuadro nos hace mirar cosas hasta ahora invisibles, o el poema nos dice lo indecible, o la obra musical lo inaudito. Por ahí anda la fuerza, por ahí anda lo que íbamos a llamar originalidad (palabra falaz) del artista.

Tomad, como juego ejemplar, ese bodegón de Gómez Jaramillo en el que aparecen sólo objetos que nos son familiares, un lienzo, unos peces, un jarro; y cuando haya transcurrido el segundo del goce meramente intelectual, justa la ordenación de los volúmenes, de los colores, de la luz que anda por todas partes y no está en ninguna; cuando nuestro tacto se haya regocijado siguiendo el curso de cada pincelada, saboreando la limpia y diáfana exactitud del color sobre la tela, la admiración no se nos duerma en esos datos, que nuestra exigencia buscaría en toda obra digna de ser mirada; pues hemos de darnos a medir lo inmensurable, el aire que rodea cada objeto, aire de misterio, que hace esa distancia de cosa a cosa tan lejana, tan precisa y tan increíble que luego no hemos de volver a encontrarla sino en sueños. Y este "plus" de magia es el que nos dice que estoy en el mundo de un verdadero pintor.

En este mundo hay una ley, la discreción, que yo acato y deseara para mi propia obra. Generalmente no rige en los mundos muy nuevos, se dirá, y Gómez Jaramillo tiene apenas veinticuatro años, por lo que sus hijos, consecuentemente, debieran ser más jóvenes que él. Pero sucede que ese mundo no es obra suya, no lo es de ningún artista individualmente; acaso lo sea de todos, acaso estaba ahí, desde un poco antes que el Verbo, en el verdadero principio, que no es el caos sino el misterio. Yo diría que sólo es suyo por cuanto en su aire puede él respirar tan fácilmente, transportando a esta divagación la tesis social que quisiera adjudicar los medios de producción a quienes saben aprovecharlos, en propiedad transitoria. Pero ya sería yo más reaccionario al aceptar la herencia como derecho, para decir que es suyo porque dentro de él ha nacido, o, agotando el absurdo, porque le contiene.

La discreción rige inflexible en toda la obra de ese pintor, pintura discreta la suya, que impone un límite de vidrio a la emoción "natural" de esos paisajes españoles, sin permitirse gritos de sol, ni el sollozo fácil de quienes todavía creen que el paisaje es un estado de ánimo y no un sistema de coordenadas tendido como una red para cazar lo inasible. Pintura sobria y pulcra por ello mismo, edificada con una economía de formas, de colores, hasta de materiales, que los miopes pueden muy fácilmente confundir con la pobreza. (Para desengañarles, dejadles asomarse a esas mujeres de Lisboa, fértiles y risueñas, en quienes la riqueza es tan evidente como contenida y disciplinada está en los paisajes.) Pintura limpia en la que cada pincelada estuvo tendida antes en la conciencia del pintor que en el lienzo, como si la probidad del artista pensara hallar en la tela las exigencias del fresco mural.

Pintura, también, que anda buscando su propia madurez, yo no sé si inminente o lejana en el tiempo, pero de la que ya corto una anticipada primicia en ese retrato de joven, cuyas manos escultóricas caen pesadamente sobre el centro de la tela y del mundo, valor principal de la obra, personajes en pos de drama a los que el artista tuvo que matar para que no se movieran y le descompusieran el aire, inmóvil, del cuadro.

El cartógrafo desprevenido iba a fatigar su buena voluntad en las tres últimas colecciones de cuadros expuestas en Bogotá, y seguramente iba a dejarse en blanco de muro desierto y sediento de pinceles el sitio de Colombia en el mapa de la pintura americana. Iban a golpear vanamente sus ojos contra el algodón, contra los cuadros de humo y lo mismo de aquel impresionista sin memoria y con literatura social en doble amenaza; iba a aturdírselos la gritería del mercado expuesto en la Sociedad de Ingenieros, en donde chillan los colores y los colorines sus palabras sin sentido, ni una a una ni al unísono, sino en tumulto; iba después a llenárselos de miel de repostería, pegajosa e ingrata, en los colores de esta última exposición, sin miedo y con tachas; se habría paseado por las peores doctrinas fascistas de Italia, habría huido de lo más fácil y menos respetable de España, habría asistido a una ilustración de *La Vie Parisienne;* en realidad, el cartógrafo imprudente se iba a ir con la impresión de haber estado en un desierto, y su error habría sido su castigo.

Yo quiero imaginar que su modestia, moviéndole hacia donde no llega lo que pudiera llamarse la crítica oficial, por llamarlo de alguna manera, le ha salvado de ello. Porque es así como ha venido a saber de algunos nombres con los que empieza a dibujarse un litoral que puede quedarse interrumpido, así son de jóvenes sus dueños, o puede quizá cerrar su límite y definición, mañana o dentro de muchos años, al azar estricto y lógico de los problemas en que trabajan Gonzalo Ariza, Ignacio Gómez Jaramillo y Sergio Trujillo. Ha dicho aquí su admiración por el segundo; ya tendrá tiempo de describir las parcelas que los otros cultivan y el clima que a su entender las diferencia.

Ahora, en realidad, se ha limitado el viajero a la tarea humilde de trazar este cartel, que acaso no merezca el crédito que su sinceridad le atribuye, para anunciar al público la exposición próxima de un verdadero pintor, Ignacio Gómez Jaramillo.

Bogotá, 20 de septiembre de 1934.

IGNACIO GÓMEZ JARAMILLO

Es obvio que no aspiramos a revelar en estas líneas nada que el lector no pueda encontrar por sí mismo al ver, así sea en la traicionera sombra que son las reproducciones en blanco y negro, la obra de Ignacio Gómez Jaramillo, que se presenta en este breve volumen en sus más personales ejemplos, en los que mejor la definen. Condenada a dispersarse por muros y salones en forma tal que la distancia geográfica no permitiría estudiarla en conjunto, la obra de los pintores sólo puede reunirse luego en los fantasmas balbucientes que de ella recoge la fotografía, y que vienen a ser como la traducción, en la más literal de las prosas, de un poema, privada de sus cualidades más esenciales: atmósfera, luz, colores. Queda solamente la escueta armazón de sus formas, de su geometría y, si mucho entre brumas, la cifra vaga de su íntimo sentido. Pero porque la suerte ha querido que conociéramos esa obra, casi en su totalidad, por haber asistido a su gestación o por haber tropezado, en el accidente de los viajes, con parte de ella que se quedó en el extranjero, aceptamos el encargo de presentarla en esta somera divagación preliminar que, desde luego, no va a llevar al lector a ninguna parte. Porque ya hemos dado a entender que es superflua.

Personalmente nunca pudimos —creímos siempre nuestro deber no hacerlo— posar nuestra vista sobre las criaturas de Dios o sobre las obras de los hombres, con ese inhumano temor a contradecir a las miradas anteriores con nuestra mirada presente, con la mirada que apenas está mirando y que acaso, cuando acabe de hacerlo, cuando consume su función y en ella se consuma, ya tendrá tras de sí otra mirada nuestra que la suplante o que la contradiga a su vez. Pues si aceptamos como necesaria esa consecuencia, sin solución de continuidad e inflexible, que debe regir en cualquier especie de técnica, no nos abarcarían sin asfixiarnos su molde y su regla al intentar mirar o juzgar, dos veces, una obra de creación, y menos aún si hemos estado asistiendo a su desenvolvimiento sobrenatural. No nos preocupa ni evadimos, pues, el deber de ofrecerle a nuestra sinceridad de ahora el sacrificio de pocas o muchas contradicciones con la de antes, al disponernos a ver, después de diez años, lo que solicitaba nuestra atención y lo que en fervor nos quemaba al encontrarnos, por primera vez, ante la obra de este pintor que, muy joven aún, regresaba de Europa con virtudes que sólo a la madurez parecerían propias. Y al verificar que, en nuestro juicio, esas virtudes subsisten a todo lo largo y a todo lo hondo de la pintura de Gómez Jaramillo, perturba nuestro ánimo un irascible movimiento de desconfianza que con insistencia de tábano nos repite que a nuestra mirada la están rigiendo la simpatía o el rechazo de la prístina de entonces, y que nos aconseja tomar por figuraciones la realidad objetiva que a nuestros ojos se presenta. Predispuesto el espíritu a la contradicción nos hemos asomado, pues, ahora, al mundo de este pintor, anticipándonos la pequeña y maliciosa satisfacción de desdecirnos para alardear, así, de nuestra sinceridad.

Y acontece que ésta nos ha vencido y, sin advertirlo, hemos empezado a reafirmar humildemente, ante nuestra conciencia, lo que sobre la discreción de este pintor habíamos sugerido como su virtud capital. Virtud que siéndolo, según hemos dicho, de la madurez, se ha acendrado, se ha hecho *más discreta*, en estos dos años de coloquio incesante entre la inteligencia, la sensibilidad y la sensualidad de Gómez Jaramillo. Discreción, la suya, que a diferencia de la iconográfica aceptada no le tapa los ojos, sino que se los deja más abiertos, y más afinado el oído, atándole sin embargo a su mástil para presenciar sin perderse las fascinaciones, por ejemplo, de una experiencia tan peligrosa como su viaje a México y su comercio con la pintura de ese país, acaso la más *pegajosa* de nuestro tiempo y, desde luego, la más indiscreta, la más imprudente y la que a más temerarias aventuras arrastra y se deja arrastrar. Armado con ella como con una cruz, Gómez Jaramillo pudo pasear impune por esa Tebaida poblada de las tentaciones más apremiantes: la del caído al Averno, que lo es quien quisiere que la pintura sea más que pintura (propaganda política, por ejemplo, o ejercicio didáctico); la del pecado opuesto, del que quisiere la casa perfecta sin preocuparle quiénes la habiten o que se quede, a fin de cuentas, vacía (ese *pompier* y ese académico que acechan por todos los rincones del arte) ; la del urgido por el siglo y su fama fácil, que es infamia; la del Judas (también, ¡ay!) que acumula metros y metros de pinceladas como quien alinea montones de monedas. Que si todas están presentes, católicas y perpetuas, en todas partes y siempre, es en México donde más ilustres víctimas han encontrado en los últimos lustros.

Pudo la discreción, que además de prudencia es recato, pudor espiritual, reintegrarle a su mundo de austera armonía, del que nunca salió totalmente, ni siquiera durante o inmediatamente después de ese peligroso viaje al país de las tentaciones, en el que sólo intentó perderse para volver a encontrarse, de acuerdo con el rigor de la fórmula gideana, que ya lo era de Odiseo. Y de la saludable enseñanza del fresco hecho por él en lo que fue la tenebrosa Cárcel de Belén, pronto llegó a la lección de serenidad emocionada, de pasión ordenada y reprimida que, en su lenguaje exclusivamente pictórico, encierran los frescos del Capitolio de Bogotá. Y a quienes habiendo dicho, sin dejar de desvelarse en sus altares, que la pintura de caballete es burguesa y es halago al capitalismo, Gómez Jaramillo responde con unos lienzos de tan pura intención y de tan depurada factura —paisajes, retratos—, que solamente los ciegos que sueñan ver, de acuerdo con el refrán, y sueñan lo que desean, podrían clasificarlos bajo epígrafes sociales o económicos. Pues si se nos exige la superflua distinción adjetiva, tendremos que decir que la pintura de Gómez Jaramillo fue cuando la encontramos por primera vez, y es como la vemos ahora, una pintura pictórica. No más, pero nada menos tampoco.

"¿A quién va a importarle el parecido dentro de mil años?" —replicaba Miguel Ángel a quienes no lo encontraban en la estatua de Lorenzo de Médicis—. La soberbia magnífica de la respuesta, que nos recalca la exigencia única de dejar, antes que nada, la obra de arte, no se contradice, sino que se complementa, en el consejo que creemos escuchar en todos los cuadros de Gómez Jaramillo, y que es de humildad, y que quiere que sus retratos sean parecidos a sus modelos, además de obras de arte, y sus paisajes fieles a los que la naturaleza pone ante sus ojos, además de obras de arte, y su visión general del mundo, en lenguaje de obra de arte, con equivalencia idéntica al mundo de nuestra época, sin etiqueta alguna que venga a desfigurárnoslo.

Es un mundo sobrio y terso el que edifica, con los turbios materiales del tiempo, este pintor, cuyo pudor refrena el grito dramático —que en muchos otros temperamentos, demasiado sabidos para recordados, se arrastra y serpentea por lo melodramático— de esos paisajes españoles que con tan clara visión y tanta clarividencia comprendió y sintió a los veinte años, y que luego reduce el alboroto relampagueante de la naturaleza americana a su signo misterioso y exacto, a lo que todavía es nuestro continente: un hombre, pequeñito, abandonado y solo en una cárcel de distancias, de lejanías, de mar y selva y montañas y cielo; ese niño, pensativo, desnudo e inerme, que Gómez Jaramillo nos ofrece como un arbusto más en ese paisaje tropical de 1940; ese poeta comunista tan apacible y tan severo de 1933 y el riquísimo retrato de mujer (cuya exuberancia se aprisiona a sí misma en una vana voluntad de consumirse, de hacerse un "nuevo pobre" de la pintura) que aparece al frente de este volumen; y la justeza de aquel bodegón de las pescadillas, construido con la más increíble economía de elementos, que se refleja de pronto, sin comprenderlo nosotros, en la ambiciosa composición del cuadro que este pintor ha llevado a la última exposición: entrelazadas las cosas que son y las que debieran ser, los peces, el vino y las telas abajo, y arriba el misterio del mar y el cielo, sobre el que una cuerda escribe la cifra del mundo de Gómez Jaramillo. Mundo de nuestra época.

"BIOMBO", POEMAS DE JAIME TORRES BODET

Tras la leve inexactitud de este título, sospechoso de infidencia al Occidente, y que por mucho que se abra no logrará nunca amparar, cubriéndolos, a los más definidores poemas del volumen, Torres Bodet sacude en octava cosecha la más formal y sazonada, su árbol —sonaja y antorcha— de poesía, enraizado, recto y frondoso. Nos gustaría que se tomara esto un poco literalmente, porque si otros poetas se solazan con el escorzo fracasado de palmera que es el cohete, en éste se acusa una conciencia sostenida, la raíz enterrada en la tradición, toda la poesía anterior contenida en el tallo, no para continuarse en orden sucesivo, sino para renovarse, para remozarse toda en el fruto nuevo de sabor inconfundible. Esta vez, al sacudirse el corazón, pareció "que todos los pájaros del mundo" abrieron sus alas sobre él. Pareció: por fortuna eran sólo, como siempre, pájaros familiares —el clarín, el zenzontle, el ruiseñor. (¿Cuál más conocido que éste?) Sólo una ave exótica intentó un revuelo fallido: una garza era, no la de esta tierra, no; sino otra estilizada bizarramente, musa de breves pies atormentados de haikai y de ojos sesgos desviados de la vida hacia el sueño. Pero, como en libro anterior, el coqueteo es sólo pasajero y, además, sólo superficial, epidérmico, el contacto. El poeta prefiere, al fin y al cabo, su mundo aristotélicamente lleno de almas, donde cada alma reconoce algo propio en la canción que todos le alabamos.

Poeta familiar le han dicho por esto, insistiéndose en ello cuando alzaba una casa sonora del canto que cantaban, él y su elegida, al levantarla. Bien. Misión de poeta es mirar y sentir por los que quieren, o no pueden menos, llevarle intactos a la muerte, ojos y corazón, y ordenar luego en obra intelectual esas emociones. Deber de poeta es, y Torres Bodet no hace más que cumplirlo pródigo, con exquisita y moderna sensibilidad, alegre ternura y probidad y claridad inteligentes. Pero se ha dicho también de su tono menor, y aquí ya es necesario detenerse un punto a precisar, a entenderse: hay el tono menor de

Jammes —y en nuestra islita literaria, de Barajas Lozano—, que es un desmayo de monólogo íntimo, ahogado a medias al traducirse directamente en una música fácil, dirigida más a lo femenino —sensaciones, sentimientos— que a lo masculino —inteligencia— del lector, música que es preciso escuchar con una *tonada* folklórica, aunque más afinada y, pase la antinomia, selecta. Pero el tono menor de Juan Ramón Jiménez o el de este poeta nuestro son una cosa más sólida y tónica, por una parte, y, además, más aquilatada, "difícil y fina", para decirlo con palabras gratas a aquél. Nos place ver en estos versos sólo una apariencia de sencillez; una desnudez culta, civilizada —"Duerme ya, desnuda", es decir, desnudez posterior, dulce epílogo de la historia del traje—, una desnudez culta en su estilo, que parece no trabajada, exagerando la frase ya popular de Cocteau, como la elegancia debe tener la apariencia de mal vestida, o, mejor, de NO vestida.

No, no es la facilidad reproche que, en justicia, pueda hacérsele —como lo hace un buen amigo nuestro—. Leído con ligereza que no merece, sí confieso que puede tachársele eso. Pero también lo explico: tan trabajador como fecundo —Mallarmé era más trabajador que fecundo; de Hugo... ya sabemos los doscientos mil versos que escribió de las cinco a las doce de la mañana—, retira a tiempo sus andamios, demasiado bien, acaso, haciéndonos sospechar un momento si habrá evadido la ley, eso que Valéry exige al artista, que se consuma en el vencer resistencias reales. Pero con atención y un poquito de buena fe comprensiva, puede verse el problema de técnica anterior, ya resuelto, en poemas de antología, como: "Verano", "Playa", "Música", "Juego". ¿Qué voz más depurada y sutil? Su misma norma estética —"Paisaje lento de mi poesía"— es excluir la prisa que toda facilidad presupone. Lo que sucede es que nos encontramos en presencia no de esbozos, no de trazos en sólo una o dos dimensiones, sino de algo que con ello se confunde, a veces, cuando se ve ligeramente: del fruto ya desnudo, del grano ya limpio de toda paja retórica o dialéctica, en delicada tarea de síntesis sensorial y sentimental —e, implícitamente, de análisis previo también—, y esto ¿no es laborioso?

Hemos dicho arriba "moderna sensibilidad", y aquí vamos a alargar el adjetivo para hacerlo cubrir toda la poesía de Torres Bodet; no nos estorba, para ello, el confesar la falta de deshumanización *que la enriquece,* y que Ortega y Gasset —quien, por lo demás, niega la poesía actual— querría exigir al artista moderno. ¿Cabe en poesía la deshumanización? Ejemplos afirmativos, aquí, Pellicer y Novo; pero en Pellicer asistimos sólo a una peligrosa sucesión de imágenes, cinematográfica casi, ya a punto de perder todo nexo sentimental o ideológico, y en Novo, gran poeta sin corazón, a un juego de representaciones y asociaciones meramente mentales, situadas con genialidad arbitraria en un ambiente frío; conceptos inanimados —o animados por artificio mecánico— y sin el más pequeño puente al mundo, quemadas ya las naves a la vida. Y no nos estorba, decimos, porque los poetas modernos de nuestro gusto son aquellos en quienes vemos ponderación y equilibrio en los dos elementos —hidrógeno de inteligencia y oxígeno de la vida— en que puede desintegrarse el agua pura y corriente del poema. Esto quiere decir que, poetas actuales de México, no vamos a preferir a Novo ni a Pellicer, sino a Villaurrutia, Gorostiza o Torres Bodet. Y nuestras razones, esbozadas, son largas de detallar.

Faltaría señalar, y no podemos hacerlo aquí cumplidamente, la maestría, el gozo de sentirse dueño de su obra, por encima de ella, que significa la sonrisa —cuando no es el amarillo símbolo de precisamente lo contrario— cuya presencia advertimos por primera vez en la obra nutrida, dulce de leer, de originalidad ocho veces renovada, de quien mejor que nadie ha sabido cumplir y gozar la grandeza y la servidumbre de la poesía, escribiendo con sangre —como Nietzsche quería— unas palabras, que parecen escritas con luz y que reflejan cosas de hombres en lo que más tienen de cosas de ángeles.

México, 1925.

PÁJARO PINTO

Fue Alejandro Arnoux, nos parece, quien imaginó la novela de un riel que, desfalleciendo de amor por su vecino, logró acercarse a él e hizo que el tren descarrilara. Un día del siglo xx la novela se enamoró del poema y la literatura pareció que iba a descarrilarse sin remedio, pero ya Giraudoux había inventado unos neumáticos que hacen inútil la vía. Antonio Espina, con *Pájaro pinto,** viene a agravar la parábola, viajero en una nueva zona entre la cinematografía y el poema novelar, y es como si ahora el conflicto resuelto hubiera sido el amor de la rueda derecha por la izquierda.

No se entrega al lector, con facilidad, este libro de prosas que enmarca una novela —Xelfa— entre relatos incorpóreos que son otras tantas murallas de un cristal irrompible, sólo sobornables los centinelas para los que se hayan habituado a leer un poco entre líneas. Hay que abordarlo sin ánimo de molicie, e irlo rindiendo reducto tras reducto; a fin de cuentas puede encontrarse, en pago, mucho, poco o nada, según el lector. Esto, sin embargo, no quiere decir que la puerta esté condenada; el sésamo se aprende, claramente, en la antelación del pequeño volumen. Todo consiste, en efecto, en sorprender en él una lógica no discursiva, sino más afinada, injerto de la poética mallarmeana y la fotogénica, situándose en un plano fronterizo "entre el poema y la cinegrafía", como lo explica nuestro autor, buscando una "especie de proyección imaginista sobre la blanca pantalla del libro".

Esta intención conseguida da un tono nuevo, antes inaudito, a la voz de Espina, que se destaca distinta, inconfundible, con estremecimiento peculiar, en la serie de "nuevos" que está editando la *Revista de Occidente.* (Usando la greguería que él aplicó el primero a la literatura, podemos afirmar que Salinas, el lineal, se ha puesto el gabán de la prosa al derecho; Jar-

---

* Nova Novorum, Revista de Occidente, Madrid, 1927.

nés, el barroco, se la puso al revés, y sólo Espina, el despedazado, de canto.) Queremos decir, con eso, que es su voz, si no la que más apreciamos, sí la preferida por más cercana a nosotros, y preferida a pesar de "peros" y "sin embargos" explicables, ya que no se trata —¡líbrela Dios!— de una obra perfecta. ¿Por qué no habrá querido, por ejemplo, suprimir el simbolismo de algunos de estos relatos? Nos molesta, sobre todo, en el que da su nombre al volumen. Las cruces de madera, que eran una realidad patética en la novela de Roland Dorgelès, aquí son sólo una metáfora alargada para explicar la sutil telegrafía sin hilos del recuerdo, antenas, puente vertical, místico, entre los muertos y los supervivientes de la guerra. Pájaro Pinto crece aquí y, adulto, deja de picotear los azahares, en la ronda infantil, para hacerse el Mercurio de mensajes un tanto cuanto maeterlinianos, que nadie oye porque todos se han ido al cine —una calle, queremos decir una página, más adelante.

Pero no se crea que resista Espina, completa, una sesión de cinematógrafo. Mira con intervalos a la pantalla, inquieto, y a sus vecinos de asiento, y luego sale a tomar el fresco o a fumar un cigarrillo. Así, la impresión que últimamente le queda de la fiesta es una sucesión sin nexo de imágenes, exactamente lo mismo que le sucede a su personaje, Xelfa, Carne de Cera, carne traslúcida y sensible de celuloide fotográfico, mejor, que va retratando el paisaje marroquí, cogiéndolo con los párpados —el ojo es su sentido directriz—, o el rostro de la tía parecida a María Estuardo, o el de la prima, o el propio rostro, o la boa del pasamanos de una escalera, o un interior de sexualidad hiperbólicamente definida, o una boda. Todo lo ve Xelfa y, ocultándolo apenas un momento en el laboratorio imaginista de Espina, todo lo refleja en el libro, con sabor de cosa espontánea que denuncia lo trabajado y laborioso. Grata, difícil lectura la de esta novela que sólo tendría dos dimensiones si no fuera por la parte de subconsciente que, dándole profundidad, no la hunde empero hasta la sima suprarrealista.

Cierran el marco a Xelfa la postal goyesca de una manola, la elegía bufa de un actor, y dos relatos finos, lo más reposado y lo de mayor calidad del volumen, en el que a menudo —¿pero es éste un defecto?— sucede que las flechas de Jerjes no dejan ver el sol, por la nutrida calidad del estilo que en ocasiones llega hasta el virtuosismo, alargando increíblemente una metáfora, como aquella caligráfica sobre las letras de *Amor*, de sostenido aliento, capaz de encerrar ella sola toda la clave de una novela.

LA POESÍA, VILLAURRUTIA Y LA CRÍTICA

Siempre, ¿verdad?, la *kodak* descompuesta; los autores advierten desde los títulos: —No se muevan, que va a salir un pájaro. Por lo general lo que sale es el niño llorón de la Torre Eiffel. Qué descanso, así, cuando en realidad salen hasta dos pájaros, toda la bondad contenida, como en este libro, *Reflejos,* de Madrina feliz: la Crítica.

Acostumbrados a considerar a Xavier Villaurrutia como la conciencia artística de su generación, este libro suscitará desde luego, en cierto público, una inquietud suspicaz: ¡que se nos da aquí la ilustración de la teoría que presidió numerosos —ya, numerables siempre— estudios críticos? No, no es eso, tranquilizaremos. Ya los sordos se encargarán de desmentirnos.

Este público a que nos referimos, simplificador y aficionado al esquema fácil, dirigido por periodistas, gusta —sólo por comodidad espiritual— de las etiquetas claras. ¿Quién nos decía que en Alemania un especialista en enfermedades del ojo derecho es incapaz de sanar una irritación del izquierdo? Pues ésta es la opinión corriente en las cosas del espíritu, exigiéndose el rótulo: "novelista", o "dramaturgo", con graves penas para el que los ayunta en su puerta. (Algunos se ven así obligados a la argucia de los apellidos numerosos, para poner uno sobre cada etiqueta.) Fácil es advertir en esto el absurdo, más aún si se tiene en cuenta que se basa en una mera circunstancia de la situación en el tiempo, pues si el ejemplo es anterior a la prédica —Juan Ramón— el público acusa: poeta; y si al revés —¿verdad, Díez-Canedo?— nadie deja de gritar: críticos. Y no nos parece.

Una época —*avant guerre*— pudo merecer que Julien Benda le asignara el pan-lirismo como voluntad estética. La nuestra no. Vamos viendo ya que en realidad es un pan-criticismo el que ha dirigido todas las grandes épocas del arte —la nuestra lo es— y no podemos quedarnos en la otra actitud; porque la verdad es que no son incompatibles, no se excluyen la reflexión y el *furor poeticus,* la función de crear y la de juzgar, sino que se completan, y ya se ha dicho, precisamente a propósito de Enrique Díez-Canedo, a quien Villaurrutia no sin razón dedica su libro, que sin ser de antemano artista no se puede hacer crítica, y recíprocamente. Muchos son los que llevan el tirso, muy pocos los poseídos por el dios, y menos aún los que, poseídos por el dios, siguen llevando el tirso como una disciplina, y saben repartir su tiempo, equitativos, entre la creación y la reflexión, deseosos de ordenar el propio caudal de ideas.

Crítico neutral, espectador desinteresado, Villaurrutia, poeta, sigue mereciendo ambos adjetivos. "Reflejos", no lo son del rostro propio, sino del propio sistema del mundo. Del mal pintor decía Molière que "plein de son image, il se peint en tous lieux"; pero Villaurrutia es mejor, y como a Dios Gide, no hay que buscarlo en un lugar determinado del libro, sino en todas partes, presente en todas y en todas invisible.

El principal testigo de este poeta es acaso Poe —el primero al menos— cuya idea de la belleza artística se resolvía en reflejos —"just as the lily is repeated in the lake..."— pero que exigía además la imparcialidad del espejo —neutralidad dentro del arte, se entiende— y afirmaba que precisamente la "emoción desapasionada", inteligente, es el límite del arte poético, que pasión y poesía son términos incompatibles, pues ésta tranquiliza el alma y con el corazón no tiene nada que ver. Hay que notar de paso que este mismo es el sentido moderno, y clásico y eterno, de la poesía, recordando que la representación hacia fuera de esos reflejos son las metáforas. Así pues, podríamos aventurar una pequeña afirmación: función poética es elaborar en metáforas los datos sensoriales o el propio sistema del mundo. *Reflejos,* cuya lectura nos la sugiere, es la ilustración de esta fórmula que, conste, es posterior, como fórmula al menos, ya que no como aspiración.

Eco, la dulce fugitiva, halló grato refugio entre sus páginas, y se puso a jugar con imágenes, con fragmentos de imágenes como relámpagos, "copiándolos en sus espejos —de sonidos".

Juego. Un noble juego reflexivo y trascendental. A veces se teme, inminente, la lágrima:

> Callamos en la noche última,
> aguardemos sin despedida.

pero la realidad constante es la sonrisa:

> Este polvo blanco
> —de luna, ¡claro!—
> nos vuelve románticos,

humana sonrisa pudibunda de la "emoción desapasionada", conservándose lúcida hasta el grado de poder recordar a tiempo, cuando el ochocientos quisiera hacer de las suyas, que

> El presente y el futuro
> los inventaron
> para que no lloráramos.

Un juego. El arte es el más refinado de los juegos. En el fondo, en el fondo —¡oh Chesterton!— todos tenemos la "posibilidad de danzar" (y no es favorecerla y aprovecharla el peligro, no, sino perder el paso, ensordecer al ritmo, romper con la ley). El anarquista, aparte de menos libre, es incapaz de la audacia, de la aventura, del descubrimiento. Villaurrutia, insospechable de haber roto con la ley, es sin duda su más austero conocedor entre los de su generación; esto le daría el derecho extra-jurídico, pero muy real, de violarla, mas la prefiere Ariadna y con su hilo en la mano —la ley puede ser tan leve como un hilo— ha emprendido su viaje aventurado alrededor de todas las formas y de todas las doctrinas, no deteniéndose en ella sino el tiempo necesario para confirmar la más armoniosa perfección del propio país.

Algunos detalles exactos, para terminar. Dar siete pasos juntos es suficiente para la amistad de los virtuosos, siempre que los pasos correspondan, como los de Santiago el Egoísta y su amigo; Villaurrutia tiene mts. 1.60 de talla, pero marcha con largos pasos de mts. 0.70, longitud media de los pasos del Grupo Sin Grupo, aumentado hoy con algunos personajes; pesa Kgms. 53, más que las formas que vuelan, sin ser forma a la que el peso le impida moverse; 36° 5′ centígrados de temperatura, y 96 pulsaciones por minuto, es decir, la mayor intensidad dentro de lo moral. Es competente jugador de tenis; el amplio traje seglar moderno contrasta visiblemente con el rostro eclesiástico, lleno de cautela y deferencia, atento y discreto, tan malicioso como aparece en el fino y bien meditado retrato de Agustín Lazo, al frente del volumen, que ha sabido limitar los rasgos esenciales: la nariz sensual e inquisitiva, la boca maligna, el ojo fatal. Como casi siempre tenemos de qué hablar, y conocemos el valor de las pausas, ignoramos su edad y su ciudad natal, pero no creemos que le reconozca mayor importancia al color local que a la precocidad.

POESÍA —¿PURA?— PLENA

EJEMPLO Y SUGESTIÓN

Sin llegar a los extremos del Abate Bremond, que como tales se tocan con los del señor Souday, no es ninguna audacia afirmar que poesía pura es la aspiración de una secta religiosa —con credo y ritual— fundada en Boston por un químico, "demonio de la lucidez", el primero en disociar, con una sagacidad antes nunca vista —acaso, sí, en Descartes—, elementos que hasta ahí se habían considerado inevitable alianza de la poesía-narración, elocuencia, etc. Ha quedado por ahora en calidad de aspiración, y sería ingenuo demostrar aquí por qué.

En sus evangelios, publicados hacia 1831, precisamente cuando el huracán romántico ensordecía hasta a los más atentos europeos ("¿quién o qué es eso que se defiende del análisis con el ruido?", era la poesía en las gargantas de casi todo el ochocientos, Juan Ramón), se limitaban y se separaban, por primera vez también, la razón, la pasión y la poesía.

Baudelaire fue su profeta, químico lo mismo que todos sus fieles, el muy sensual, pero en vez de la química inorgánica, aséptica, de aquél, se puso a estudiar una química orgánica y corruptible. Fue así su primer hereje.

Hemos mencionado un credo; su primer mandamiento, en efecto, es la fe: fe en la *presencia invisible* de la poesía, fe, como la paloma kantiana, en que se puede volar mejor en el vacío, sin la resistencia del aire. El milagro es que esta fe no fuera defraudada del todo y que, a sesenta kilómetros sobre el nivel del mar, un hombre que exhibía con dandismo su incompetencia para lo que no fuera el absoluto pudiera, si no conseguirlo, sí alcanzar al menos una estimable relatividad generalizada, cazando certero esa sensualidad abstracta que sigue siendo la mejor pieza cobrada por los puristas.

Sensualidad abstracta; esto había de resultar al mezclarse en la retorta la inteligencia analítica de Poe con la sensualidad formal de su profeta francés, y es éste el fracaso inicial en la serie de fracasos que hacen la historia que venimos reseñando, ya que, según los experimentos de laboratorio, poesía había de ser tan sólo el ruido *inimitable* del choque de la inteligencia con la belleza, pero para traducirse en creación durable —pues poesía, en griego *poiesis,* hacer, y por antonomasia la cosa hecha, la creación, es esto antes que nada: invención, creación humana expresiva— tiene que recurrir al lenguaje, que es materia sensual.

Recogen la herencia de Baudelaire dos poetas, Rimbaud y Mallarmé. Del primero, de quien arranca la línea Claudel-Max Jacob-Dadá-Superrealismo, no hemos de ocuparnos aquí, ya que se trata de historiar la iglesia purista y no la católica, la ideología mística. Explicaremos: el testamento de Baudelaire está todo en aquella frase en que se reconoce a la vez hipnotizador y sonámbulo; a Rimbaud le toca en suerte ser el alucinado; explicaremos aún: el cristianismo, el catolicismo mejor, lo vemos en Baudelaire subordinado al arte; en Rimbaud al revés. Una final distinción: el sonámbulo vive en un mundo ideal de sueño; el magnetizador, Mallarmé, agranda hacia arriba la realidad. Mundo real, aunque de naturalezas muertas, el suyo, incita a perseguir posibilidades indefinidas, que a la postre, es cierto, no vienen a ser sino imposibilidades en que el poeta zozobra —"de l'éternel azur la sereine ironie accable le poète impuissant"—.

Éste, pues, había de heredar la parte mejor o peor, la Iglesia de Occidente de la poesía. Y, Eva posterior al pecado original, había de ser su preocupación continua redimirse de él por el bautismo y la vigilia; inició entonces los experimentos a que hemos aludido, a una altura de asfixia que mataría a cualquiera sin su larga paciencia —¿genio?, le repugnaría acaso esto— y que, como lo demuestra la atenta lectura de *La crisis del verso,* trataban de redimir en parte a la poesía pura de su fatal impureza plástica, afinando el lenguaje hasta inmaterializarlo casi en una alquimia que arrancaba a las palabras su significación (esto es lo contrario de decir: su expresión, según Ortega y Gasset en un ensayo último), formando con ellas una "frase total, nueva, extraña a la lengua". El verdadero y patético drama mallarmeano es en verdad este dilema entre el mutismo y la impureza, este problema de la sensualidad en la poesía pura, que él trató de resolver, naturalmente, eliminando a la sensación para quedarse con la abstracción, sin comprender a qué peligro de música se acercaba, ni la herejía que era adorar a la poesía en un becerro de humo sonoro. Había una vez un músico ciego que confundió a su mujer con un violín y murió de no lograr nunca afinarla.

El pontífice actual es un apóstata; el abate Bremond, más papista que Valéry, lo ha denunciado. Ved así consumado el destino de esta secta religiosa de la poesía pura, que, como en *El hombre que fue jueves*, sólo ha contado entre sus adeptos a herejes y apóstatas.

¿Vamos a desdeñar por sus fracasos, tan dramáticos, esta larga tradición de poesía pura inalcanzable? Aprovechémosla, mejor, enseñanza valiosa, y después de tantos años de análisis ensayemos un poco la síntesis.

La poesía pura es rara e improbable, ha dicho Valéry, y sólo puede proceder por maravillas excepcionales. Hilo tan fino y sutil que lo rompe su propio peso en extensión mayor a la de un solo verso, optemos por torcer su seda con un poco de lino. Por nuestra parte, preferimos asociar su ideal al de una poesía íntegra, resultante del equilibrio de sus elementos esenciales y formales, como lo esbozábamos al comentar los poemas de un amigo nuestro. ¿Necesitaremos repetir que esta poesía de que hablamos no es obra de sólo la imaginación —no fantasía, entendámonos—, de ninguna manera de sólo la inspiración, y que el equilibrio sólo puede conseguirlo un despierto criticismo, no extremado, naturalmente, como lo vimos en la lección que acabamos de repasar?

A poesía pura, aspiración imposible, oponemos poesía plena, modestos. Su fórmula estética se integraría por dos cualidades básicas, arbitrariedad y desinterés, y su formalidad expresiva —elaboración en metáforas de un sistema del mundo— requeriría una afinación del estilo a que obliga al escritor el nacimiento de un arte nuevo, el cinematógrafo, por su superioridad en el dominio del movimiento y de la imagen visual inmediata. (Esta necesidad de afinar más y más el estilo, de per-

227

feccionar el oficio y su utilería, se manifiesta no sólo en la poesía, también en la novela y en el teatro, con Giraudoux y Jarnés, con Crommelynck y el Azorín del *Old Spain*.) Sólo teniendo en cuenta lo anterior es posible crear, imperativo del artista. ¿Coincidirá nuestra fórmula con la de la poesía creacionista, realizada por Gerardo Diego? Sin conocerla, sin saber si ha tomado ya cuerpo de doctrina, sospechamos que sí, con alegría, tan presente él en todo lo actual-permanente.

La idea de arbitrariedad, que Lalou define como una compleja alquimia, creadora de filtros mágicos, es la que llevó a Valéry a integrar la poesía pura en la máquina del lenguaje clásico, esto es, en la retórica, palabra que va adquiriendo renovado prestigio.

No pretendemos afirmar, ¡claro!, que la retórica, o siquiera la poética, sea la poesía. Pero sí su técnica, su materia expresiva, aquello que salvó siempre del estado místico de mutismo a todos los puristas. El error de Mallarmé nos parece ahora haber sido el empeñarse en confundir, en identificar el vaso con el contenido, como si pretendiera que el vaso fuera también de agua, ni siquiera de hielo.

El agua clara, decimos nosotros, y el vaso de cristal, del más transparente y sonoro cristal, pero tampoco vacío —oh escarmiento, oh ejemplo próximo de Díaz Mirón, del Díaz Mirón último y de gran parte del otro—. Al decir lo anterior, nos viene a la memoria una antigua fórmula en que deseábamos poesía limpia como agua corriente, H_2O; ahora explicaremos que el coeficiente se refiere mejor a la inteligencia, y que de vida nos conformamos con aquellos datos suyos que puedan reducirse a valores artísticos.

Poesía plena, equilibrio: palabras nuevas, imágenes e ideas nuevas, y, por de dentro, presente e invisible, la parte de Dios, el fluido —oh Cocteau ineludible—, la poesía pura.

Vamos, contemporáneos de aquí y de todas partes, vamos libertando a la poesía pura, amigos. Démosle un cuerpo digno de ella, porque un alma libre en el vacío es en realidad un alma prisionera. Vamos, contemporáneos amigos, vamos a intentar una obra sensual purificada, con inteligencia y desinterés; acaso, a la postre, nos resulte una "maravilla excepcional", y, sin acaso —un golpe de dados sí abolirá al azar—, de todas maneras, una obra con solidez, novedad y definición.

"Está permitido a veces, imagino —decía Baudelaire en el documento que lo acusa de plagio—, citarse a sí mismo para evitar parafrasearse." Citaremos, pues, para terminar, un poema nuestro, viejo de muchos años, que encierra esta aspiración que desde entonces nos ganaba ya profundamente:

PUREZA

¿Nada de Amor —¡de nada!— para mí?
Yo pedía la frase con relieve, la palabra
hecha carne de alma, luz tangible,
y un rayo de sol último, en tanto hacía luz
el confuso piar de mis polluelos.
Ya para entonces se me había vuelto
el diálogo monólogo,
y el río, Amor —el río: espejo que anda—,
llevaba mi mirada al mar sin mí.
¡Qué puro eco tuyo, de tu grito
hundido en el ocaso, Amor, la Luna,
espejito celeste, Poesía!

México, martes 22 de febrero de 1927.

XAVIER VILLAURRUTIA

Comparábamos alguna vez, tratando de fijar el litoral, el clima y la curiosidad de la parcela que cultiva Xavier Villaurrutia en la estricta república de diez o doce nombres que es la poesía mexicana actual, un bodegón de Carlos Pellicer —vida desbordada de color y sonido— con el mismo tema entre las manos de Villaurrutia, en las que los datos sensuales se detienen y se deforman de acuerdo con la mejor escuela de composición pictórica, en inmovilidad dura y eterna.

Y si el desenfreno del uno nos arrastraba a preferirle, a nosotros y a nuestro auditorio, en la facilidad no meditada de su tarantela, bien pronto el cansancio nos demostraba la superioridad íntima y feliz del reposo a que nos invitaba el poema de Villaurrutia, recortado al mediodía de Cézanne.

En Xavier Villaurrutia, comentábamos, la sensualidad queda subordinada a una precisión algebraica y aplicada a un mundo de espejos, mundo estático, invariable o sólo cambiante en una lentitud "parecida a la inercia". Mundo como un espejo que siguiera reflejando nuestra imagen en nuestra ausencia, es decir, como un cuadro. Mundo rígido, estricto, incoloro, al que se entra como para sufrir de pronto un agudo acromatismo que nos lleva a imponerle mentalmente los colores que la inteligencia nos aconseja precisos en la arquitectura del paisaje; pero mundo debajo del cual se advierte esa tensión interior solemne, ese *pathos* con pasión sorda que traicionan los pliegues de la vestidura en las estatuas egipcias. Aquel arqueólogo de *Juliette au pays des hommes* acabó por ver ceguera de mármol en todas las gentes, a fuerza de mirar bustos griegos; Villaurrutia teme siempre el proceso contrario, ver a sus estatuas parpadear y mirarle con ojos de mil Argos, a las mujeres de los cuadros a punto de respirar y envejecer, a sus paisajes en trance de aceptar estaciones e írsele del estilo a un otoño sentimental, y con un leve conjuro repetido de la mano los aquieta, los mata, uno a uno, a la eterna vida del cuadro.

Y de este equilibrio mesurado entre la naturaleza y la abstracción geométrica, entre la pintura y la meditación de la pintura, de ese fervor despierto a la mesura y conciencia de su propia fuerza, ha nacido una obra poética que si no la más amplia, ni la más madura, es desde luego la más interesante y perdurable de nuestro México actual.

No por accidente inexplicable, sino por selección electiva natural, fue de él y de Jorge Cuesta de quienes más cerca estuviéramos en días de aprendizaje y juego y heroísmo que aún no es hora de recordar, en esta ausencia incompleta que sólo la distancia geográfica ha establecido. El viaje, estribillo de nuestras conversaciones, nos acudía a los labios como la respiración, necesidad imprescindible; pero Xavier ha sabido luego conservarse en el deseo del viaje, que es fecundo, y nosotros andamos ya en el viaje realizado, que es ceniza; el deseo de viajar, que construye, es suyo; nuestra la realidad de viajar, que no en balde ni en broma decíamos destruye. Él nos decía su preferencia a nutrir el viaje con un movimiento tan lento que no pudiera distinguírsele de la quietud, a tiempo de constelación sin pausa y sin prisa, como en el Goethe de nuestro Juan Ramón.

En la penumbra del entresueño se nos ha barajado siempre su nombre con dos palabras: severidad, curiosidad. Curiosidad la suya, flecha a todas las latitudes, a todos los misterios, a todas las frutas y a todas las nubes del mundo. Curiosidad, flecha al sueño que atraviesa, en el mito renovado de Guillermo Tell, la manzana de estos nocturnos en los que se oye y se mira y, sobre todo, se toca la nada, que es lo más poblado que existe.

231

INVITACIÓN A LA MUERTE

A menudo hemos oído, al principio con pasmado desconcierto, los cargos que personas no tontas hacían al teatro de Xavier Villaurrutia: "Es demasiado inteligente; le falta vida; así no se habla; así no se actúa en la vida real", como si la inteligencia, que es sobre todo medida, pudiera ser desmesurada, y como si el teatro fuese vida y no artificio, figuración intelectual de la vida. Pero, como lo decían personas en quienes la tontería no es lo habitual, creímos que los cargos serían menos simplistas. Tal vez querrían decir que, terminada la obra —para expresarlo con un lugar común—, el autor se olvidaba de retirar el andamiaje de inteligencia que la del teatro, como todas las fábricas del espíritu, necesita indispensablemente para su construcción. Pero también esto resultaba contradictorio, pues ese descuido significaría precisamente un deliquio de la habilidad, de la inteligencia. Y que con lo de falta de vida se querría decir tal vez que el teatro de Xavier Villaurrutia no era una representación imaginaria de la vida, sino una figuración, pongamos por caso, platónica, del drama de las ideas, o del drama de cuestiones científicas conflictivas, o de cualquier otro —afirmación cuya falsedad habría sido obvia.

Con esa predisposición en nuestro ánimo, tratando de explicarnos qué querrían decir esos cargos, hemos leído los tres actos de esta obra de X. V. publicada ahora en volumen por *El Hijo Pródigo*.* Y creemos entender por fin que por lo que se le acusa de falta de vida es porque es mucho teatro, exclusivamente teatro, es decir, copia artística de aquélla. Pues da pena tener que replicar que sí, que también así hablamos y obramos y actuamos en la vida real, pero que habitualmente lo envolvemos todo en el montón de hojarasca de palabras y de acciones vanas, que, como es elemental, el autor ha qui-

* Xavier Villaurrutia. *Invitación a la muerte*. Ediciones Letras de México. 1943.

tado de nuestra vista como el escultor despoja al bloque de piedra de lo superfluo para que pueda nacer la estatua. Es *también* la vida real, pero además es el teatro, es el engaño. El actor que siga siendo Juan Pérez cuando se le pide que nos engañe, que nos haga creer que es Hamlet, es un mal actor y peor autor es el que pretenda presentarnos la vida real sin desbrozar y sin engaño.

Invitación a la muerte, esa constante invitación al viaje que se adivina a través de toda la obra de X. V., nos presenta personajes que hemos creído reconocer; no literalmente, desde luego, pues queremos decir que de los muchos personajes de la vida real con que la imaginación del autor teatral forma a uno solo, conocimos alguna vez a uno de los que viven en Alberto, y cuando menos dos de los que integran a Horacio, por ejemplo.

En el teatro de X. V. la sutileza y la imaginación poética son su naturalidad. (¿Será demasiado viejo citar: "en las naturalezas enfáticas el énfasis es natural"?) Y es inteligente, por la misma razón, su teatro. No demasiado. Nadie ni nada puede ser "demasiado" inteligente, pues por el exceso dejaría de serlo. Y está pletórico de vida, de la vida que se vive en el teatro, imaginaria pero tan verdadera como la otra, como la que permite decir los desatinos, las ligerezas que la inteligencia suprime.

DEDICATORIA

He entregado ya a estas mismas páginas el relato, tan desnudo de sentimientos como me fue posible, de los caminos que se abrían a una generación conturbada e impaciente —la mía— en el amanecer que tuvo por vísperas al vendaval de la revolución armada mexicana; he explicado la novedad de todas las cosas y de todos los hombres, todas y todos de edades parejas a la nuestra, y el recuento que hacíamos de nuestra herencia, apresuradamente, sin olvidar nuestro derecho a rechazar los bienes que no nos fueran alimento o adorno; he descrito aquella naturaleza recién nacida de 1920, cuando se iniciaba en mi país una revolución que sigue en marcha, y cuáles eran nuestros instrumentos para la obra: unas ruinas reverdecidas, en las que los arqueólogos no tenían más remedio que ponerse a estudiar botánica y zoología; unas montañas que apuntalaban en todos los horizontes el cielo más limpio, la región más pura del aire; algunos libros que, de puro clásicos, de auténticamente clásicos, parecían escritos aquella misma mañana; una constitución política que cuidábamos y regábamos, mejor que para sombra nuestra, para frutal de nuestros hijos.

Entonces intenté también mostrar a los lectores de *El Tiempo* cuán injusto y ligero el cargo de evasión que se hacía a la generación de poetas y escritores que nació a la vida mexicana en aquellos días; qué fidelidad íntima había en ellos a la revolución, cómo no había que buscar a ésta, como el Dios de Gide, en parte determinada alguna sino en todas partes; porque no elegimos el camino de una propaganda ya encomendada, con mejor tino, al orador y al periodista; porque la obra de nuestros pintores era revolucionaria a pesar y no por el motivo más o menos anecdótico o simbólico de sus telas; porque, en fin, reclamaba mi fe y mi fervor revolucionario con derecho igual a cualquiera de los habitantes de aquel país en el que todas las toses envejecidas, en el que todos los ojos fatigados, en el que todos los brazos ociosos habían ya desaparecido por completo.

Muchos años de ausencia de aquella realidad, apenas entrevista ahora en el periódico o en la correspondencia inconstantes; muchos años de ponderar aquellos motivos de meditación sobre el papel desempeñado por mis compañeros, artistas, literatos, agricultores, soldados o médicos, maestros u obreros; muchos años de mirar hacia México perdiéndoseme los ojos entre los detalles del recuerdo y el panorama a que me obliga la distancia, confirman en mi espíritu la seguridad de que todos y todo lo nacido a respirar aquel aire joven de México tiene aun sin desearlo que llevar el sello y el alma de una revolución omnipresente, viva y en marcha.

Reclamando pues este derecho de revolucionario, es decir, de mexicano, he venido, con un egoísmo que casi no me avergüenza, a pedirle a *El Tiempo* dos o tres páginas de su suplemento sabatino para dedicarlas a dar una visión fragmentaria, que a última hora advierto ínfima para lo ambicioso de mi deseo, de lo que es la actualidad de un país que casi no reclama para sí sino esa cualidad de presente, de vida en marcha y en lucha, a pesar de un pasado rico y fecundo en lecciones como casi no hay otro en América.

Y *El Tiempo,* al concedérmelo, quiere que sean estas páginas recogidas apresurada, perentoriamente, su homenaje a una nación cuyas inquietudes y realizaciones ha seguido desde sus columnas tan de cerca como le ha sido posible; cuyos hijos, como tengo que alzarme en modesto y obligado ejemplo, han encontrado siempre calor de cordialidad y simpatía entre quienes lo dirigen y lo escriben; y cuyos júbilos, como el que gritará alborozado desde la noche de mañana hasta el lunes en toda la República Mexicana, son celebrados aquí en solidaridad íntima, sencilla y fraternal.

Quiere también que sea yo, mexicano, el que me ocupe en la misión placentera de llevar al Excelentísimo Ministro de México en Bogotá, señorita doña Palma Guillén, para el jefe actual de la Revolución Mexicana, general Lázaro Cárdenas, para el pueblo mexicano y para ella misma, los votos que de corazón hace *El Tiempo* en el día de la Independencia de México.

Yo he preferido no aumentar el desorden, la incoherencia de este mensaje con una frase mía personal, quedándome en la seña, en el gesto —un poco impúdico por la primera persona, un poco feroz por su egoísmo—, apenas esbozado y luego contenido, de esta explicación que vocea la congoja de la tarea. mal cumplida.

SALIDA DE GILBERTO

Entre los papeles que iban a servirme para componer algún día *El infierno perdido* (irremediablemente, ¡ay!), he hallado un poema tan ajeno, tan en tercera persona, que al leerlo y ponerlo en limpio para su publicación, no he podido mudarle voz alguna. Su tema, una meditación de la Semana Santa de 1936, recoge las ideas de todos mis clásicos, acaso por haber estado reducido en los seis años anteriores, por deberes profesionales, a lecturas tan someras que me confinaban casi a la hemeroteca, sin uno nuevo que añadir a mi santoral. Reclamo como único invento mío las palabras en que está escrito, pues aun la forma en que las adorné me fue impuesta por mis pensamientos.

Si fuera mérito la unidad, tampoco lo sería mío, pues su lógica casi ya no poética, sino fronteriza de la otra, me obligó a sostener su débil aliento en un discurso. Y por serlo, por explícito y obvio, acaso la única exégesis necesaria es la de uno de los episodios. Pues en él incurrí en el Lenguaje Americano, tan tornadizo que acaso ya no se nombren las cosas así. (*Our mutable tongue is like the sea.*) Hace unos doce años se decía *cherry,* en Nueva York, para mencionar la virginidad. Ignoro si haya habido después necesidad de inventar otra palabra.

[Este texto precedía al poema *Discurso del paralítico,* publicado en *Letras de México,* 15 de enero, 1940.]

MONÓLOGOS DE AXEL

Yo tengo un amigo que se llama Pedro, por donde he venido a llamarle Axel. Pues, más como proponerle un enigma que con índole epigramática, le dije que asilaría sus monólogos bajo este verso: "...y el ave tropical que habla por lujo."

—No, no lo hagas. Es muy frágil Bretón de los Herreros como techo y, además, iban a creer que dialogas con un símbolo, con un símbolo americano, con el profesor López de Mesa, por ejemplo, que tiene ya biógrafos más acuciosos. América, tierra de loros. En ella pensaría necesariamente Yeats al decir: *Even where horrible green parrots call and swing.*

No hemos aprendido a leer con los labios cerrados; pensamos en voz alta, nuestros pintores pintan a gritos, y hasta las cosas más íntimas, como la poesía o el amor o la higiene, las hacemos a grandes voces. Somos el continente que perora, que no sabe conversar, que monologa sin punto y aparte. Ya lo veremos, el mes entrante, en Lima. Yo no comparto el pesimismo de otros. Nuestro canciller hará papel brillantísimo. En él se sublima lo americano, el sacrificarlo todo, la vida inclusive, por una frase.

Como Axel. En estos días hubo un centenario, que sirvió para que los periodistas escribiéramos sobre Villiers de l'Isle Adam, pero no logró inducirnos a releerlo. Lo elogiamos por hablar, pero en realidad, nadie podría elogiar a ese Reaccionario con más filial lealtad que nosotros. Pues no son los *Cuentos crueles*, sino el *Axël*, lo que nos da su clave. Fue lo último que escribió, y no es ciertamente un drama ni poema dramático, sino un monólogo, el aguacero verbal que inicia el Diluvio. El último acto, sobre todo, obra maestra del humorismo involuntario. Cuando el de Auersberg sorprende a Sara con el tesoro, cuando a los dos les sorprende el amor "a primera vista", lo único que se les ocurre es ponerse a hablar. Lo del balazo no vale la pena; se ve que la puntería era voluntariamente mala.

A la invitación al viaje de Sara, esa larguísima tirada de cuatro páginas de *Baedeker,* Axel responde poco más o menos que es mejor hablar de los viajes que viajar, el deseo del viaje mejor que las decepciones del viaje. Le dice que los viajes destruyen. Sellado ya el pacto de suicidio, ella propone una última noche de amor, y Axel le reprocha su trivialidad y la invita a seguir hablando, hablando, hablando.

En realidad, sólo nosotros, los americanos, podemos leer sin desfallecer de risa esa escena. Y si reímos, es solamente como cuando Porfirio Barba refería alguno de sus crueles cuentos de loros, que fingíamos celebrar para que la gente no advirtiera que éramos como pericos. Así con el Axel que llamo monólogo porque basta con mudarles el género o algunos de los parlamentos de Sara, poniéndolos en labios de Axel, para convencerse de que siempre es el Conde con su soliloquio. A Axel lo llama Lalou el Fausto finisecular. Finisecular, sí, pero Fausto más bien poco.

América, continente reaccionario, finisecular y verbal. Todos somos Axeles, en tu país y en esta tierra mía de gramáticos, donde nuestros filósofos (¿o en singular?) llegaron a la filosofía por la filología, que no es sino la redención, la dignificación de la oratoria. He dicho.

ENCUENTROS CON JORGE CUESTA

Parecería banal el episodio del encuentro, y sería superfluo relatarlo, si no hubiera habido en él como un presagio de lo que iba a ser nuestra asociación. Además, serían fingimiento el pudor inhumano y el rigor crítico que me prohibiesen escribir esta página en primera persona, si la de Cuesta fue una de las influencias personales, de viva voz, más inmediatas y más fecundantes que tuvo mi juventud, lo que comprobaría precisamente el hecho de que no se advierta semejanza alguna entre nuestro pensamiento, ni entre nuestra prosa, ni entre nuestra poesía, a pesar de disciplinas semejantes, pues era influencia de diálogo, de conflicto, dramática. Por otra parte, muchos años después de oírle, la lectura de la obra que dejó en la deleznable materia de la revista y el diario me sabe como a un encuentro renovado, a un hallazgo interminablemente repetido. ("El público no nos recuerda sino por nuestra última obra —se lamentaba Wilde—. Ahora sólo recordarán en mí al presidario." El lector de periódicos sólo recuerda lo leído el día o la semana de su periodicidad, y porque existe el peligro inmerecido de que sólo se recuerde, de Cuesta, el último acto de su vida, sus amigos tratan de evitar esa injusticia recogiendo en volumen esos artículos y esos poemas que a mí me han sabido, repito, a reiterado encuentro.) Pero quería hablar del primero, del anecdótico, que ocurrió como voy a decirlo.

Porque nos asfixiaba, aquella tarde, como nunca, la mordaza del aula, y porque aquel profesor hablaba y hablaba monótono e insípido, repitiendo cosas que ya sabíamos, adormeciendo a los más e irritándome a mí, cuando pronunció el disparate comenté en voz alta: "¿Cómo iban a caminar esos ejércitos, *día y noche,* bajo los rayos del sol?" El silencio de segundos que siguió a mi impertinencia se rompió de pronto, cuando mi compañero de la izquierda echó a reír. Ruidosamente, con una áspera risa, echando la cabeza hacia atrás. Y luego el dómine:

—Los señores Owen y Cuesta se servirán abandonar el salón. El rector será notificado.

Fue la primera vez que oímos nuestros nombres asociados, y ahí se inició una amistad que después los largos lustros de mi destierro iban a dejar languidecer irremediablemente, pero que nunca di ni daré nunca por muerta.

Si nos unió una expulsión, un rechazo, iba a ser ésta, más tarde, la característica, el común denominador de un grupo de escritores solitarios, unidos también por el rechazo de los otros —de quienes temían el contagio de inquietudes que su pereza encontraba peligrosas y que preferían no compartir—, de unos solitarios que formaron una agrupación de expulsados, o para decirlo con una frase de Cuesta, una agrupación de *forajidos*. Yo no volví a aquella ni a ninguna otra cátedra, y Cuesta se fue a estudiar ciencias químicas, pero desde esa tarde aquel muchacho alto, desgarbado y de timidez provinciana como la mía —él subía del clima tibio y oloroso de Córdoba, yo bajaba del frío aséptico de Toluca—, y yo, empezamos a vernos casi diariamente, en la biblioteca, en nuestras guaridas de estudiantes (en mi caso ya de simple estudioso) o en aquel oscuro café *América*, al que las bromas estudiantiles hacían parecer como si siempre acabara de pasar por allí el candoroso Padre Brown —sal en la azucarera, cuadros colgados al revés, reloj atrasado para prolongar la velada.

Presidía su tertulia la ironía lenta, con sordina, de Antonio Helú, a quien correspondía la presidencia por ser el único conocido del público, ya que dirigía una revista, *Policromías*, de humildísimo contenido intelectual, pero de gran ascendiente sobre los estudiantes, que aspiraban a ver en ella sus primeros versos, ellos, y ellas, sus retratos. Entre nosotros se sentaba también un muchacho que hacía enormes esfuerzos por hacernos creer que era un hombre feroz, pero que a la postre resultaba el más cordial e inocente de todos, Rubén Salazar Mallén. Y había también un poeta, Gonzalitos —¿cómo se llamaría?—. A aquel café llegó una tarde, a *descubrirnos*, un escritor de nuestra edad y ya admirado desde entonces por muchos y por nosotros. Pero hay una frase de Novo que lo dice mucho mejor: "Entonces Xavier Villaurrutia, que tiene mejor carácter que

241

yo, descubrió a dos jóvenes extraordinariamente delgados e inteligentes: Jorge Cuesta y Gilberto Owen..." Casi desde la llegada de Villaurrutia pusimos mesa aparte, y pronto nos fuimos a otro café.

Nos habíamos cambiado nombres de libros como tarjetas de presentación, comentábamos o hacíamos pastiches de lo leído, parcelábamos el soneto gongorino para que todos pudiésemos participar en su cultivo. Y hablábamos, libres ya de la mordaza, hablábamos. En realidad, a mí me desconcertaba en ocasiones el discurso elaborado y convincente de Cuesta, y a veces, también, me daba un poco de vértigo la rapidez sutil del de Villaurrutia; además, mi información provinciana, que era exclusivamente literaria, me irritaba y me avergonzaba cuando los dos me arrastraban a la pintura y a la música, mundos que apenas estaba descubriendo por entonces. Y me asombraba en Cuesta, provinciano de tan reciente arribo como el mío, esa curiosidad universal que le había equipado tan vigorosamente para recorrerlos sin Virgilios.

Por Villaurrutia, después, conocimos a todas las *soledades* que formaron ese grupo que indistintamente llaman de *Ulises* o de *Contemporáneos,* dentro del cual Cuesta se situó desde luego como su crítico más escrupuloso y exigente —siendo críticos casi todos los que lo formaban— y como su poeta más acendrado, con pureza rayana en la esterilidad. Pero he escrito apenas esta palabra y ya me quema su inexactitud. Pues es imposible tildar de estéril a la fiebre de la insatisfacción, a la afanada necesidad de tanteo, de rectificaciones, de comenzar una vez y otra, que le devoraba alimentándolo. De Leonardo sabemos que hubo de refugiarse en el lienzo porque la urgencia del fresco, al exigirle pinceladas definitivas, le impedía las rectificaciones, no daba ocasión a su inquietud alquimista, que le exigía experimentar con nuevos materiales. Para explicarlo con un paralelo contemporáneo, frente a la poesía *al fresco* de Carlos Pellicer, quien da la impresión de que nunca releyera, de que jamás corrigiera un poema, la poesía *de caballete* de Jorge Cuesta se nos presenta como el ejemplo leonardesco más acabado.

Lenta sí, pero constante, su función poética, como la oculta

alquimia del rosal, y "sin prisa, pero sin descanso". Muy lenta.
Tengo, suyo, un poema que ya lamentaba perdido para siempre. Está fechado así: "Enero 1º a octubre 1º de 1926." ¡Nueve meses, y el poema tiene solamente treinta y cinco versos! Revisando papeles que había dejado envejecer —no ennoblecerse, ¡ay!, vino acedo— en México durante quince años, me he topado de pronto con un librillo de versos, *Desvelo,* que, honradamente lo digo, había ya olvidado, y que se me quedó en el limbo de lo inédito. Al frente iba a aparecer un *Retrato por Jorge Cuesta,* que es el poema a que me refiero. Y lo traigo a cuento porque en ese *Retrato,* como Velázquez en su cuadro, puso un espejo, puso varios espejos en los cuales se ve al pintor. Se ve en uno de ellos:

> . . .sino pensando en la geometría de sus líneas
> divagaba por otoñales huertos escondidos,
> donde las musas tenues se ríen entre las ramas
> y atándose al pie lastres de manzanas
> se arrojan sobre los sabios distraídos.
>
> Entonces descubrió la Ley de Owen
> —como guarda secreto el estudio
> ninguno la menciona con su nombre—:
>
> "Cuando el aire es homogéneo y casi rígido
> y las cosas que envuelve no están entremezcladas,
> el paisaje no es un estado de alma
> sino un sistema de coordenadas."

¿No es, más estrictamente, la *Ley de Cuesta?* Es la que rige, inflexible, a toda su obra poética, desde el *Dibujo* que publicó en nuestra mal olvidada *Ulises,* hasta el *Canto a un dios mineral* de póstuma publicación. Es la ley que nos exige ordenar la emoción, reprimirla hasta el grado en que parezca haber sido suprimida, simular que no existe, disimular su presencia inevitable, para que el ejercicio poético parezca un mero juego de sombras dentro de una campana neumática, contemplando con los razonadores ojos de la lógica —no de la lógica discursiva, naturalmente, sino de la poética. Es armado con este se-

243

creto de *su* ley, y sólo así, como he podido sorprender y apre-
hender a la poesía del más puro y más claro de mis amigos, en
quien la claridad era tanta, como se decía de Mallarmé, que
hasta cuando parecía oscuro era clarísima su intención de serlo.

Más tarde, al dar forma a estos apresurados apuntes, me
detendré más morosa y amorosamente en la poesía de Cuesta,
de la que me he ocupado en primer término, con ser tan
reducido el número de sus poemas, porque a mi juicio es lo
más perdurable de su obra.

Ahora he querido solamente, como una anécdota más, explicar cómo fue este encuentro mío con la poesía de Cuesta, cómo
le había traicionado hace dieciocho años, desde el fondo de un
cuadro, el espejo de su propio retrato, cómo le oí murmurar,
en un rincón, que aunque su voz lo negara, también en él, "la
inteligencia tiene sus sentires, que el corazón no conoce".

De él, que no de mí (podía advertirse, si no a primera vista,
sí a primera oída), debe afirmarse que le había "robado al
tiempo su madura edad", como se reflejaba en otro de los
espejos. Sin juventud ni senectud, con la monstruosa y espan-
table vida de un Mozart o de un Rimbaud, estuvo entre nosotros condenado a madurez inmarcesible, a cadena perpetua de
lucidez (la conservó aun durante la enfermedad que hubiera
preferido no mencionar), atormentado por su patética exigencia, en ocasiones necesidad vital, de tener siempre la razón.
Igual siempre a sí mismo, no se contradice sino en apariencia,
y no modifica su juicio sobre los hombres y sobre las ideas con
el transcurso de los años. Puede compararse, por ejemplo, la
breve nota sobre *Reflejos,* de Villaurrutia, con otro ensayo
sobre el mismo poeta, *El diablo en la poesía,* separados la una
del otro por un período de más de dos lustros.

Su influencia sobre mi juventud, he dicho, fue de diálogo,
en ocasiones de pugna. Y mi juventud era un Jacob demasiado
vacilante, demasiado humanamente armada ante la seguridad
de su razonamiento; no podría recordar las veces incontables
en que mi guerrero salió cojo de la lucha desigual. Juntos
leímos, por ejemplo, *El capital.* A mí me dio un sarampión
marxista que me duró algunos años y que fue álgido durante
las jornadas del APRA en Lima, causantes de mi bien ganada

destitución. Él, en cambio, negó desde luego hasta lo que yo encontraba de más valioso en la teoría: su utilidad como instrumento de estudio. Por un sutil razonamiento, que otros habrían juzgado insincero y retorcido, explicaba lo anticientífico, lo antiinteligente y lo reaccionario de la actitud marxista. Y esa posición de incansable crítica normó todo su pensamiento político desde entonces, convencido de que la actitud revolucionaria no puede ser sino la actitud intelectual, llevándole ello al absurdo de parecer él mismo reaccionario a quienes le leían a la ligera, y los lectores de diarios no leen generalmente de otro modo.

Me arrancó a estocadas de lógica poética de la raíz juanramoniana de que mi adolescencia no se avergonzaba, y acosándome en un rincón con Gide y Valéry —que a su vez fueron sus dos influencias mayores— me obligó a reconocer que lo mexicano de la poesía española escrita en México está precisamente en su desarraigo de lo mexicano, en su universalidad, "en su preferencia de las normas universales sobre las normas particulares", y me enseñó a buscar esas normas en el clasicismo francés. Fue ésta una de las afirmaciones que con mayor ahinco sostuvo Cuesta en sus ensayos y en sus polémicas, desde aquellas primeras *Notas* aparecidas en *Ulises*. Hablaba de ello con apasionada inteligencia, como de todos los temas que incitaban su interés, y de su conversación, luego, no recogía en sus escritos sino lo esencial, dando por aceptadas muchas premisas, con una economía de lenguaje que hacía difícil, en ocasiones, seguir el hilo de su razonamiento, al leerlo, cuando no se le había oído antes. Su obra crítica era pensada ya, meditada ya, en tanto que en su conversación estaba constantemente *viéndose* pensar y haciéndonos verle pensar.

Cazador incansable de evidencias, de certidumbres, no le satisfacía nada que fuera menos que eso, pues aunque como es natural no siempre llegase a *la* verdad, ya era bastante conseguir *su* verdad. Nadie, humano, ha aspirado jamás a alcanzar más que eso. Y a esa cacería se lanzaba su móvil espíritu por todas las regiones del orbe intelectual, la música y la poesía, la pintura y la política, la sociología y la literatura, con una agudeza y una honradez crítica intachable. Creía, con Wilde y su paradoja, que "quien crea es el espíritu crítico", y ponía en sus investigaciones el calor amoroso de quien va a engendrar y no simplemente a contemplar el fruto del amor de los otros. No le parecía suficiente una crítica que se limitara a estudiar la obra de arte, o la obra poética, al servicio de las obras mismas, descubriendo su significación técnica y su situación histórica, sino que se valiera de ellas para un nuevo acto de creación, esa clase de crítica que ambiciona ser una intuición, como de segundo grado, que contuviera en sí a la intuición artística, y decía con Gide: "La conciencia de una obra no es obra de su autor."

La misma fiebre y la misma sutileza, me dicen nuestros amigos, puso en la profesión que yo le dejé estudiando, hasta el grado de parecerles a ellos que en sus manos de lector del *Fausto* la química había vuelto a su prístina esencia de alquimia. Pero le había conocido yo alquimista de la poesía, y fácilmente puedo imaginarlo dedicado a la otra, a la del término literal. Mi oceanográfica ignorancia de las ciencias no iba a permitirme, de todas maneras, hablar ni someramente de lo que en sus experimentos encontró, y de lo que sé únicamente lo que nuestros amigos me han referido.

La obra de Jorge Cuesta, como se verá al ser publicada próximamente, es más extensa de lo que generalmente se cree. Tendré más adelante ocasión de hablar de ella ya no tan sólo como lo he hecho ahora, virtualmente, en lo que de anécdota hallo en mi memoria. Lo he hecho así, en estos apuntes, para tratar de situar a Cuesta en el panorama de las letras mexicanas de los últimos veinte años.

No hubo otro encuentro material a mi regreso. De su muerte supe por recortes de periódicos que me llenaron de asco y de vergüenza por la prensa de mi país. El espíritu más naturalmente distinguido de mi generación, en las notas de policía. Y cuando empezaba —que ya la habrá terminado— la *Crítica del Reino de los Cielos.* Pero mi fe me enseña que voy a oírsela explicar, paseando a grandes zancadas por las calles, o en el café *América* de allá.

ANDRÉ GIDE

No entendí nunca la libertad, toda mi vida una sucesión de cárceles, sino como la fortuita ocasión de rendir mi albedrío, de elegir la servidumbre que más cuadrase a un momento dado de mi cuerpo, de mi espíritu, de mi alma. De todas salía con el vano juramento de no volver a ellas, sólo para quebrantarlo tan pronto como una mórbida memoria me arrojaba a sus playas, exánime cuando era mi cuerpo el que en la arena se quedaba, sin más cuerpo que el de mi fiebre cuando era mi alma la que trataba de salvarse y en la cárcel antigua se perdía. Creo que Villaurrutia y Cuesta se esforzaron, hace veinte años, en mudarme esa postura del ánimo y en hacerme substituir a mi libre albedrío católico por un libre examen protestante que no me llevó nunca a parte alguna. "Para que substituya a tu Juan Ramón, ten Gide", me escribía el vivísimo muerto al entregarme el pequeño volumen de los *Morceaux Choisis*.

Entre aquellos fragmentos estaban muchos de este "manual de libertad" que ahora han traducido tan lealmente, y fue allí y entonces cuando ocurrió mi primer encuentro con Menalcas y cuando inicié, por mi cuenta, un diálogo imposible con un Nathanael, nacido sordo y mudo por la propia voluntad de monólogos sin respuesta del padre, quien además debería de preferir que no le oyera para que le olvidara con mayor premura. O eso, al menos, era lo que entonces me complacía yo en entender, todavía insospechables para mí la sinceridad y la desnudez de Gide. Ahora he sabido mejor. Y hasta fue él mismo quien dijo expresamente, primero, y tácitamente, después, en sus múltiples reediciones: "Sólo escribo para ser releído", y ello me induce a sospechar que el insistente grito que ordena a Nathanael alejarse, emanciparse del lírico cautiverio, quiere decir precisamente lo contrario: "No arrojes este libro y no partas —y no asumas verdadera una libertad que nunca he deseado ofrecerte." Pues en el libre albedrío cae finalmente todo

247

libre examen, y la desesperada frase de Tolstoy que aconseja amar a Dios irrazonablemente no es menos valedera que el razonable fervor que dispone no buscarlo en cosa alguna, sino en todas las cosas.

Es en este instante cuando empiezo a creer que ni en él ni en mí tiene la palabra *libertad* otra connotación moral (la connotación política no puede ocuparme), cuando deja de perturbarme este libro de título brutal y de ascético contenido. Es entonces cuando ya me identifico con él, cuando ya lo veo como lo que es, como la relación, como el recuento de una abnegada sucesión de prisiones y de angustias: la "pavorosa" servidumbre de la elección, la desolada de la espera, la estéril de la abstinencia ante el vino y las frutas, la amargada del deseo insatisfecho, que es deseo frustrado. Y es entonces cuando la astuta presencia del crítico, que no abandona su función en un solo párrafo de Gide, deja de importunarme. Ya no lo veo, ya no oigo zumbar el tábano de su razón detrás de la voz humana, y me abandono a la peligrosa y terrible penitencia de perderme en ese infierno que va rodando en pos de Dios por todas las pasiones. Pues acaso haya otra manera de leer *Los alimentos terrestres,** pero para mí es ésta la única.

Poblaba mis ocios, alguna vez, en recrear la escena y el momento en que fueron escritos. Más morosamente llegué a detenerme en dilucidar, en aclararme los paralelos obvios que hay entre los libros de Gide. Me decía que *Los alimentos* son a *El inmoralista* lo que *Los monederos falsos* son al *Diario de los monederos* y no al revés. Es decir, que *El inmoralista*, publicado cinco años después, debería de ser una obra simultánea, el diario que explica en Michel lo que Gide vivía y pensaba y sufría al escribirlos. No podría hacer aquí, en nota tan somera y tan prieta como ésta, el desarrollo cronológico que imaginaba de las dos obras, tal como entonces me pareció, pero quiero traerlo de los cabellos, de paso, para decir por qué, cuando quiero encontrar en *Los alimentos* algo más de lo que arriba he esbozado, prefiero leerlo en *El inmoralista*.

* André Gide: *Los alimentos terrestres.* Traducción de José Ferrel. Editorial América. México, 1943.

Es muy leal, ya lo digo antes, la versión que presenta en español, por primera vez, *Los alimentos*. Leal en el tono, leal en la forma. Palabra a palabra no lo sé, porque mi lectura primera del libro se remonta a muchos años. Sólo me duele, en este trabajo espléndido de José Ferrel, algún esporádico mexicanismo que me vuelve de los paisajes de Gide al país en que me tocó nacer.

PORFIRIO BARBA JACOB

Perdida entre sus riscos antioqueños, Santa Rosa de Osos evoca en Colombia, cuando se menciona su nombre, al baluarte conservador del general Berrío, jefe de aquel ejército en el cual militó el joven "teniente" Miguel Ángel Osorio. Pero como hasta en Colombia hay algunas personas a quienes no les parece que la política sea la más imprescindible actividad del hombre, a veces se recuerda también que de entre los ásperos breñales que rodean a aquel pueblecito andino surgió el delirio verbal más alto, más violento y más rico que se haya oído en América. Pues lo del Chocano a voz en cuello no era eso, sino una catarata de gritos ensordecedores.

Conocimos a Ricardo Arenales, de cuyo anecdotario preferimos no hacer recuerdo, cuando ya se llamaba Porfirio Barba Jacob y consideraba como "póstuma", al publicarla, la obra del primero. Por todas las ciudades de América habíamos ido verificando la presencia de su recuerdo, mezcla extraordinaria de versos vehementes y claros, de situaciones caídas de la picaresca española, de deliciosos cuentos de pericos. Y sólo una vez, de paso por algún puerto, nos encontramos su rostro agudo y cetrino; pero fue una noche en que su amargura rebosaba sarcasmo, y la repulsión nos hacía preferible no haberle visto nunca. No supimos, pues, acercarnos a ese espíritu indudablemente vigoroso, pero desconcertante, por desgracia, ya que el desconcierto no se aviene a nuestro afán de explicarnos los seres y las cosas.

Ahora empezamos, muerto el hombre, a comprenderlo "sin pereza mental y sin falta de ternura", al releer su obra breve e insubstituible, en la edición que un grupo de sus amigos, casi ninguno de ellos compañero de letras suyo, acaba de publicar en México. Cuidadosa, tersa, cariñosa edición. Hecha con humilde apego a la voluntad del poeta.*

* Porfirio Barba Jacob: *Poemas intemporales*. Editorial Acuarimántima. México, 1944.

Más que en las *Claves* publicadas en México al frente de *Canciones y elegías,* fue siempre en tres líneas de una de sus canciones donde creímos encontrar la cifra de su arte poética: "—¿Qué es poesía?— El pensamiento divino —hecho melodía humana..." La obsesión de Dios, la íntima constante presencia de Dios en la sangre del judío, desbordándose luego desatada por la limpia verbosidad del colombiano, en quien la palabra se goza en sí misma, y se posee a sí misma, para engendrar a la palabra, que a virginal suena siempre, en milagro de perpetua concepción. Queremos decir, con esto, que todas las palabras del colombiano (Valencia, Arenales, De Greiff) suenan a *Acuarimántima,* a nombre exacto, fiel e inaudito. El Verbo, en el sentido teológico, y el Nombre, la palabra irrompible que él quería romper ("yo, luz, amor"), son la esencia y la forma de esta poesía más que de ninguna otra, confundidos en nupcias borrascosas, delirantes.

Porfirio Barba Jacob explicó a menudo su vida y su obra; este volumen contiene el prólogo de *Rosas negras* y el de *Canciones y elegías,* notas autobiográficas y autocríticas de satánica soberbia, que relatan el itinerario espiritual y material de este poeta de América. Libro hecho con varios casi-libros, que encierra en su centenar y medio de páginas la obra de toda una vida de "esfuerzo", es naturalmente desigual y obliga a leerlo a saltos, lo que, como es lógico, sólo puede hacerse si se conoce de antemano cuándo estaba en Arenales la fuerza, cuándo se abandonaba al desfallecimiento y a la anécdota, y ese conocimiento puede adquirirse bastante aproximadamente leyendo los dos prólogos que citamos. Muchos de los poemas son, innegablemente, intemporales, pero el título del libro no puede ampararlos a todos.

EDUARDO GONZÁLEZ LANUZA

Hemos dicho, es cierto, que quien necesite que le expliquen a Góngora no tiene para qué leerlo, pero lo útil de este libro de González Lanuza * estriba precisamente en que, por él, muchos serán los que se convenzan de que en realidad no han leído a Góngora, y acaso se decidan a hacerlo, esta vez mejor armados para la tarea. Y acaso puedan leer mejor la poesía actual, es decir, la de todos los tiempos.

Libro naturalmente poblado de ecos, encierra en sus páginas casi todo lo que sobre la poesía se ha meditado, desde la prístina obscuridad de los tiempos hasta González Lanuza, que si no aportara a la empresa sino la ordenación y la claridad de la exposición ya habría hecho mucho; poblado de ecos, y naturalmente, como en el prólogo lo hace notar su autor. Con el intento obvio de explicarse su propia obra poética, fatalmente tenía que caer en la explicación de la obra de los otros, que también han intentado siempre explicársela antes y con la misma fatal generalización, pues no lo es cabalmente la poesía que no tiene una despierta conciencia de sí misma, la que no se mira nacer y crecer hasta el punto en que "no hay que tocarla más —que así es la rosa".

Es ejemplar la ordenación didáctica de este manual de poesía, desde el ensayo en que bucea en el misterio para sorprender el prodigio de la creación poética, hasta el diálogo final entre el poeta y el lector, entre el pedernal y el eslabón, sobre quién sea el autor de la chispa. Y es muy útil su dilucidación de temas, como el de la forma y el fondo, sobre los que no existe un acuerdo tan explícito como en los otros. A Housman, y con él a Gide, les interesa construir la casa, bella ("en poesía no satisface sino lo perfecto"); el habitante vendrá después; no, en realidad, el habitante y la casa van creciendo al mismo

---

* Eduardo González Lanuza: *Variaciones sobre la poesía*. Editorial Sudamericana. Buenos Aires, 1943.

tiempo, y esa simultaneidad es lo único que elimina el margen de riesgo de que el habitante no llegue después de todo. Y así como son simultáneos en la creación poética, tienen exacta igualdad en su convivencia y en su inseparabilidad. "Toda supeditación del valor de uno al de la otra será siempre caprichosa y vana", dice González Lanuza.

Es muy saludable también poner en claro la "interindependencia", y no la interdependencia, de las artes. Hace algún tiempo se creía en la segunda, y d'Ors llegó a edificar sobre esa base una ingenua teoría según la cual en las épocas clásicas el centro de gravedad estaría en la arquitectura, de la que tomaría elementos la escultura, de ésta la pintura, etc. En las épocas románticas, el centro pasaría a la música. La poesía, dice González Lanuza, tiene "un lugar absolutamente propio frente a las demás artes". Lo mismo puede afirmarse de cada una de ellas.

Durante una reciente polémica se recordaba, a algunos mexicanos que lo han olvidado, algo que hallamos entre "los enemigos del alma de la poesía", en un aparte de este libro que es preciso copiar en su totalidad: "La poesía que aspira a ser algo más que poesía es como el ángel que quiere ser más que ángel y se precipita por ello en el báratro. Muchas son las formas de caída, y una sola la de salvación. Puede llamarse Pedagogía y despeñar a la pobre poesía por los asperísimos riscos de la didáctica, puede conocerse como Moral y transformar su resplandeciente doncellez en una sol023ronería arrugada y sermoneadora, puede recibir el nombre de Política y emporcar la majestuosa perennidad en un fango de minucias indecorosas..."

Hay, quisiéramos recordarle a González Lanuza, cuando menos un "adjetivo" (de cuatro palabras) igual al de su deliciosa y anónima "luna lunera"; lo descubrió como adjetivo el Abate Bremond: "Une ligne *douce comme une ligne*." Y aquí, en México, tuvimos "El amor amoroso de las parejas pares".

RAYMOND RADIGUET

Con más segura conciencia habríamos entregado nuestra admiración a Raymond Radiguet, si el cariño imprudente de Jean Cocteau no hubiese exagerado la importancia de su obra y, olvidando su mesura habitual, no hubiese situado como genio francés a quien indudablemente poseía un ingenio sagaz y ágil, a menudo pueril, aunque con puerilidad, siempre, de niño terrible. Por su personal admiración, que contagió a sus amigos, primero, y luego a ese público de la posguerra ansioso de ordenación, se llegó a decir hace cinco lustros que *Le bal du Comte d'Orgel* contaba tanto o más que la obra de Proust y, desde luego, que la del propio Cocteau.

Hubo de ser el mismo Radiguet, en aquel período de exaltación de los géneros literarios y delimitados de sus fronteras, y de *Llamamiento al orden,* del 19 al 22 del siglo, quien propusiera la inclusión de *la réclame,* de la propaganda, entre lo que tenía que ser reavivado, pero viendo en ella "una manera nueva de poner en incómoda postura a las obras que corriesen el riesgo de gustar demasiado pronto". Pues su dureza, que comparaban en un lugar común con la del diamante, su gesto inexorable, era herirse a sí mismo, para herir en sí a quienes lo amaban demasiado, denunciando el riesgo que corría *Le diable au corps* * cuyo éxito de libro primerizo de un adolescente (¿tenía él la culpa, como su protagonista, de haber cumplido los doce años meses antes de estallar la primera Guerra Mundial? Ya Stendhal había replicado un siglo antes: "Nadie tiene la culpa de tener quince años") había sido, a sus ojos, y a los nuestros veinticinco años después, excesivo.

Parece que todo primer libro, versos o novela, estuviese condenado a ser irremisiblemente un libro de amor. El que relata el de estos dos muchachos con "el diablo en el cuerpo" podría

---

* Raymond Radiguet: *El diablo en el cuerpo.* Versión castellana de Ángel Sanblancat. Costa-Amic, Editor. México, 1944.

ser tan vulgar como tantas otras historias de adulterios, si no fuera por lo profundamente que encaja Radiguet su garra de mirar en el pecho de los amantes. Crece y llega al vértigo el ritmo de locura que este diablo, que sabe más por joven que por diablo, va imponiendo al cuerpo de Marta y al de su verdugo, y más y más claro va viendo éste cada instante, cada átomo destrozado de alma de lo que están viviendo, como mirándolo fuera de sí mismo, como si el libro estuviera escrito, como en el fondo lo está, objetivamente, como si *yo* fuese la tercera persona del singular.

Radiguet, nos decía en dispersas notas biográficas su mejor amigo, presidía las tertulias hebdomadarias de sus mayores "como un joven prodigio del ajedrez". A los más grandes jugadores del ajedrez de la literatura y del arte los dominaba sin abrir la boca, con sólo la dureza de su mirada miope, que reprochaba las malas jugadas con un rayo que salía por entre sus cabellos mal cortados. Esas facultades de ajedrecista se advierten también en esta obra, y más aún en la publicada a su muerte, *Le bal*. Goce sin pausa de la inteligencia en irse proponiendo problemas, desde el primer capítulo hasta el último, cuando vuelve a habitar el cuerpo de su personaje un frío ángel sin sexo que pronuncia: "El orden se restablece entre las cosas por sí mismo." Era, decía Cocteau, el *guante del cielo*, que le venía al cielo como guante a la mano, y que el cielo usaba para tocar a los hombres sin mancharse. Un día el guante se quedó vacío, lo que no significaba que la mano hubiese sido amputada. Él lo había predicho: "Dentro de tres días seré fusilado por los soldados de Dios." A su muerte quedó, para el mundo, un guante deforme de tres dedos, *El baile, El diablo en el cuerpo*, y algunos poemas.

La obra ha sido traducida pésimamente al español por una persona que, probablemente, sabe muy bien su catalán, y que ha tratado de hacer superfluas adiciones a nuestro idioma con palabras tales como *estrafalariedad, estuporoso, estrampillado, cuestionar* por preguntar, *parientes* por padres, y *a copia de* en vez de a fuerza de.

CARTAS

[A *El Universal*]

GILBERTO OWEN saluda a usted con su más conmovida simpatía para expresarle que sinceramente agradece la reproducción que hace, en *El Universal* de hoy, de sus poemas en prosa.

Owen considera inútil decirle que siempre estarán sus modestas producciones a la entera disposición de usted, en cuanto desee honrarlas publicándolas, encareciéndole sólo —y ya entenderá con qué justicia— vigilar que en la imprenta no le traicionen como ahora y respeten mejor los originales.

Owen, se ofrece, desde ahora, devoto lector y seguro servidor de usted, poniendo a sus órdenes, también, una pequeña biblioteca en la que encontrará algo de Proust y de Joyce —que si por *Línea* los conoce es no conocerlos—, así como ediciones en portugués de Eça de Queiroz.

México, 10 de junio de 1928.

[A Dionisia]

Ya sé (y lo sospechaba de antemano) que el tratar de conocerla me separo de usted inefablemente. Cada movimiento mío para explicármela me aleja más y más de usted porque yo trato de ganar hacia dentro en profundidad, lo que siento imposible abarcar en extensión. Y me alejo de usted al adentrarme en su vida, porque usted está sólo en su superficie, por más que diga (o mejor, que no diga) y me mira, sin mover un dedo para detenerme, creer en fin en usted sin fondo. Una vez hablamos de intentar yo conocerla, no teniendo llave de amor suyo, por el ojo de cerradura de amor mío nomás. Y esto que era innoble yo lo acepté creyendo que usted lo toleraba. Y cuando después estaba espiando, usted de otro lado cogió un largo alfiler para pincharme el ojo. Me refiero, así, a que todas las veces que he tratado de abordarla anunciándoselo, usted se ha defendido contra mi ternura mañosamente. Tuve así que preferir entrar por la ventana, y como soy poco ágil, me he caído y seguiré cayendo en usted no sé cuanto.

A veces me sorprendo mirándola enternecido; luego vuelve usted el rostro y me mira así, y como ya sé bien que es eso precisamente lo que la molesta, me improviso un gesto impertinente y le digo una tontería odiosa, que usted ve en mi boca y en mi rostro naturales y por eso no la molestan. Porque es eso, el pensar que la delicadeza, la ternura, la nobleza son en mí postizas, lo que las hace ofensivas para usted, y es también el haberme pensado siempre una gente desagradable lo que hace que mis aristas las vea naturales y no la irriten ya, disculpándolas casi. Lo terrible es que ni usted ni yo podremos encontrar nunca los gusanos llenos de manzana, usted por desconfiada, yo por amargado. Alguna vez me he puesto a pensar, angustiado, en lo espantoso, en lo monstruoso que sería un noviazgo entre nosotros. Cruzo los brazos y la toco excesivamente dura y en punta, y yo tan blando que la vergüenza me golpea en lo único firme, mi amor a usted; cierro los ojos y la veo de luz de acero para cortar mi sombra, y me tapo los oídos para la cruel risa de su silencio clavada en cada una de mis palabras que nacen como del suelo, y en mi boca su dulzura para los otros me amarga sangre de mi lengua mordida, Dionisia, y me dan ganas de odiarla, y sólo consigo odiarme en blandura y penumbra e insabor. Y es unir todo esto lo que me parece monstruoso y horrible, y sentirlo así, me hace empeñarme en decirle a usted mis palabras más agrias, y ser sin verdad rasposo y en filo para su mano y alejarme de usted infinitamente. Y sólo me consuela no deberle nunca ninguna felicidad. Me parece que si no acabo voy a llorar muy cursi.

[A Dionisia]

Amiga: La odio y no me importa que a usted no le importe. Mi odio es gratuito y absoluto, y es de cien días por cada segundo de anoche. Y no me importa que me crea usted loco, y que esto sea ridículo y que haga esfuerzos por reírse leyéndolo. Y no necesito ya nada de usted que ser usted el objeto, la cosa, el blanco negro de mi odio. Y este odio me salva y me llena y me basta y sólo sería mayor mi alegría si la supiera a usted más miserable que yo mismo.

México, 16 de junio de 1928.

[A Dionisia]

Amiga: Me encantaría que fuera usted más tonta que yo, o, mejor (sin hipocresía), menos inteligente que yo. No por llevarle alguna ventaja en ello, pues mi ventaja prefiero que sea el amor, que sólo aparentemente es desventaja. Era rabia contra la mala suerte suya de estar fría lo que me arrastró a las tonterías de anoche. Me molestaba, me dolía en usted que usted, más hábil que yo, me hiriera volviendo contra mí el escudo de modestia que había yo alzado al decirle aquella vez que no tomara en cuenta mis cartas. Era sólo modestia, y usted fue mala porque, comprendiéndolo, me quiso hacer sentir que no era la modestia lo que me hace verme tan abajo, sino el hecho de que en realidad estoy yo tan abajo que mis cartas la dejan vacía de comentarios. Es usted agresiva y es su desventaja. Es usted cruel y es su desventaja. Es usted helada y razonable. Yo estoy negro y puedo parecerle, amargado, el poeta Gilberto; pero entonces hay que admitir que también para el poeta Gilberto era espejo Elvira, y de aumento. Y que usted es demasiado Elvira.

Es peor lo suyo infinitamente; puede ser que yo mire negro lo blanco, que sienta malo lo bueno; es un defecto de perspectiva y mis sentidos son los culpables. Pero usted ve blanco

258

lo blanco, y bueno lo bueno, y sin embargo se pone luego a ennegrecerlo, y no se engaña, pero no se queda satisfecha hasta ennegrecerlo, hasta falsear lo bueno y hacerlo negro y malo. Y eso sólo para darse el pobre gusto de demostrarme que es más inteligente que yo. Además de que eso no tiene ningún valor (yo enamorado y usted inhumanamente, casi divinamente helada, no es extraño), a mí me encanta mi lucidez irrazonable, gusto mejor mi instinto que su razón, me llena más de Dios mi locura que a usted su cordura. Así que no le envidio esa supuesta ventaja, y no por vanidad ni por deseo de ella (ni siquiera porque me ame usted, ya que no lo deseo) me encantaría que fuera usted menos inteligente, o que al menos no lo ostentara tan ofensivamente.

Hotel Pennsylvania, New York, 6 de julio de 1928.

[A Xavier Villaurrutia]

Querido Xavier: La prisa es lo que mata a los ángeles. Es cierto lo que pensábamos, y nada nos paga, ni nos apaga, el deseo de viajar. Nada está lo suficiente lejos, si no es un deseo horizontal, en abanico de miradas, que debe llamarse Dios. ¡Cómo te quiere, con qué amor de amistad de no hermanos, te recuerda Orestes! *Gilberto.*

(Adoro a Dionisia, cuídamela.)

Dile a Salvador que en cuanto me instale le escribo varias réplicas del *Return ticket.*

a Roberto, que lo saludo con afecto leal y que espero mi retrato;

a Jaime, que le enviaré mi *Adiós al Valle de México* en cuanto lo ponga en limpio. Que me mande *Contemporáneos* y que ya escribo unas notas para eso.

Dile a Carlos lo que se te ocurra, siempre que equivalga al cariño que le tengo. Y agrega que le escribiré.

A Antonieta también.

[A Xavier Villaurrutia]

Querido Xavier Villaurrutia: No te había escrito esperando poder darte detalles exactos. He escrito a mi amiga y espero me conteste. Está ahora en París. Me sorprende en el *Herald Tribune* de hoy un artículo de Spratling en el que dice que tú, Salvador y Gorostiza van a publicar *Ulises*. Como yo no ando para nada en la mala prosa de ese señor, temo que tú y S. N. hayan cambiado de opinión respecto a mi proyecto. Así que por favor dímelo para no seguir haciendo gestiones, pues me sería muy molesto tener que cambiar todos mis planes, en este asunto, cuando estuvieren más avanzados en su realización. De Salvador no obtendría la verdad, sino algo más, y es por ello que he preferido preguntártelo a ti. —No hay novedad, por culpa del verano. —No estoy enamorado. Es una sueca. La he tenido virgen, que es una experiencia mística recomendable. Tiene un fervor frío. Se tira a mí como las mujeres hindúes a la pira en que arde el cuerpo del rey consorte. Y como se levanta antes que yo, nunca estoy seguro de si me habré acostado con una estatua de nieve que se ha derretido. —Alfonso Reyes me escribe que mi libro está ya en la imprenta. Mi subway está muy adelantado. Estoy haciendo, con Amero, una película. Creo que va a ser algo digno de mi grupo. Te enviaré el escenario, que tiene algún valor literario. Naturalmente que exigencias técnicas me hacen cambiarlo a cada instante. Muchos saludos a todos y un abrazo de tu *Gilberto Owen.*

New York, 3 de agosto de 1928.

[A Xavier Villaurrutia]

Querido Xavier: Hay una piscina de 30 cmts. de diámetro. El pez tiene 10 cmts. de largo. Cada dos minutos da tres vueltas lentas, voluptuosas. Se detiene luego frente a mí, moviendo la aleta dorsal, aunque tenga cola. Por las dos ventanas llega el parque, todo voces de niños. Es un parque escalonado, como un espectáculo que se viera desde el foro. Aquí los niños son niños. Los grandes se besan, a veces, cuando no están muy cansados. Yo estoy solo y desnudo, con sólo una bata de seda cubriéndome. Ya no estoy espantablemente flaco. Peso 125 libras y media. Me peso todos los días en la estación del subway, Cr. Bwy. y 116 St. (Vivo en Morningside Av. No. 63.) En la ventana derecha hay una maceta que parece una lámpara. Tiene redondas llamas verdes. En la pared derecha están los tubos de la calefacción, dorados, que son como un órgano sin escalas, para repetir el mismo sonido eternamente. Arriba un grabado con la plaza de San Marcos veneciana mirándome con sus aguas lisas ahogarme en esta ciudad dura. Un día ella y Genaro Estrada y el Gobierno me salvarán. (Yo no podré matar nunca a ese pez, yo no soy tan malvado como el doctor González Martínez.) Luego está la chimenea, que ya no se usa. En la pantalla la fantasía de Mrs. Pritchard ha hecho florecer unas flores rojas, probablemente de trapo (no, fui a tocarlas y son duras y perennes). Contra el espejo está un reloj parado. Son ahí las 3 y dos minutos. A sus lados están centinelas negros dos floreros. Yo les torcería el cuello porque de la Alquimia nació la Química. En el marco de la chimenea yo sueño cosas teatrales. En sus azulejos no ganaré nunca a las damas. Luego el piano. No negro. No hay ni una sola pieza de Chopin en el repertorio. Sobre él una seda y un florero chino. Se le parecería la cúpula del Woolworth si se pusiera blanca y floreciera. Es la misma la forma. En la otra pared no hay nada más que una gran cortina que vela mi lecho. Ya te contaré de este pequeño dormitorio admirable. En la pared izquierda, de mi lecho a la calle están: una victrola para recordarme de Miss Hannah. Un librero (mis libros: *Obras completas* de Joseph Conrad; *Obras completas* de Lautréamont; *Obras completas* de Poe; Diccionario Inglés Español de Appleton; *Gramática inglesa; Reglamento del Cuerpo Consular; Tratado de Teneduría de Libros.* Los libros que Mrs. Pritchard quiere que lea: *Holy Bible; The Astor Lecture* (Murray), *Lessons in Truth* (Emile Cady) y 10 más que no he hojeado). Un grabado que representa a una mujer en la moda de 1910; un mueble para guardar piezas de música y discos de la victrola. La otra ventana. Dentro del litoral (que la otra ventana cierra, abierta) hay un sillón inmenso, con un hombre que te recuerda mucho encima. Frente a él una mesa de juego, que le sirve para escribir unas notas absurdas que harán un libro algún día. Una mesa a la izquierda, con una gran lámpara y revistas. (El *New Yorker* es la mejor y más leída colección.) Hay otra lámpara aún, de pie largo, y una mecedora. Ese hombre que te escribe es un impostor. No, no, lo era. Ahora está sudando. No puede explicarse. Brilla, negra, su seda. Comprende bien una frase que había hecho: llama negra. Quema su pipa un tabaco delicioso. Mañana tendrá que tratar con todos los marineros y todas las gentes groseras del mundo. Les cobrará dos y tres dólares hasta completar 25 000.00. Cuando llegue aquí estará cansado de oír un inglés despedazado, hiriente, y le sonarán dulces las palabras de Mrs. Pritchard, y muy sabrosa su cocina. Es inglesa, su marido es inglés, su prima inglesa. Owen es el único huésped. Lo sienten, no hijo, pues no quieren envejecer de súbito. Algo menos odioso que hermano menor. Casi amigo. Les habla de cosas delgadas en un inglés puro y modesto, muy limitado. Lo quieren. No se morirá pronto. ¡Vaya! Vivirá para recordar a X. V., mucho.

¿Por qué no me mandas aún tu libro, que ya ha leído la mujer que más amo, sin merecerlo como yo? (Me voy a casar con ella si ella quiere.) N. Y., agosto 3 de 1928. Todo bien.

P. D. Es para decirte que los negros comen sandía y tocan el órgano. Uno pasa, va a sentarse luego en una banca del parque, frente a mi ventana, y canta y canta. ¿Cómo llegó Covarrubias? ¿Quieres hablarle de mí para que cuando venga sea mi amigo? (Dicen que tiene muchos. El otro día me hice de uno citando su nombre. Un librero me preguntó si era amigo de C. y, como le contesté afirmativamente, lo es mío. Me duele esta impostura. Ayúdame a lavármela, porque el librero es muy simpático.)

[A Xavier Villaurrutia]

Querido, querido Xavier: Ahora mi paisaje es ancha y sobria
marina; de aquí, de la arena son nomás ellas, y su vocación
de cisnes, arrebatada muerte al primer lirismo, las olas, ha-
ciéndome el mar la mar, olanes, de desplumarse de ellas más
y más delgado. Y la voz en que me has estado leyendo a Gide,
Xavier, y la debilidad de no olvidarte, y la incertidumbre de
que acaso no pueda encontrarte sin regresar. Se aficiona uno
a la sed, se vuelve un vicio. Cuando la gente que nos rodea
carece del sentido del pecado, uno exalta sus signos. Una Sodoma virginal, pero Sodoma no más, es prueba para ángeles
teologales. Lo ha sido mía y me llamo llama, fervor, oh llama
de amor viva. Los que no son ángeles se hacen más y más
rudos, zarzas sin llamas, Maroto, por ejemplo. Jaime admitiría
en él al gachupín, ya. Sólo lo veo para que diga cosas amarillas
que me impiden desear el regreso. Xavier, te espero, espérame
en Londres, en cualquier parte que no sea la Casa. ¿Cuándo,
cuándo la huida, hermano? Voy a escribirle a Salvador. ¡Si pudiera inmoralizarlo un poco! Dile que venga a dejar de tener
piernas nuevamente. ¿Por qué traduces abrazar en vez de besar?
No temas a Freud, es una patraña. ¿Te recuerdas de un poema
en que acariciaba una voz? Era del hermano, la tuya. ¿Quién
quiso que saliera primero el hermano menor? No me digas que
Estrada, no es digno de ti. Un día conocí a Munguía. Es
simpático, inteligente. Sus poemas son muy malos. Mrs. Cadek
le odia por ellos y por la ocasión en que se los leyera. Te la
contaré luego. Le Clercq ha tenido que hacer inglesa la versión
de Los de Azuela. Mira, X, éste es el primer día de calor y ya
van ahí esas sirenas con mañas aprendidas de los marineros.
Como de todas maneras serán mis vecinas cinco meses, no me
apresuro a sonreírles. Ya no me acuerdo del *Inmoralista*. Me
es fácil por eso vivir los capítulos de la renovación, tirado al
sol a veinte millas exactas de Manhattan, mi isla desierta. Quisiera presentarte a mi subway. Tenemos la misma edad, dicen
unos carteles que he visto, nacidos tú, él, Salvador y yo en
1904, déjame decirnos generación de sub bueyes, fácilmente

muertos. Ya se va Orozco. Ya llegó lo superviviente de aquel
señor Covarrubias. Las desventajas de mi hotel Manhattan son
que a veces llegan de paso huéspedes muy ruidosos, como Villaseñor. Háblame de Jorge. Odio a Lupe. Mi hermano Toto es
un pend. Ya sé que no es amigo de ustedes y sus otras trage-
dias. Diles a los Goros que un día les voy a escribir. A ti te
escribiré sin respuesta mucho más frecuentemente. Te voy a
re-enseñar el fervor. Abrazos de *Gilberto*.

New York City, 7 de mayo de 1929.

[A Xavier Villaurrutia y Salvador Novo]

Queridos X. V. y S. N.: Díganme si, en principio, no habría
inconveniente en editar una segunda época de *Ulises* aquí, en
New York. Sería algo como *Transition,* en París. Le Clercq se
encargaría de la parte en inglés, yo de la española. Sería igual
al antiguo *Ulises.* Exclusivamente curiosidad y crítica. Sólo que
un poco más extenso, pues se trataría de hacerlo interesante
para toda América. Es decir, con trabajos de nuevos en México, que ustedes dirigirían, nuevos en E.U., que Le Clercq puede
conseguir, nuevos en España, que Gerardo Diego está dispuesto
a enviar, etc. Ustedes pueden decirme a quién le escribo para
esto en Argentina, en Cuba —si algo puede haber en ese is-
lote—, etc., etc. Me parece que podría yo interesar a alguien
para financiar el asunto. ¿Quieren enviarme, si todavía tienen,
una colección completa del periódico? Me sería muy útil. Acaso hasta económicamente sería un éxito, y ustedes saben mi
interés en este último punto, pues estoy quebradísimo y mi
gente en México necesita de mí. Tú, Salvador, escríbeme sobre
lo que costaba en México, sobre lo que podría enviar a México
para su venta. Hasta qué punto se tienen compromisos con
antiguos subscriptores, etc. Tú, Xavier, envíame una lista de
gentes a quienes deba yo escribirles. Otro punto: ¿tendrían
inconveniente en aparecer como editores uno de ustedes dos?
El otro editor sería Le Clercq. Yo me limitaría después de todo

a los trabajos de administración nomás. Me parece que podría conseguirse ayuda financiera que garantizaría la publicación de diez números. Perdónenme la prisa de esta carta. Contéstenme con detalles exactos. No se olviden de que los quiere mucho, de veras, *Gilberto.*

Otro asunto: Hace días la Sra. Rivas me escribió una carta pidiéndome colaboración para un periódico de teatro. Me dijo que se me pagaría esa colaboración, y hasta señalaba en cuánto. Yo le contesté brevemente pidiéndole detalles más exactos sobre lo que quería. Hasta ahora no me ha contestado. ¿Qué hay de cierto? ¿Qué grado de seriedad tiene? Eso, que me ayudaría en un sentido, ¿no me molestaría más adelante? Quiero decir, por las gentes que vayan a escribir ahí. Gracias *again* de *Owen.*

New York City, 7 de mayo de 1929.
[A Xavier Villaurrutia]

Xavier querido: Otro asunto que se me pasó en la carta de esta mañana. Voy a enviarle a Alfonso Reyes *Línea.* No tengo sino la mitad, a lo sumo, de los poemas que formaban el libro. ¿Quieres ver cuáles puedes recogerme, aparte de los publicados en *Ulises* y en la *Antología?* Hay —recuerdo imprecisamente— otros dos o tres como el que publicó *Contemporáneos.* Perdóname esta enorme cantidad de molestias que de pronto me he propuesto cometerte. Un abrazo de *Gilberto.*

Ayer que no estuve aquí, por andar en una comisión, vino al Consulado Waldo Frank. Vino a arreglar su pasaporte, pues va a México pronto. Tengo referencias de que es en nuestro pequeño grupo en el que más interesado está. Voy a procurar verlo antes de irse, y te escribiré con qué resultado.

New York City, 29 de noviembre de 1929.

[A Xavier Villaurrutia]

—¿...Y quién es XV? Yo no leo español y tengo derecho a preguntarlo.—No, pero le muestro, sobre su mesa, el retrato de T. S. Eliot y le explico que se te parece. Luego le hago sospechar quién soy yo, quién es J. R. J. y por qué después de todo prefiero a Valéry sobre T. S. E.—Bueno, en realidad es un francés, pero la naturaleza imita al arte y está, muy bien por cierto, en la *Antología* de Jolas, sólo que entonces se llamaba Paul Tanaquil. Tiene publicados dos libros de versos, más bien medianos, y otro viene, bueno. De éste los poemas que le envié a Bernardo. Y un libro de novelas, *Show Cases*, muy bien dispuesto, geométrico. Se casó con una señora rica que se enamora de todos sus amigos y un día le dice, mañana no voy a estar aquí, me voy a París. Y se va. Es profesor de literatura francesa en Columbia. Es alto empleado en Brentano's. Ha fundado un premio por cuenta de esa casa para el mejor libro francés de cada año. Él es único juez y traductor. Ha hecho versiones de Delteil, de Soupault, de otros que no cuentan. Es posible que aprenda un día español y nos traduzca y nos premie. Ahora traduce del francés a los españoles. *Ulises* le alzaría y él ayudaría, en lo material, a *Ulises*. —Los americanos están vestidos de preguntas, y eso está bien. Su patria parecía capaz sólo de una civilización indígena, pero yo te juro que son el Oeste más que ninguno. Europa como navío —de Alemania casi, de no más de Italia para acá—, es la tradición viajera de Odiseo. Los Estados Unidos son nave también, sólo que aún no han levado anclas. Pero ya mero, nomás que acaben de consultar el vuelo de los pájaros. Y Manhattan sobre todo ya va saliendo de la bahía.—Es decir, hasta la última antología pudo hablarse de The American Caravan, en un desierto de oro. Ya la próxima se bautizará con un término de marinería. Se están haciendo católicos. —Tú lo sabes, al acostarte con la poesía de Blake —aunque fuera en París— y yo, que me acostaría, aquí, con la de la Dickinson—. Todo para decirte que no me siento moverme entre extranjeros, y que

266

estaría *Ulises* aquí en su patria, es decir, en todas partes menos en Ítaca, y con los bienes que se pueden llevar. Unos cuantos detalles exactos más: hay la pregunta de si sería mejor un *Ulises* igual al otro en formato, mensual —nueve meses cada año, pues con el verano no se cuenta—, empezando el próximo octubre, o una revista que se publique cada estación, en formato aproximadamente como *Contemporáneos;* pero con el doble de páginas. Esto sería más práctico económicamente, pero acaso la extensión obligaría a concesiones eclécticas que no permitiría su nombre. Colaboraciones: aquí: Le Clercq, Munguía y, a veces, Maroto. Soy amigo, después de una tarde llena de diferencias, de Gorham B. Munson, que es el más inteligente de la promoción de treinta años. Él podría asegurarnos la ayuda de los que estaban en *The Fugitive,* los únicos que pueden formar con nosotros (Malcolm Cowley, John Crowe Ransom, Hart Crane, Matthew Josephson, A. MacLeish, etcétera). De las gentes de *Transition* estoy seguro, porque un hermano de Jolas, pianista inteligente, ha venido a ser mi hermano de leche por gracia de una señora —aquí empieza un chisme estrictamente privado— que será la que pague unos cuantos números, seis o diez. —No te alarmes, no se parece a Antonieta, no escribe, no desea mención de su nombre, es mujer de un músico prominente de aquí, fue amiga de Crowe Ransom cuando *The Fugitive,* lo es mía desesperadamente, no la amo y le gusto, y como no puedo rodriguezlozanearla, pues me quemaría mis manos mías cualquier dádiva para mí, he encontrado justo satisfacer sus deseos de obligarme en algo, chuleándola sin pena para beneficio de nuestra obra—. Por supuesto que si el origen te disgusta con no hacerlo basta. Ahora estoy ocupado en hacerla oír sin muecas el nombre de Munguía, pues como te decía en mi otra carta no puede verlo. De México tú, Salvador, ¿y nuestro Jorge?, los Gorostiza, tú verás. Cuidado con descubrirme a tus seudónimos. Te conozco, máscara. Y de los otros países hermanos y de la madre patria los que me has dicho y Espina, que sigue amigo mío, y Jarnés acaso. —Le escribí, inmediatamente, a Bernardo, en una carta que ni a mi padre le aguantaría yo. Y le escribí a Jaime diciéndole que me secundara, y estoy seguro de que lo hará.

267

Y Salvador me escribió al fin con un horrible chisme de la convivencia de Jorge con Diego y con Lupe. ¿Es verdad? ¿Y fuiste a esa merienda? —He mandado pedir a México la carta que necesitas, pero no recuerdo exactamente en qué libreta esté y las he pedido todas. Hay unas muy comprometedoras en ellas. —Y, detalle estúpido, estoy enamorado como nunca de la chica Otero. La sueño con frecuencia, y es ya un complejo que me desespera. Un chisme cruel, horrible: no sé qué desgraciado habló de Salvador con una amiga mía. Antier, que le decía la probabilidad de que ella lo leyera, traducido, me hizo un chiste que no pude contestar de pronto, pues me sorprendió en una americana. —Ya sabes que el defecto yanqui es la incapacidad para hablar mal de la gente—. Me dijo: Me encantaría conocerle; me han dicho de él que es ingenioso y, además —besides, he has sex appeal at a rate of fifty per cent—. How's that? —Well, they told me he has appeal, but he hasn't sex—. Ya le mandé *Línea* a Alfonso Reyes. Sólo tiene 24 poemas, y eso contando como dos el autorretrato que ya conoces y que, por viejo, metí en el mismo libro. Recuerdo que en el ejemplar perdido había treinta, sin estos dos, o más. Si Celestino pudiera conseguirme uno que le envié a Clementina sobre la realidad, me parece, de su hermana; y otro que hablaba del licenciado Vidriera, y otro... pero no, más vale dejarlo así. ¿Qué traducciones le has enviado a Reyes para su antología? Yo estoy traduciendo a los cuatro o cinco que no han publicado libro. De dos de ellos estoy seguro, pues valen, de los otros todavía no sé. ¿Ya conoces el nuevo libro de Durant? Es muy inteligente. Mi paisaje sigue en marina; vivo en un bungalow en la playa, no sé si ya te lo dije; enteramente solo. Un amigo que iba a compartirlo se fue a México, y me he quedado frente a un problema más. No la soledad, económico. Bueno, ya esto está muy largo. Adiós. Un abrazo muy apretado de tu amigo.

You don't mind my typewriting, do you?

Bogotá, 8 de mayo de 1933.

[A Xavier Villaurrutia]

Querido Xavier: Mi amigo Gustavo Villatoro va a México a serlo tuyo. Se lleva mi voz para decirte cómo te recuerdo, mi abrazo para apretarte fraternal. Te va a hablar luego de un proyecto en el que yo quisiera poder ayudarle, en el que tú querrás ayudarle por mí. Tú vas a orientarle, recién llegado, y a darle tus traducciones del teatro francés, y a buscarle lo que yo hice cuando *Ulises*. Tú vas a pedir con mi voz a los muchachos que le ayuden todos. —Ha sido mi único amigo en Bogotá. Me deja a solas con un montón de gentes que me estiman, pero que no tienen mi amor. —Estoy improvisándoles una literatura, un arte, un partido político, casi un mundo. Y sé que, si lo logro, me van a correr también de aquí. Me iré a Panamá, a Chile, a Cuba, qué sé yo. A hacer lo mismo, a pensar en México —tú, mis amigos es México— cada día más lejos, más en la fábula. Se olvidan de mí —me matan—, luego existo. Nadie mataría a un fantasma. Dicen que hay países, pero no creo, ¡ay!, en la geografía. Hay paisajes. Desde uno muy pobre, muy comido de niebla, te piensa, con el gran cariño de siempre, *Gilberto*.

Nueva York, 7 de septiembre de 1928.

[A Celestino Gorostiza]

Querido muy Celestino Gorostiza libre en la cárcel mexicana de la literatura: En el parque hay grillos. Al bajar hoy a escribirte me sorprendió su absurda (1) presencia, su existencia olvidada. Son muchos, y hacían un ruido áspero, desagradable. A mí me gustan esos grillos solitarios, en la tarea impar e ímproba de picar incansablemente, con un alfiler muy fino, muy largo, el silencio cónico de los rincones, afilado también, filo contra filo, punta a punta (dos aleznas no se pican) que el silencio no muere ni calla el grillo, completándose. No, no temas. Ahora no voy por el camino real y santificado de la pa-

269

rábola. No contigo (difícil), al menos. Sólo quisiera confiarte un poco mis paisajes. Que no queda ninguna pregunta horizontal. Para éstas me voy a una playa en que haya una roca y otra roca de soledad. Allá me pongo a tirar cerillos encendidos, por incendiar el mar (2) como en otro episodio patético de mi vida intentaba incendiar unos árboles, desde una ventana. El paisaje y todas las aspiraciones son ahora verticales. Estos hombres del Norte, místicos, sin muestra de sensualidad de ojo por poro, de lenguas innumerables, son unos pobres músicos no más. Nosotros nos movemos, despiertos, en un espacio efectivo, y amplio. Ellos en el tiempo. New York es una teoría de ciudad construida sólo en función del tiempo, Manhattan es una hora, o un siglo, con la polilla de los subways barrenándola, comiéndosela segundo tras segundo. Y así sus hombres, que acaso hayan sido españoles, o italianos, o chinos, empiezan a llegar a este muelle monstruoso, a ser otro pueblo, otra raza de sonámbulos moviéndose en la fiebre del sueño del tiempo, que es su única y su mejor marca de patria. N. Y. no tiene nada que ver con los United, ni con ningún otro país. Y mi paisaje tampoco, Celestino. Ahora empiezo a amarlo, es decir, a explicármelo desde dentro de él, parte suya. Los que siguen siendo extranjeros son los que van a ver a New York desde la torre del Woolworth. Tienen así de esto una idea literaria, menos aún, periodística, de plano para turistas. A New York se la empieza a ver desde el subway. Acaba allí la perspectiva plana, horizontal. Empieza un paisaje de bulto ahí, con la doble profundidad, o eso que llaman cuarta dimensión, del tiempo. Es mucho más fácil entenderlo, claro está, desde la estadística. Pero la pureza inhumana del número es otra exageración peligrosa. Al principio me refugié en ella. Conservo unas notas: The rapid transit companies of the city carry a total of about 1 880 000 000 people a year. That is counting the related elevated lines. But the subway system of the I. T. R. alone handles more than 870 000 000, and the B. M. T. more than half as many. En la estación del Interbourough's en la calle 96 se recaudan 800 000 níqueles cada día. En la Tesorería de New York hay la tercera parte del oro del mundo. Ahora leo las listas de los más interesantes entre

270

los 25 000 turistas que regresan diariamente a New York, después del verano. Pero el número, te digo, es nomás un poema. Nada más. Una teoría de una teoría fantasma de fantasma. La realidad artística se refugia en esas figuras retóricas por pereza, por pobreza. Una vez venía yo de Down Town muy noche, a la madrugada casi. Y venían muchos hombres dormidos que, sin despertar, se levantaban exactamente al llegar el subway a su estación precisa. Luego, muchas mañanas, he ratificado el sonambulismo de todos los apresurados, de todos los que siguen corriendo dormidos en el sueño maravilloso, noche todo, de aquí. Hay un poema mío en 450 versos, que lo descubrirá todo cuando pueda yo (traducirlo al), no, escribirlo en inglés. Déjame defraudarte en la anticipación que yo mismo pensaba hacerte aquí, y perdóname no ir al grano ni al paisaje. De pronto me siento fatigado. Me sucede a menudo, cuando despierto de New Y., en mi cuarto. Me acuerdo entonces de lo que no le pido a N. Y. y México me daba, amistad y diálogo. Una carta tuya, con chismes, me haría ahorita feliz. La imagino para consolarme, y no basta. Escríbemela. Yo no entiendo esa política de no escribirle a un amigo mientras él no lo ha hecho. Es poco generoso en tu caso. Recuerda que las gentes inteligentes andan ahora de vacaciones, y yo no puedo hablar con nadie, ni hacerle a nadie el amor, si no es para practicar el inglés estrictamente y con equis. Me parece que Fernando está muy resentido contigo porque no le has escrito, y porque mostraste muy poco interés en un libro que te envió en el que se elogiaba a Venezuela y su tiranito. Yo creo que le debes decir que está muy interesante, y si quieres te envío un resumen que te ahorre la molestia de leerlo, pues es muy aburrido y yo tuve que tragármelo por el Consulado. Perdona que sea lo mismo esta carta. Yo la quería grillo en tu silencio. (Qué fatal vicio de leer y releer los Evangelios, aquí, las parábolas. Ya caí en la moraleja.) Un grillo de paso, inconstante, incapaz tú de no olvidar estas tonterías desde luego. Un abrazo de tu leal amigo.

Nota 1. Es decir, que me parece que lo más urbano son estos parques en los que el arte imita mal a la naturaleza, y me parecía absurdo un montón de grillos reales en esta decoración rústica del frente de mi ventana. Al principio pensé en un mecanismo. Luego me acostumbré a la opinión de que el Gobierno cuida ahí enfrente la perpetuidad de esos grillos, como en el Bronx cuida la conservación y propagación de los ejemplares zoológicos más raros, supersticiosamente. No vale, G. Owen.

Nota 2. En la bahía, toda de aceite, sería mucho más efectivo. Ya te hablaré un día de esta bahía maravillosa, encrucijada de cielo, río y mar, de todos los países también. Tampoco, G. Owen.

Consulado General de México en Nueva York,
18 de diciembre de 1928.

[A Alfonso Reyes]

Muy querido Alfonso Reyes: Un poco más despierto, primero que nada en mis predilecciones de amistad y usted en ellas, N. Y. me tiene sin más tiempo ni sueño que el preciso para recordar que existe la poesía, que se hace despierto. Y la inteligencia, si no por N. Y., sí por el Consulado, donde nadie la creería sino enfermedad, a lo sumo. Excúseme así de no haberle escrito siquiera para enviarle ese librillo mío o que en Méx. dicen mío y yo ya no. Genaro me escribe de la antología de jóvenes yanquis, en traducciones de jóvenes mexicanos, que está usted formando, y de su deseo de mi colaboración. Querría enviarle con esta carta versiones hechas en Méx., pero no hay allá quien pudiera encontrarlas entre mis papeles, y las hechas aquí, descuidadas al margen de libros leídos de prisa, necesitan una revisión que voy a emprender en cuanto acabe unos inventarios a que me han condenado. Le enviaré todo lo que pueda, pues ignoro si usted señaló simpatías y diferencias a cada uno, y temo que lo que yo le mande se cruce con tareas impuestas a mis compañeros, a quienes he perdido de vista y de oídos desde hace ocho meses. 15 días me llevará enviarle eso (¿Sandburg, Kreymborg, W. Carlos Williams, Witter Bynner, Countee Cullen?). ¿Quiere decirme luego, luego, si le interesa interesarme en algún poeta de aquí especialmente? Dígame algo un poco más preciso que el párrafo de Genaro, que me voy a quedar esperando sus órdenes. Recuérdeme fiel en amistad y en deseos de servirle, y tenga aquí el saludo mejor de *Gilberto Owen.*

New York City, 22 de mayo de 1929.

[A Alfonso Reyes]

Gilberto Owen a Alfonso Reyes, enviándole *Línea*. Que no haya disculpa mía. Así le será más fácil, Querido Amigo, perdonarme. Sería cosa de volver a decirle del Consulado y de mis pequeñas cosas —no, no me estoy acordando del joven Goethe— que me atan a su galera. Estaba pensando algo mío, pero ahora es mayor que yo y que las páginas que me ha señalado. Sólo le envío, pues, un libro viejo, anterior a mi comercio, fuera de México, con lo relativo. Lo hago porque al releerlo, ahora, lo he amado, y sólo me apena por incompleto. Sucedió que un día iba yo a pasar por Veracruz y quise quemarme, atrás de mí, en manuscritos. Yo venía en sentido geográfico contrario y no pensaba en Cortés. Pero mis amigos sabían que iba yo a volver a mí —o en mí— y ahora me han enviado algunos de los poemas de que tenían copia y que eran carne de *Línea*. He preferido no tocarlos más, ni rehacer —qué imposible— los diez o quince perdidos, ni agregar nuevos sino ese *Retrato del subway* —que tiene su misma edad, que es igual a ellos. De traducciones: ya estoy poniendo en limpio algunas, menos de las que esperaba. ¿No será demasiado tarde? Y no cometeré ya el enviarle una antología, como la pasada, estado que no cabe en otro, porque ya he estudiado mi Derecho Internacional. Espero que un año de N. Y. le parezca a Genaro —y me sea— bastante. Tengo ganas de pensar otra vez en lenguas romances. Aquí no hay posibilidades de ese diálogo. No se me dejan acercar muchos. Apenas los de paso —todos se alojan en este hotel alguna vez— y Maroto, y Munguía —he de

hablarle de este muchacho que me ayuda a recordarle física-
mente, Alfonso Reyes, y que tiene una copia exacta de su voz.
Quería, quiero dedicarle ese libro a Genaro Estrada. Pero hay
la espina de la Secretaría. ¿No la cree muy, muy aguda y peligrosa? He dejado la página en blanco para que su consejo la
separe o la llene. Gracias por eso, por tanto. Y perdóneme otra
vez lo apresurado. Un día le escribiré de verdad. Un abrazo
de *Gilberto Owen.*

P. D. Le juro que yo no cometí el membrete de este papel.
Vale mucho. Otra: Torres Bodet me ha ofrecido enviarme de
España dos poemas de *Línea* que no tengo. Se los mandaré
luego.

Nueva York, 12 de julio de 1929.
[A Alfonso Reyes]

Querido amigo Alfonso Reyes: Mi mejor saludo primero. Mi
silencio era mi deseo de detalles exactos, que también me hace
dudar de mi caligrafía. Tampoco ahora lo tengo realizado,
pero la bruma no es ya tan cerrada. Su cable me dolió en
mi ignorancia de América. Yo no sabía quién era el señor
Oyanarte. Y, preguntárselo a usted, era falta de curiosidad y
pereza. La *Odisea* es un libro de problemas, es decir, de aventuras. En el problema lo que vale es lo teoremático, lo probable no probado, que será sorpresa y, por ahí, aventura. Los
axiomas son nomás vías de comunicación. Tienen valor mecánico. La aventura, geométrico. Me fui a la Biblioteca, donde
viven los libros más increíbles. Del Sr. Oyanarte había uno
creíble sobre el presidente Irigoyen. Cada página me decía
que no. El libro de que usted me cablegrafiaba no podía ser
ése. Un amigo, que trabaja para Van Doren, me dijo que de veras no, que él recordaba el nombre de un "presidente sudame-
ricano" en un libro que le habían propuesto a su firma, no
como tema, sino como autor. El candor del Padre me llevó al
licenciado Galeana. Lo he conocido. Es simpático, exagerado,

y se llevó al libro por muy malos caminos. También he conocido al libro. Por cierto que en la versión inglesa no sabe sonreír, le han puesto un cuello postizo demasiado alto y extremadamente duro. En la cara del título le pusieron *indolence,* que es lo menos cercano a su rostro. Cualquiera otra palabra hubiera sido mejor, *idleness* sobre todo. Era buen traductor, ¿recuerda?, el de *Las divagaciones de un haragán,* de Jerome, que en inglés eran las de un *idle.* Le decía que Galeana, de quien me estoy haciendo amigo, se llevó al libro por el peor camino. Lo ofrecía a los editores diciéndoles que no valía la pena, pero que el autor iba a ser Presidente de la Argentina, y que ultimadamente que qué pues, que él estaba dispuesto a pagar la edición. Y le decían que sí, pero que en cuanto a que el libro llevara el nombre de la casa *nothing doing.* Y cayó en los agentes de publicidad, que son un lugar común en el que ya nadie cree. Lo más que pueden hacer es imponer dentífricos o leches malteadas. Algunas veces estrellas de *vaudeville.* Luego estaba en un tris de ofrecer dinero a gentes como Dreisser o Frank porque lo recomendaran. Imagínese a Claudel escribiendo, el año pasado, una tragedia en inglés, muy mala. Jean Charlot, que hizo las ilustraciones, me lo comunicó. Aun casas en que se admira a Claudel —Knopf, Van Doren— dijeron que las ilustraciones quedarían muy bien sin el texto. No la han publicado, no la publicarán. —Todo esto para decirle lo terrible que es empedrar de buena voluntad el camino de un libro. Galeana quiere al señor Oyanarte. Es decir, será muy difícil, pero espero saber lograr algo, querido Alfonso Reyes. Sucede que en el verano, como usted sabe, es endiabladamente difícil hacer nada. Brentano no está aquí, ni Le Clercq, ni Frielander. Mis relaciones con la Casa no son las de un empleado —pues el Consulado me quita todo mi tiempo— y sólo hago lecturas incidentalmente. Soy más bien sólo amigo de Le Clercq y Frielander y Toby. Éste va a ver el libro, que ayer le envié, y me ayudará seguramente. Tenga la seguridad de que en septiembre haré lo mejor que sepa. Envíeme para entonces todos los datos que pueda, la ayuda que la Casa tendría, en caso de aceptar la publicación, etc. Algunos amigos, Frank y Munson por ejemplo, acaso quieran escribir sobre él.

Son gentes a quienes todos oyen. Yo hablaré con los amigos del *Forum* y de *The Bookman.* —Perdóneme el estar en falta con usted en tantas cosas. Pronto pagaré. Un abrazo de *Gilberto Owen.* Waldo Frank, que está en México e irá luego a la Argentina, lo ha recordado con mucho cariño.

New York, 1930.

[A Alfonso Reyes]

Querido amigo Alfonso Reyes: Le envío esta carta desierta como ciudad de un millón en la que no conociéramos a nadie, vacía, como los Estados Unidos. En disculpa de todo.

Si alguna vez puede, dígale a Genaro, a quien le he escrito varias veces sin respuesta, que necesitaría, esencialmente, hablar con alguien. No podría resistir otro invierno aquí.

El trabajo es en cierto modo excesivo, siendo yo el único empleado, pues el Cónsul algunas veces firma. En pago escribe unos informes muy largos en los que me llama ejemplar, y ya no sé qué más, pero que en Relaciones nunca leen. O si los leen creerán injusto privarle de tan buen elemento, y aquí me estoy.

Gracias por *Monterrey.* Mi iconografía es limitadísima. Esas fotos son muy malas.

Quiero escribirle una carta muy larga sobre Emily Dickinson. En diciembre es su centenario, y aquí pasará inadvertido. Yo tengo algunas traducciones y notas, que no he podido ordenar, sobre su sueño. ¿Cómo podría yo celebrarlo?

Le saluda con el mejor cariño su amigo siempre.

Bogotá, 14 de marzo de 1933.

[A Alfonso Reyes]

Querido, muy querido Alfonso Reyes: Me conturba no saber, por subrayados que estén todos ellos en mi memoria, por qué

276

agradecimientos, por cuáles disculpas empezar esta carta, tan fácil de dibujar hace ¡tres años!, tan forzada al rubor ahora; acumulándose día a día mis deudas a usted, fui dejándolas, más que moroso temeroso de no poder pagarlas, minarme hasta esta quiebra que es en verdad fraudulenta. Ahora sé qué poco repararía la constancia epistolar que me he propuesto, si mis amigos, usted de los más indispensables, no amenguan mi culpa de silencio. ¿Quiere hacerlo? En sus cuadernos de notas, Hawthorne advierte cómo, a fuerza de no buscar la dicha, nos encontramos con ella, de pronto, sin soñarlo. Yo sí sueño, así: ¿Al voltear qué esquina, qué noche, me hallaré el aparentemente rehuido diálogo con mis amigos? El que me busca me perderá, desde un ángulo, el que me busca ya me lleva en sí, desde el opuesto, te darán bien por mal, en otro rincón. Promesas, amenazas, Dios y la Revolución, etc., no sé, al escribirle, a quien oír; dígamelo usted.

Estoy, buscando tantas cosas, en Bogotá. Me separaron, razonablemente, del servicio, porque sintiendo mía la realidad social del Ecuador quise ayudar a que mis amigos de allá se la explicaran, interviniendo en la política "interna de un país extranjero", como prohibe nuestro reglamento. Me alegra que quedó perfectamente establecido, en ideario y plan de acción, el Partido Socialista Ecuatoriano, que dirige nuestro amigo Benjamín Carrión. Luego, imposibilitados los apristas peruanos para venir a defender su causa en Colombia, por ese conflicto estúpido que me desola, he venido a hacerlo en los periódicos. La actualidad colombiana me ha afligido en su pobreza intelectual y moral, pero hay un grupo de más jóvenes que yo, a mi lado, que necesariamente habrán de reaccionar. Enseño en una escuela de obreros; traduzco el *Jeremías* de Zweig para no salirme a la calle a gritar mi protesta contra esta guerra incalificada; quiero hacer en las hojas de *diálogo* —sale en abril— algo de lo que interrumpió en *Amauta* la muerte de José Carlos Mariátegui. Estoy viviendo una vida dura, sabrosa, a la que sólo le falta la conversación con México para ser lo que la he querido, a la que le falta como agua el consejo de mis amigos para fecundar.

Gustavo Villatoro, que el sábado apenas me dejó a solas, yéndose a México, me mostró sus últimos libros. Hambre mía de leerlos, Alfonso. ¿Y *Monterrey*? Tengo, de cuando sólo me interesaba la pura danza pura, un poema largo: "El infierno perdido"; no sé si publicarlo. Se lo enviaré en consulta. La vida de Simbad, que empecé a escribir, danza también, hace tres años, se me ha complicado en marcha ahora que la he reanudado; en el viaje quinto me he encontrado con mi generación, en el episodio del viejo de la selva; le he visto sobre los hombros míos, sobre los de mis compañeros, asfixiándoles; y quiero embriagar a elogios a mis clásicos, y darles luego una buena pedrada en la cabeza. Voy a respirar deliciosamente libre de él. Trabajo en unas notas sobre estética y ética marxistas, contrastándolas con lo poco que de la realidad americana conozco —Chile, Perú, Ecuador, Colombia, México. Con los artículos que sobre "La tragedia peruana" he escrito, voy a hacer un pequeño volumen que le enviaré. Y basta de mí.

Cuénteme mucho muchas cosas de usted, Alfonso; dígame del Brasil, que me atrae como una noche inmensa y preñada, póngame en contacto con los muchachos de allá, cuyo portugués podría entender y contestar un poco. Y dígame, sobre todo, que está usted tan bien como de corazón lo desea su amigo invariable, que le abraza.

Bogotá, 8 de marzo de 1933.

[A Enrique Jiménez Domínguez]

Querido Enrique Jiménez Domínguez: A Gustavo Villatoro, que afortunado vuelve a México y a sus amigos, le he rogado abrazarte, con un gran cariño invariable, en mi nombre. Lleva planes que me regocijan anticipadamente, seguro de su éxito, y en los cuales yo quisiera que tú le ayudaras, tú, de mis amigos de allá el que más ha trabajado por la idea que a él le mueve, contribuir a crear un teatro mexicano. Recuerdo tanto las deliciosas traducciones del teatro yanqui que hiciste y habrás seguido haciendo, que mi primer movimiento ha sido recomendar a Gustavo que te vea a su llegada y converse contigo y de ti se aconseje para su obra. — Estoy, no sé decirte cómo, en Bogotá. The city has its tedium. But what else has been my life? At least since I left Mexico and your friendship. I'll try to write a long, long letter on this. But, would you even read it? Could I honestly ask you too? Anyhow, you shall receive it sometime next week, your friendship never so hurt —but by my silence— not to forgive *Gilberto Owen*.

I'll write as soon as I can get a typewriter, not to put you in the trouble of deciphering me again.

Filadelfia, enero de 1948.

[A Luis Alberto Sánchez]

Dime si te parece bien el nuevo plan del libro, cuyo título, en ese caso, sería *Perseo vencido;* si no quieres añadirle la *Ruth* y el *Madrigal*, puede ser, como decía antes, *Sindbad el varado.* El *Perseo* me suena más, porque el origen de todo, el *Madrigal*, lo escribí viendo una de las innumerables estatuas, pensando que Medusa después de todo no había sido decapitada, y que seguía petrificando, a los que creemos vencerla, a través de la historia del arte. Y de la poesía.

Filadelfia, 6 de julio de 1948.

[A Josefina Procopio]

Yo he tenido amigos con los nombres más raros. Recuerdo que García Lorca me decía "Qué raro que me llamen Federico", y yo a veces me ruborizo cuando tengo que confesar que me llamo Gilberto. Un amigo mío, Graco Ramírez Garrido, llegó a verse tan impresionado por su nombre que tuvo que ser uno de los héroes de la escuadrilla mexicana en el Pacífico. El héroe epónimo, Graco; otro, el poeta José Umaña Bernal, se llama en realidad Peregrino, y el subconsciente lo hizo hacer una

279

peregrinación a Roma para que el Papa le permitiera no usar jamás su verdadero nombre; era, entonces, Ministro en Portugal. Antolín Díaz era mi compañero de galera en el periódico; ya un poco más sereno, de niño, este negro amigo mío había sido ayudante de un pastor protestante, e iba por las sierras del Chocó predicando; un domingo el pastor enfermó y Antolín le hizo honor a lo juguetón de su santo; se tomó media botella de aguardiente, y en su sermón anunció que el domingo siguiente, a las tres de la tarde, se acabaría el mundo; todos los campesinos se pusieron unos a rezar, y otros a gastar todos sus fondos. Cuando lo descubrió el Pastor, Antolín salió huyendo hasta Bogotá.

Te envío una carta para Alí Chumacero. Parece muy malo, y quiere que le crean muy malo, pero es más bueno y más inocente que Adán. Lo encontrarás en las oficinas de *Letras de México,* Palma Norte 10, piso 5; no recuerdo el teléfono, pero lo encontrarás fácilmente. Te presentará a los miembros de una promoción literaria muy interesante. Salúdalo.

Filadelfia, 12 de julio de 1948.

[A Josefina Procopio]

¿Has leído la *Ifigenia* de Alfonso Reyes? Si no lo has hecho, trata de leerla antes de formarte un juicio sobre él. Su poesía parece un juego erudito, hasta en los *Romances,* algunos de los cuales, la mayor parte de los de *Río de Enero,* son admirables. Se entra a su poesía como quien entra a un jardín en el que todavía se leyera, después de 25 siglos, "No entre el que no sepa Geometría", y ve uno desde la puerta esos laberintos geométricos gratos a los jardineros franceses e italianos, y, desde la puerta, parece que estuvieran vacíos. Pero en realidad la poesía anda por ellos, perdida y buscándose a sí misma —"Il faut se perdre pour se retrouver"— y casi siempre se la encuentra uno, de pronto, cuando menos lo esperaba, en alguno de los rincones del laberinto. Es lo contrario de Ramón, que en su inocencia de Adán parece que escribiera a la entrada: "Que no entre *el que sepa* Geometría." Alfonso es muy Eva para dejarse ver desnudo a primera vista.

Como este mes el día 4 fue domingo, lógicamente mañana será martes 13, y yo he de morir en martes 13. Pero si no me toca mañana, la Muerte me esperará, o yo a ella, la cita no será ya este año. Vamos a ver. A Alfonso lo encuentras en las mañanas en Pánuco 63 y en las tardes en su casa de Industria no sé cuántos.

Filadelfia, 3 de agosto de 1948.

[A Josefina Procopio]

Siempre he sabido leer —y escribir— entre líneas. Son muy pocas las ocasiones en que la pasión me arrastra a lo literal. Pero es todavía más fascinante que leer sentir entre líneas. Yo no sé qué presencias se esconden entre las letras, pero siento muy claramente que la semana pasada ocurrió algo en tu vida, algo en lo cual yo no quepo, que aún no sé con precisión qué sea, pero que está lleno de vida, como un huevo que ignoramos qué especie de ave o de reptil o de pez haya puesto. Es posible que tú misma no lo sepas, aunque lo dudo.

Ahora llueve en Filadelfia con 88 grados de calor; aquí en mi oficina hace un frío inexplicable. Un día se detuvo un pájaro, por un instante, en mi ventana, extraviado. Nunca llegan hasta el piso 25; venía expresamente a buscarme a mí. Lo reconocí, pero mi torpeza me impidió abrirle. Dijo algo que no entendí, y descendió verticalmente. Cuando me quedo solo, aquí, por las tardes, trato de recordar su rostro, pues tenía un rostro distinto (todos los pájaros lo tienen, inconfundible con los otros, pero no sucede con ellos como con los chinos, que todos nos parecen iguales). Y traté de recordar, y trato de recordar, la expresión de su rostro, y descifrar el mensaje que subió a decirme. Sé que era algo en que se mezclaba la lejanía, la soledad y el frío. (No. No era un ángel, los ángeles son crueles.) Ese pájaro apareció un instante tras de la reja de tus hileras de palabras, pero yo era el preso y no pude cogerlo para mirarlo mejor.

Habrás visto, y seguirás viendo por los amigos que te presente, que cada uno de ellos tiene una imagen mía, un recuerdo de mis ademanes, de mis palabras, de mis pensamientos, tan completamente distinto, que cuando regreses vas a llegar pensando quién soy, en realidad, yo.

Filadelfia, 28 de junio de 1949.

[A Josefina Procopio]

Carta en la cual se come mucho. Hablaba yo de Platón con la doctora, cuando empezó a desvanecerse. Le eché un vaso de agua y revivió. Los lázaros, en realidad, nunca reviven. Vuelven a nacer, porfiadamente, pero chiquititos. Qué chico es el mar, qué chico es el mundo. Me encontré un amigo, Lázaro no, pero sí Cárdenas, que estaba en mi casa. Es una casa muy grande, frente al mar. Por el horizonte pasan yates, blancos, casi inmóviles, pero pasan. Cogí unas ciruelas pasas y me fui a comérmelas al malecón. Los huesos sonaban como una voz pequeña de bajo, y creo que les pegaban en la cabeza a los peces, y creo que les hacían cantar y era como una parte de la *Cascanueces*, y salía Carlitos Pellicer y decía: "Pero si es más el ruido que las nueces —dijeron los silenciosos chicos zapotes, llenos de cosas de mujeres." Él también lo estaba. Llevaba la ropa interior de seda de sus guanábanas. A veces se caen del árbol, de puro maduras, y es muy sabroso coger una manotada y comérsela. **Pero eso no se puede en sociedad.** "Cuídate mucho —me aconsejaba mi madre— de coger más de cinco chícharos en el cuchillo." Pero (lloraba yo), pero si no tengo cuchillo. "Antonio Matoño mató a su mujer — con un cuchillito tan grande como él. — Sacó las tripitas, las puso a vender. Con esa platica — compró otra mujer."

¿Qué es una mujer? me preguntó Diógenes. Yo iba a decirle que es un animal que habla y habla y blah-blah, pero él me interrumpió y me dijo que es un animal que come y come y

282

come. "Y el médico empeñado — en que es debilidá, — y yo
por más que como — y como y como y como — como si ná."
La Conesa cantaba eso con mucha gracia. Decían en mi casa
que era algo muy picaresco, muy picante y muy pecado. Alguno de sus contemporáneos te puede tararear la música.

Filadelfia, 25 de julio de 1949.
[A Josefina Procopio]

¿Encontraste camotes de Puebla? Son ricos con leche helada,
lo que pasa es que nunca se encuentra leche helada. Todos los
amaneceres, los ángeles que hicieron la ciudad vuelan como
pajaritos, trinando con unas trompetitas muy dulces, como los
camotes. Hicieron primero la Angelópolis, y luego, cansados y
aburridos como yo ahora, nos hicieron la mala pasada que lla-
maron Tehuacán, o Tehuantepec, o Teotihuacán, que para
todos ai, como no arrebaten.

Filadelfia, 2 de agosto de 1949.
[A Josefina Procopio]

¿Qué va a hacer Elías a la tierra de los alacranes y de los Elías?
Una vez venía yo en un tren militar de Acaponeta a Tepic;
un niño bajó a traer agua del tanque del ferrocarril; pisó un
durmiente, dio tres pasos y cayó muerto, picado por un ala-
crán. ¿Y a ver eso invita Elías Nandino? Mejores propuestas
me han hecho. También es de allá de la raza de los canallos
que se llaman Alí Chumacero, y un poquito más adelante, en
el Rosario, Sinaloa, nació el Papá de todos ellos (de los canallos). De manera que me sé de memoria el camino. En Santiago Ixcuintla el río es más ancho que en ninguna parte y,
sin embargo, en el camino a Escuinapa, un día que nos mo-
ríamos de sed bajé a beber a una charca, y el agua salía en el
hueco de mis manos llena de pescadillas, que llamamos acociles.

283

No, no, no. Dile a Elías que fuera de México todo es Cuautitlán.

Te envío la carta para Vasconcelos. Lo encontrarás en la Ciudadela, seguramente. Te envío una copia de la carta que le escribo. Recuerda siempre, con él, lo de Machado: "Para conversar, preguntar primero, después escuchar."

Filadelfia, 15 de julio de 1950.

[A Josefina Procopio]

Veo que ya mi máquina se contagió de la tuya y no sé cómo voy a escribir toda esta cuartilla tan larga sin tener absolutamente nada que decir porque nada me ha ocurrido y nada se me ocurre sino decirte que todavía no me llega la contestación sobre mis vacaciones a ver si vamos a Michoacán tengo ganas de volver una tarde a Zirahuén y ver si todavía vive el que pastoreaba las almas de un rebaño completamente pascual e inmaculado por supuesto sólo las almas porque el cuerpo con tanto trabajar en la milpa y lloviendo como está lloviendo ahora en Filadelfia no se puede estar muy candoroso que digamos llueve por la mañana pero por la tarde hay tempestades eléctricas y por la noche una lluvia terca que no permite sacar el ataúd a las calles rurales y adentro el órgano toca con la voz cavernosa de un salmista pero no es mi conciencia sino el radio que en estas noches está lleno de ruidos por todas partes y más ruido el que habrá mañana en esa ceremonia de todos los años en Mount Holly pero siquiera no estoy en la playa porque me empeñaría en meterme al mar y me daría una pulmonía que me ha estado coqueteando todas estas noches han sido de una soledad muy estudiada me ha costado tanto trabajo y mi trabajo no me deja tiempo para aburrirme si no ya estaría haciéndole canciones finiseculares al tedio y al esplín que así se escribe mejor ese anglicismo.

[A Josefina Procopio]

Si para el lunes no me contestan de México voy a poner un telegrama. Todavía no sé claramente qué puedo ir a hacer allá. Sólo, tal vez, a visitar contigo a algunas personas y a soñar un poco en algunos sitios. Sólo, tal vez, a ver mi funeral en el rostro de los que me encuentre. No sé. Sabía ya algo de que Muñoz Cota no seguía en Asunción. Si puedes saber su dirección, envíamela para escribirle.

Compré el *Elías* de Mendelsohn y cada vez que oigo los dieciséis discos en que está ese Oratorio me acuerdo de Elías, el poeta, y de Elías, el personaje de mi poesía, y también, un poco, de Elías, el bíblico.

Si insisten esos amigos de la revista en publicar la *Ruth*, que por favor Alí les dé la versión corregida que va en el *Perseo*. Pero después de todo nada me interesa. Ahora estoy trabajando aunque no lo creas. He escrito como cien versos de un poema. No sé si lo acabaré. No sé nada.

Filadelfia, 21 de julio de 1950.
[A Josefina Procopio]

(Al reverso de una tarjeta postal en que aparece el Robin Hood Dell, auditorio de Filadelfia fundado en 1929.)

Es el escenario abierto al trasmundo más completo que se conoce. Los fantasmas de atrás, del Laurel Hill Cemetery, vienen a dar conciertos que aplauden otros fantasmas del gran cementerio llamado Filadelfia. Cuando parece que está lleno el Dell, toman una fotografía y aparece todo vacío porque la placa es insensible a los fantasmas. Yo soy la sombra marcada con X.

[A Josefina Procopio]

Definitivamente, no es ésa la clase de diccionario que yo quería. ¿Qué voy a hacer con siete tomos? ¿Cómo los voy a llevar de un lado a otro? Yo creí que eran dos tomos, como los que publicaron hace unos cinco años. No sé qué hacer con tantos discos, y sólo ese diccionario me faltaba, para no poder ya moverme de casa o de barrio o de ciudad o de país o de planeta. —Aquí no ha pasado nada. Ya se acabaron los discos de barata. Ya se acabaron los conciertos en el Dell; Tout passe, tout lasse, **tout casse.**

Filadelfia, 12 de julio de 1951.

[A Josefina Procopio]

Una tarde estaba yo muy solo y muy ansioso de saber. Y Abelardo estaba arrodillado ante la Virgen y el Niño que tú conoces. Y Ella, a sus oraciones —según pude oírlo yo—, le replicaba: ¿Cómo permitiría la mancha de que tú me adores, si, negligente, prefieres el infierno de hacer tarjetas de turismo a viejas idiotas (la Virgen, cuando está furiosa, usa muy mal lenguaje, como cualquier baronesa) y de despachar barcos, y de todas esas cosas indignas de ti? Retírate de mis pies. Y Abelardo se iba, cabizbajo, a arrodillarse ante Heloísa. (Heloísa se escribe con hache, aunque no lo crean los académicos.)

Pero yo no tengo ninguna Heloísa para decirle que la adoro, como substitutivo de decírselo a la Virgen. Y en esta oficina sigo sin nadie. Y tengo que hacer, además de turistas de carne y hueso, creados por mi máquina de escribir y mis sellos, todos los preparativos para esa ceremonia de todos los años para recordar que la Legión Americana encontró casi todos los restos de Emilio Carranza. Vendrán el embajador (Corona, Dls. 18), el cónsul general (otros 18), el ayudante del agregado militar (otros 18).

Esto quiere decir que el sábado podré hablar con ellos y decirles que francamente no puedo seguir así.

En estos días me he sentido muy Paracleto. Es decir, muy Espíritu Santo. De manera que me he portado horriblemente bien. Cuasi que me cuecen como a las palomas de City Hall y a Abelardo.

Filadelfia, 29 de julio de 1951.
[A Josefina Procopio]

Mi mesa para comer es, desde que empezó el calor (ayer llegó a 93°) (es que parecían 193°), la ventana de la cocina, esa desde la cual se ve mi prisión PSFS. Hoy no quiero ir a ella y por eso te escribo desde aquí. Hay un arcoíris enorme, que sale de mi prisión y supongo que llegará a Germantown. Por eso te darás cuenta de que son las 4 p.m. Pero ahora recuerdo que tú no tienes sentido de la orientación, ni sabes geometría, y olvidas las horas. Pero a mí se me van también en despachar turistas y en dormir, sin soñar.

Filadelfia, 9 de agosto de 1948.
[A Rafael Heliodoro Valle]

Supongo que debo mi fe al triste hecho de haber estudiado en el Instituto Ignacio Ramírez, de Toluca. La escuela de los escépticos nos venía tan guanga como una escuela dominical. Los 18 de julio enronquecíamos tanto de vivar a don Benito y de fumarnos a todos los curas, que parecíamos mayores de edad. Además, conocíamos de cerca a artistas tan ilustres como Alfonso Camín (bajo la arboleda de Chapultepec) y Fany Anitúa, a quien acompañé a cantar el Himno una noche. Pero era yo tan flaco que no pude resistirme. El escepticismo oficial era tan imperativo, que una tarde nuestro profesor de matemáticas se adelantó a Einstein y a Cantinflas y expuso esta hermosa teoría: "Es ciertamente posible, aunque muy poco

287

probable, que quizá, tal vez, quién sabe, aunque es evidentemente dudosa, problemática e hipotética en tal forma que por lo que toca a lo que pertenece la verdad siendo así vale más mejor que entonces." No invento, pregúntale a Enrique Carniado si no era así de valiente don Chema Camacho.

Esa duda, la terrible del alemán, me asalta algunas veces. Como cuando Miss Josephine Procopio, la amiga mía que te lleva esta carta, entró a una librería, en México, y pidió *Nostalgia de la muerte*, de Villaurrutia, y *Muerte sin fin*, de Gorostiza, el empleado le preguntó si eran "novelas policíacas". Ella, sin contestar, se fue a escribirme su experiencia, y desde que leí su carta no hago sino preguntarme si, con estricta exactitud, con verdadera verdad, no habría yo contestado afirmativamente. Porque la neuma poesía, en realidad, no viene a ser sino una novela de misterio en la cual se nos dan todos los datos, pero se nos deja a cada cual encontrar la propia solución.

Pero a todo esto noto que, desde el discurso de don Anselmo, Einstein y Cantinflas me patinan por los sesos haciendo filigranas, pues esta carta no llevaba ninguna intención didáctica, sino simplemente trataba de presentarte a Fina Procopio, profesora de literatura que entiende de literatura y de poesía, y que va a conversar contigo de esas cosas y a llevarte mi abrazo más prieto y fraternal. Recíbela con cariño, pues que de todos modos habría de ganártelo.

Filadelfia, 3 de agosto de 1949.

[A José Vasconcelos]

Una noche, en Manizales, nos decía usted a Francisco González de la Vega y a mí la emoción con que había leído una obra de Eugenio O'Neill que yo no conocía. Me apresuré a comprarla, y desde luego advertí, en su belleza, que sus antecesores eran *Fausto* y, más remotamente, el *Libro de Ruth*. Éste ha sido muy calumniado por nosotros los católicos, que lo tomamos como un simple registro genealógico que partiera de David a Nuestro Señor —como si ello fuese necesario. Naturalmente es, sobre todo, un libro de amor. Y mi propia experiencia, gemela a la de Ponce de León, me obligó a escribir un poema que publicaron luego en México. Este *Libro de Ruth* mío ha tenido suerte muy mediocre, pues incluido en un volumen que publicó la Universidad de San Marcos, a los tres días vino una revolución, el año pasado, y corrieron al rector, y no me mandó nadie ejemplares del *Perseo vencido*, que pienso publicar aquí por mi cuenta. Naturalmente, dedicado a usted.

Día del Solsticio de Invierno, 1948.

[A Elías Nandino]

Muy, muy querido Elías: Recuerdo que Orígenes se indignaba, en mis textos de historia de la Teología, porque pretendían que Nuestro Señor nació en estos arrebatados días de festivales paganos. Alegaba que la natividad fue en marzo, con el renacimiento de todo lo creado en la tierra, y no con el renacimiento astronómico que empieza hoy. Y se hacía unos líos que nadie sabía ya a qué atenerse y que trajo a los concilios tirándose de las barbas durante cuatro siglos. En el siglo v, nos pusimos de acuerdo y el Papa, aunque todavía no era demasiado infalible, declaró que siempre sí, que sí y que sí, que empezáramos todos, como los egipcios, como los bárbaros del Norte, como todos los que creían en el renacimiento del sol, a celebrar el Gran Día el 24 de diciembre. En esta semana, este viernes, se cantará en mi corazón y probablemente en otros diversos y más sinceros millones de pechos. Todo esto quiere decir, en primer lugar, que uno de los cantos te lo voy a dedicar. En segundo lugar, que ya es hora de que la Teología se ponga de acuerdo sobre otro problema: ¿Dónde está Elías? Entre el cielo y la tierra, dicen. ¿Pero dónde? Se marchó, hacia arriba, en su carro en llamas, en el incendio de su alma, pero no pudo entrar al cielo. Tampoco le enviaron mis teólogos al infierno, ni al purgatorio, ni al limbo. ¿Dónde está Elías?

El pecado original no fue cuando Adán. Fue cuando nos bautizaron. Llevamos el estigma de nuestro nombre. Yo soy Gilberto, obispo y confesor. Tú eres Elías. ¿En dónde estás, dónde te sitúan los críticos en el mentado panorama de la poesía mexicana? ¿Ya te estás enfermando romántico, o monstruotizándote clásico? En mi inteligencia y en mi sensibilidad eres solamente poeta. No entiendo en esto los adjetivos, ni grande, ni pequeño, ni asombroso ni nada. Poeta solamente. Tu libro me ha llenado de una gran alegría, es la parte más pura y más hermosa de tu obra. Lo he leído tembloroamente. Me he olvidado por completo de tu amistad, que me brilla en el corazón, para leerlo, y tu amistad se me ha metido por la cabeza y por los nervios. Me siento emocionado, Elías. ¿Leíste tu ley en uno de mis esperpentos? ¿Dónde estás, si no en mi admiración intelectual y en mi amor de hermano?

Felices pascuas, paganas y católicas.

Un abrazo de *Gilberto.*

Fina te saluda.

Filadelfia, jueves después de Ceniza, 1951.
[A Elías Nandino]

Muy querido Elías: Vivo tranquilo de ánimo, más que nada por ser un poeta desconocido, pues de otro modo yo habría sido excomulgado por los descendientes de don Marcelino como heterodoxo. Creo haber sido la conciencia teológica de los Contemporáneos, y quiero recordar para ti, de quien seguiré siendo llamado Pílades, que una tarde le expliqué a Xavier que era mortal. Él no lo creía. No existe, le dije, hablando de unos poemas, lo intemporal. Todo lo que vive está condenado al tiempo. Lo que está puede ser eterno, pero entonces se llama Caos, y no es, no vive. Dios no está, existe. Llegó después del Caos, y morirá cuando el Caos vuelva a estar en todas partes. Dios es mortal y lo son los ángeles, y lo son los Xavieres Villaurrutias y los Elías Nandinos. Aunque ellos no lo crean, y uno en el cielo y el otro bajo el cielo de México me juzguen pedante e ingrato. Porque yo soy su conciencia teológica.

Ahora te escribo porque ayer fue miércoles de ceniza y me puse a leer a Eliot, y me pareció que nada hay más inmerecido que eso de que le llamen poeta católico. No tiene que ver nada con el catolicismo, ni siquiera en el sentido de universalidad. Es muy limitadamente inglés, a pesar de Saint Louis, la ciudad más lóbrega del mundo. De ahí le viene esa cosa de los páramos.

Pero la verdad de lo que te quiero hablar no es de esto, Elías, sino de que me estaba muriendo de dolor al saber que mis teorías respecto a la mortalidad de los Xavieres es exacta. No lo hubiera querido. Le amaba, tú lo sabes, como a pocos Orestes he amado. Fina, que te ama mejor, aunque no más, que yo, me ha convencido de que lo que debo hacer es quitarme el dolor con unos versos. Voy a hacerlo, pero ya no estaré tranquilo sino cuando me encuentre con Xavier en el cielo. Y tiene que ser en el cielo de México. Te quiere mucho tu hermano.

P. D. En mis versos estoy empleando la palabra corazón, pero ni remedio.

Filadelfia, Pa., 10 de noviembre de 1951.
[A Elías Nandino]

Muy, muy querido Elías Nandino: Pues era domingo, era día cuatro, o al revés. Porque en mis versos todos los días cuatro son domingo, uno que aprovechan los ówenes, hasta los que se llaman Procopio, para nacer. Estábamos celebrando muy quietamente su cumpleaños, cuando me puse a escribirte una carta, pero a la Josefina esta no le gustó y no me permitió enviártela. Yo sólo decía que te recordaba mucho con mucho y mucho amor, porque mi amistad no es de sólo simpatía, ni mi enemistad de sólo diferencias; eso se queda para las personas muy inteligentes y, algunas veces, hasta para las muy cultas. Yo sólo decía que me sería imposible (otra vez) ir a saludarte en este otoño, y que no podré hacerlo sino en la primavera, cuando ya casi nadie necesita prohibición para el suicidio. Yo sólo decía que, como el invierno siempre se deja sentir en nuestro primaveral clima metropolitano, había aprovechado el viaje de un chico, Carlos Pallás, para enviarles a ti y a Antonio las chamarras y las cartas de canasta que esta Fina endiablada fue a comprar para ustedes. De su buen o mal gusto ni soy juez ni parte, yo no intervine en el asunto y cualquier mentada grande le cae a ella, no a mí.

Tus décimas a XV me conmovieron. Yo no soy capaz de escribir así, porque una vez nos peleamos don Felipe N. Villarello, mi profesor de retórica y poética, y yo. Se atrevió a decirme que mis versos en latín estaban bien, pero que era "un latín de cocina", y en el mismo instante me dediqué a lo que con tanta gracia llaman verso libre, aunque siempre como que es un poco más rígido. Cada cual cuida de su huerto como sabe, y yo en realidad no sé mucho que no sea el nombre, el signo, y el cuerpo de la poesía. A ésta la llamo siempre con mayúscula, pero como estoy en este momento de muy mal humor, me complace abofetearla con esa p.

Querido Elías: no me tengas a mal el escribirte así. Lo hago porque no puedo llorar. Fina te escribirá dos palabras al margen. Sigue queriéndola como ella te quiere. Yo nada más la adoro. Hasta la vista, y recibe el abrazo de tu hermano.

Filadelfia, 12 de agosto, viernes por la tarde, 1949.

[A Salvador Novo]

Salvador queridísimo: Aquí, en el verano, les salen a las mujeres unos paricutinitos que llaman senos; son unas cosas perturbadoras que, a veces, resultan lo que llaman *cheaters*, los cuales pueden adquirirse en cualquier casa de modas femeninas. A los hombres les salen brazos de camisas arremangadas. Salen otras cosas, pero son obvias, *ob via*, salen a la vía, saltan a la vista, etc., etc. También hay sandías, pero se encuentran en el mercado y no a la orilla de los ríos, y no son demasiado sangrientas. Yo vivo cinco días a cien grados en Filadelfia, y dos días de millonario en Allenhurst. Es una playa para menores de edad, en la que suelo repasar, de memoria, el *Libro de Ruth*. Desde mi oficina, en el edificio más alto de Filadelfia (un rascacielitos muy mono), se puede contemplar el panorama majestuoso del río Delaware. Caray. Esto ya lo he escrito en cinco informes comerciales. Mi tío, el Arzobispo de Constantinopla, me dice que es una frase muy gustada.

Pero te va a gustar más conocer a mi amiga, Miss Josephine Procopio, quien te lleva mi saludo con esta carta. Casi no se le nota lo yanqui, porque sus papases fueron italianos. Y lo de profesora de literatura, ni quien pueda notárselo. No parece ni siquiera bachillera. Anda por ahí, todos los veranos, tratando de enterarse de si son todos los que están en las antologías de poesía mexicana. Le he rogado tenernos en cuenta a los que no estamos. Una tarde leí un libro que dizque habría escrito Gilberto Owen. No protesté en público, porque ya estoy acostumbrado a esas humillaciones. Por eso no te lo envié. Otro, que sí parecía de Owen, lo secuestraron unos revolucionarios en Lima. Creo que lo fusilaron por la espalda, naturalmente. Mis desventuras editoriales te las puede relatar Fina Procopio. Quiere saber más de tu obra. Ayúdala, que Dios te ayudará a que los traductores no traicionen demasiado. La vida es dura, amarga y pesa, pero uno no sabe dónde acaban los adjetivos y empiezan los verbos. Es la terrible duda de Hamlet y de Hans y Fritz. Pero casi siempre se vende el diván. Había uno muy suave con Pita Amor al fondo. Creo que sería en casa de Diego, cuando la estaba pintando, pues ella se cree que ni pintada espiritualizadísimamente.

Salvador querido: mi amiga sólo estará en México breves días. Quiere hablar contigo unos minutos, para que le digas lo que, de tu obra, aprecias con más cálido amor. Vas a hacerlo por mi amistad invariable.

Tuyo siempre, con un abrazo muy prieto.

[A Margarita y José Rojas Garcidueñas]

Las que se llaman Owen son siempre privadas. Pero los Owen hacemos muchas cosas en público: John, por ejemplo, recitaba unos versos que ya no eran latín y todavía no eran inglés, allá por el siglo XIII. A Richard lo ahorcaron en público, en la plaza principal de Dublin, el 2 de diciembre de 1804, porque tenían miedo de que se muriese de muerte natural el trece, en la plaza principal de Dublin. Hay un Owain, que prácticamente es Owen, que se bajó a los mismos infiernos a hacer algunas investigaciones que andan por las crónicas. Cualquier enciclopedia lo registra. Uno llamado Roberto se vino a Estados Unidos y fundó una cosa que se llamaba Utopía y que es la forma de socialismo que porque es honrado los stalinistas de todo el mundo abominan. Naturalmente. Otro se fue a Sinaloa, y se dedicó a abrir minas y a dar a luz a los 3 000 personajes que se resumen en Gilberto Owen. Lo mataron un día trece de febrero, en las calles del Rosario. En fin, hemos hecho muchas cosas en público, menos llorar.

Esto quiere decir que he cancelado el episodio que me refirieron en su carta a Fina Procopio, y que mi única reacción fue escribir ese poema que ella quiere que les envíe, y que no es, de ninguna manera, un retrato de Xavier Villaurrutia. Porque, después de todo, mi amor por él termina en el momento en que se muestra mortal. Él no tenía teológicamente derecho a meterse dentro del tiempo, ni a aceptar las invitaciones que todos oímos. En paz y adiós. No le recordaré, en público, jamás.

Quiero que me crean ustedes dos cuando les digo que les amo, por igual, muy parejo y amoroso mi amor. Voy a ir este año a darles mi abrazo más prieto. Acaso les lleve algo más que ese poema viejo que con tan inteligente cariño ha presentado José. Puede ser que sea mi último libro. Se va a llamar, con un título que nadie ha empleado en este siglo, *La danza de la muerte.* Yo tuve amigos, en la Edad Media, que me enseñaron cómo debe escribirse. Ellos lo hacían bastante bien. Pero yo me quemo mucho más cuando escribo.

BIBLIOGRAFÍA DE GILBERTO OWEN

BIBLIOGRAFÍA DIRECTA

POESÍA

Línea (Poemas, con un retrato del autor). Editorial Proa, Cuadernos del Mar del Plata, Buenos Aires, 1930. (Incluido en *Poesía y prosa*.)

Libro de Ruth. Ediciones Firmamento, México, 1944. (Incluido en *Perseo vencido* y en *Poesía y prosa*.)

Perseo vencido (Poemas). Anexo a la *Revista San Marcos*. Instituto de Periodismo de la Facultad de Letras, Universidad de San Marcos, Lima, Perú, 1948. (Incluye: "Madrigal por Medusa", "Sindbad el varado", "Tres versiones superfluas", "Libro de Ruth".)

Primeros versos (con una nota de R. G.). Cuadernos del Estado de México, Toluca, Méx., 1957. (Estos poemas fueron proporcionados por Rafael Sánchez Fraustro.)

NARRACIÓN

La llama fría. La Novela Semanal de *El Universal Ilustrado* (ilustración de Duhart), México, 6 de agosto, 1925. (Incluida en *Poesía y prosa*; reproducida en Francisco Monterde: *18 novelas de El Universal Ilustrado* [1922-1925], Ediciones de Bellas Artes, México, 1969.)

Novela como nube. Ediciones de Ulises, México, 1928. (Incluida en *Poesía y prosa*.)

OTRAS EDICIONES

Poesía y prosa. Edición de Josefina Procopio. Prólogo de Alí Chumacero. Universidad Nacional Autónoma de México, México, 1953. (Incluye: "Desvelo", "Línea", "Perseo vencido", "Poemas no coleccionados", "La llama fría", "Novela como nube", "Examen de pausas", "Otras prosas".)

Gilberto Owen (disco). Presentado por Alí Chumacero, voces de Claudio Obregón y Óscar Chávez. Voz Viva de México, Universidad Nacional Autónoma de México, México, 1968.

El infierno perdido. Prólogo de Luis Mario Schneider. Material de Lectura, Universidad Nacional Autónoma de México, México, 1978.

PRÓLOGOS

Óleos de Gómez Jaramillo. Catálogo de la exposición en el Palacio de Bellas Artes, México, julio, 1937. (Fragmento del artículo publicado en *El Tiempo,* Bogotá, 24 de septiembre, 1934.)

El arte en Colombia: Ignacio Gómez Jaramillo (46 reproducciones en negro y una en color). Estudio de Gilberto Owen. Editorial Suramericana, Bogotá, 1944.

TRADUCCIONES

Cabell, James Branch: *"The Witch-Woman"* (fragmento), *Anales del Instituto de Investigaciones Estéticas,* México, núm. 40, 1971, pp. 88-100.

Caillois, Roger: "Actualidad de las sectas", *El Hijo Pródigo,* México, vol. IV, núm. 14, mayo, 1944, pp. 89-92.

Dickinson, Emily: "Poemas de Emily Dickinson: Versiones a ojo de Gilberto Owen", *El Tiempo,* Bogotá, 29 de abril, 1934, pp. 6-7.

Montes de Oca, Marco Antonio: *El surco y la brasa: Traductores mexicanos* (textos de Paul Valéry: "La amazona", "El atentado"), Fondo de Cultura Económica, México, 1974, pp. 85-86.

San Secondo, Rosso de: *Lazarina entre cuchillos* (trad. con Agustín Lazo), *El Hijo Pródigo,* México, vol. XIII, núm. 40, julio, 1946, pp. 48-55, y 41, agosto, 1946, pp. 93-103.

Smedley, Agnes: *China en armas,* Editorial Nuevo Mundo, México, 1944.

Smedley, Agnes: "El automóvil núm. 1469" (capítulo de *China en armas*), *El Hijo Pródigo,* México, vol. III, núm. 10, enero, 1944, pp. 35-39.

Valéry, Paul: "Pequeños textos: Comentarios de grabados". ("La madre joven", "El hombre volador", "La cazadora", "La amazona", "El atentado".) *Contemporáneos*, México, vol. I, núm. 4, septiembre, 1928, pp. 34-39.

HEMEROGRAFÍA

AMÉRICA (*Revista Antológica*), México
"Madrigal por Medusa", "Libro de Ruth", núm. 64, diciembre, 1950, pp. 94-100.

ANALES DEL INSTITUTO DE INVESTIGACIONES ESTÉTICAS, México
"Carta a Enrique Jiménez Domínguez" (8 de marzo, 1933), núm. 40, 1971, pp. 77-78.
"James Branch Cabell: The *Witch-Woman*" (fragmento), núm. 40, 1971, pp. 88-100 (traducción).

ANTENA, México
"Playa de veraneo", núm. 4, octubre, 1924, p. 7.

BANDERA DE PROVINCIAS, Guadalajara, Jal.
"Espejo vacío", t. I, núm. 7, 1ª quincena de agosto, 1929, p. 1.

CONTEMPORÁNEOS, México
"Examen de pausas", vol. I, núm. 2, julio, 1928, pp. 97-111.
"Paul Valéry: Pequeños textos: Comentarios de grabados", vol. I, núm. 4, septiembre, 1928, pp. 34-39 (traducción).
"Poema en que se usa mucho la palabra amor", vol. II, núm. 7, diciembre, 1928, pp. 323-324.
"Autorretrato o del subway", vol. IV, núm. 12, mayo, 1929, pp. 120-122.
"Carta: Defensa del hombre", "Santoral", "Repeticiones", "Acróstico", "El río sin tacto", "Alusiones a X", "Apeiron", "Y fecha:", vol. VIII, núm. 28-29, septiembre-octubre, 1930, pp. 97-110.

CUADERNOS DE BELLAS ARTES, México
"Escena de melodrama" (fechado: "27 de abril de 1928"), año III, núm. 5, mayo, 1962.

ESCALA, México
"La semilla en la ceniza", núm. 1, octubre, 1930, p. 9.

LA FALANGE, México
"Canción del alfarero", núm. 6, septiembre, 1923, pp. 340-342. (Incluido al final de "Primeros poemas".)

FORMA, México
"Encuesta sobre pintura", núm. 1, octubre, 1926, pp. 5-6.

LA GACETA DEL FONDO DE CULTURA ECONÓMICA, México
"Defensa del hombre", "Santoral", "Repeticiones", "Acróstico", "El río sin tacto", "Alusiones a X", "Apeiron", "Y fecha", "Escena de melodrama", nueva época, año VIII, núm. 90, junio, 1978, pp. 3-5.
"El infierno perdido", nueva época, año VIII, núm. 94, octubre, 1978, p. 6.

EL HIJO PRÓDIGO, México
"Sindbad el varado" ("El naufragio", "El mar viejo", "Al espejo", "Llagado de su desamor"), vol. II, núm. 7, octubre, 1943, páginas 24-26.
"André Gide: *Los alimentos terrestres*", vol. II, núm. 7, octubre, 1943, p. 59.
"Agnes Smedley: *El automóvil núm. 1469*", vol. III, núm. 10, enero, 1944, pp. 35-39 (traducción).
"Porfirio Barba Jacob: *Poemas intemporales*", vol. III, núm. 10, enero, 1944, p. 55.
"Eduardo González Lanuza: *Variaciones sobre la poesía*", vol. III, núm. 10, enero, 1944, p. 59.
"Encuentros con Jorge Cuesta", vol. III, núm. 12, marzo, 1944, pp. 137-140.
"Xavier Villaurrutia: *Invitación a la muerte*", vol. IV, núm. 13, abril, 1944, pp. 59-60.
"Roger Caillois: *Actualidad de las sectas*", vol. IV, núm. 14, mayo, 1944, pp. 89-92.
"Raymond Radiguet: *El diablo en el cuerpo*", vol. IV, núm. 14, mayo, 1944, pp. 120-121.
"Rosso de San Secondo: *Lazarina entre cuchillos*", vol. XIII, núm. 40, julio, 1946, pp. 48-55; núm. 41, agosto, 1946, pp. 93-103 (traducción conjunta con Agustín Lazo).

INFORMACIÓN CONSULAR, México
"Sistema en serie para limpiar, mondar y seleccionar el cacahuate",
t. V, núm. 9, septiembre, 1952.

LETRAS DE MÉXICO, México
"Discurso del paralítico", vol. II, núm. 13, 15 de enero, 1940, p. 3.
"Monólogos de Axel", vol. II, núm. 16, 15 de abril, 1940, p. 7.
"Regaño del viejo", año VII, núm. 6, 15 de junio, 1943, p. 3.
"Poemas" ("Virgin Islands", "El patriotero", "El hipócrita"), año
VIII, vol. IV, núm. 15, 1º de marzo, 1944, p. 3.

MÁSTILES, Morelia, Mich.
"Poemas" ("Sombra", "X"), t. I, núm. 1, septiembre, 1928, pp. 7-8.

EL OCCIDENTAL, Guadalajara, Jal.
"Una nota autobiográfica", "Motivos", "Cartel sobre la discreción
de I. Gómez Jaramillo", traducción de poemas de Emily Dickinson, 9 de julio, 1978.

ORÍGENES, La Habana
"Booz se impacienta", primavera, núm. 13, 1947, pp. 23-24.

PLURAL, México
"La poesía, Villaurrutia y la crítica", "Poesía —¿pura?— plena,
ejemplo y sugestión", "Carta a Celestino Gorostiza" (Nueva York,
7 de septiembre, 1928), "Carta a Villaurrutia" (Nueva York, 3 de
agosto, 1928), "La semilla en la ceniza", "Sobre Gide", núm. 39,
diciembre, 1974, pp. 61-66. (Selección de Inés Arredondo.)

POLICROMÍAS, México
"No me pidas, amiga...", agosto, 1921, p. 3.

PROMETEUS, México
"De la ardua lección", segunda época, núm. 3, mayo, 1952, pp. 194-
195.
"Dos cartas a Elías Nandino" (Filadelfia, jueves después de Ceniza y 10 de noviembre, 1951), segunda época, núm. 3, mayo, 1952,
pp. 196-197.

EL REHILETE, México
"No me pidas, amiga...", núm. 13, abril, 1965, pp. 25-26.

REPERTORIO AMERICANO, San José de Costa Rica
"Suma de ocios" (tomada de *El Tiempo,* Bogotá, 16 de marzo,
1935), t. XXXI, 12 de diciembre, 1935, p. 70.

REVISTA DE LAS INDIAS, Bogotá
"Poética" ("1: Día veintitrés y tu poética", "2: Día veinticinco y
tu retórica"), núm. 79, julio, 1945, pp. 120-121.

REVISTA DE LA UNIVERSIDAD, México
"Carta a Xavier Villaurrutia" (Nueva York, 3 de agosto, 1928),
vol. XXI, núm. 6, febrero, 1967, entre pp. 16 y 17.
"Carta a Xavier Villaurrutia" (Nueva York, 29 de noviembre, 1929),
vol. XXI, núm. 6, febrero, 1967, entre pp. 16 y 17.

REVISTA DE LA UNIVERSIDAD DE MÉXICO, México
"Dos poemas no recogidos y una nota autobiográfica" ("River Rouge", "El infierno perdido", "Nota autobiográfica"), vol. XXXII,
núm. 9, mayo, 1978, pp. 11-12.

REVISTA DE REVISTAS, México
"*Biombo,* poemas de Jaime Torres Bodet", 24 de enero, 1926, p. 45.

SAGITARIO, México
"La poesía, Villaurrutia y la crítica", núm. 9, 15 de febrero, 1927,
p. 8.
"Poesía —¿pura?— plena", núm. 10, 1º de marzo, 1927, p. 6.
"Pureza", núm. 10, 1º de marzo, 1927, p. 6.
"Anti-Orfeo", núm. 14, 31 de mayo, 1927, p. 5.

SAN MARCOS, Lima
"Sindbad el varado", año II, núm. 3, enero-marzo, 1948, pp. 109-23.

EL TIEMPO, Bogotá
"Poemas" ("River Rouge" [antes publicado, con el título "Acrósti-
co", en *Contemporáneos,* México, vol. VIII, núm. 28-29, sep-
tiembre-octubre, 1930], "La semilla en la ceniza", "Defensa del
hombre", "El infierno perdido"), 22 de enero, 1933, p. 5.
"Nota autobiográfica", 22 de enero, 1955, p. 5 (reproducida en *El
Occidental,* Guadalajara, Jal., 9 de julio, 1978).
"Examen de pausas", 23 de abril, 1933, pp. 1-2.

"Xavier Villaurrutia", 4 de marzo, 1934, p. 6.
"Poemas de Emily Dickinson: Versiones a ojo de Gilberto Owen",
29 de abril, 1934, pp. 6-7 (traducción) (reproducidos en *El Occidental*, Guadalajara, Jal., 9 de julio, 1978).
"Cartel sobre la discreción de Ignacio Gómez Jaramillo", 24 de
septiembre, 1934, p. 1 (reproducido en *El Occidental*, Guadalajara, Jal., 9 de julio, 1978).
"Teologías", "Poética", "Interior", "Sombra", "Viento", 3 de noviembre, 1934, p. 19.
"Suma de ocios: Motivos de Lope de Vega", 16 de marzo, 1935,
p. 1.
"Dedicatoria", 14 de septiembre, 1935, p. 1.

ULISES, México
"Desvelo" ("Corolas de papel de estas canciones", "Niño Abril me
escribió de un pueblo", "El agua entre los álamos"), t. I, núm. 1,
mayo, 1927, pp. 10-11.
"*Pájaro Pinto* de Antonio Espina", t. I, núm. 1, mayo, 1927,
pp. 26-27.
"Pachuca", t. I, núm. 2, junio, 1927, pp. 8-10.
"Teologías", "Maravillas de la voluntad", "Interior", "Novela",
"Poética", t. I, núm. 5, diciembre, 1927, pp. 5-7.

EL UNIVERSAL, México
"Suite", "Enme", "Sueño", "Pureza", 26 de julio, 1925, p. 3.
"Al modo de ahora. Teologías", 10 de enero, 1928, p. 3.
["Carta a *El Universal*"], 12 de enero, 1928, p. 3.

EL UNIVERSAL ILUSTRADO, México
"Elegía en espiral" (Del próximo libro *Muchachas*), 24 de junio,
1926, pp. 4-5. [Fragmento de *Novela como nube*.]

UNIVERSIDAD (*Mensual de Cultura*), México
"La discreción de I. Gómez Jaramillo", núm. 16, mayo, 1937, p. 48.
[Fragmento de "Cartel sobre la discreción de Ignacio Gómez Jaramillo" publicado en *El Tiempo*, Bogotá, 24 de septiembre,
1934.]

UNIVERSIDAD NACIONAL DE COLOMBIA (*Revista Trimestral de Cultura Moderna*), Bogotá.
"Varado Sindbad" ("1, el naufragio", "2, el mar viejo", "3, al es-

pejo", "4, almanaque", "5, Virgin Islands", "6, el hipócrita",
"7, el compás roto", "8, llagado de su mano", "9, llagado de su
desamor", "10, llagado de su sonrisa", "11, llagado de su sueño",
"12, llagado de su poesía", "13, el martes", "14, primera fuga",
"15, un coup de dés", "16, el patriotero", "17, yo no vi nada",
"18, semifinal", "19, Jacob y el mar", "20, final"), núm. 2, mar-
zo-abril-mayo, 1945.

La Verónica, La Habana
"Laberinto del ciego", año I, núm. 2, 2 de noviembre, 1942.

La Voz Nueva, México
"Sombra", núm. 81, 19 de mayo, 1928, p. 18.

ANTOLOGÍAS

Aub, Max: *Poesía mexicana (1950-1960)*, México-Madrid-Buenos
Aires, Aguilar, 1960, pp. 93-97.
("La ardua lección", "Allá en mis años mozos", "Es ya el cie-
lo...", "Espera, octubre...")
Castro Leal, Antonio: *La poesía mexicana moderna*, México, Fon-
do de Cultura Económica, 1953, pp. 355-358.
("El recuerdo", "La pompa de jabón", "Booz canta su amor".)
Cuesta, Jorge: *Antología de la poesía mexicana moderna*, México,
Contemporáneos, 1929; 2ª ed. (Preliminar de Rubén Salazar Ma-
llén), México, 1952.
("Sombra", "Teologías", "Alegoría", "Viento", "Maravillas de la
voluntad", "Interior", "Novela", "Poética".)
Dauster, Frank: *Antología de la poesía mexicana*, Zaragoza, España,
Editorial Ebro, 1970, pp. 225-232.
Debicki, Andrew P.: *Antología de la poesía mexicana moderna*
(selección, introducción, comentario y notas), Londres, Tamesis
Books Limited, 1976, pp. 175-181.
("El recuerdo", "Ciudad", "Interior", "Partía y moría", "X",
"Remordimiento", "Día veintisiete, Jacob y el mar", "Booz ve
dormir a Ruth", "Celos y muerte de Booz".)
Durán, Manuel: *Antología de la revista "Contemporáneos"*, Méxi-
co, Letras Mexicanas, Fondo de Cultura Económica, 1973, pági-
nas 140-142.

("Poema en que se usa mucho la palabra amor", "Autorretrato o del subway", "Vuelo".)

Gerini, Rosella, Eugenia González Ricaño y Ofelia Gutiérrez García: *Bandera de Provincias* (índice y selección de textos bajo la dirección de Adalberto Navarro Sánchez), Guadalajara, Jal., Ediciones Et Caetera, 1974, p. 92.

("Espejo vacío.")

Higuera, Ernesto: *Antología sinaloense,* Culiacán, Sin., Ediciones Culturales del Gobierno del Estado de Sinaloa, 1958 (presentación de Gilberto Owen, por Alí Chumacero), pp. 309-335.

("Canción de juventud", "Confiadamente, corazón", "Invernal", "Y pensar, corazón", "Elogio de la novia sencilla", "La canción del tardío amor", "No me pidas, amiga...", "Sindbad el varado" [fragmentos], "Booz canta su amor", "Espera, octubre", "Allá en mis años".)

———: *Antología de prosistas sinaloenses* (2 vols.), Culiacán, Sin., Ediciones Culturales del Gobierno del Estado de Sinaloa, 1959 (presentaciones de Gilberto Owen, por Jorge Cuesta y Elías Nandino), pp. 147-173.

("Sombra", "El hermano del hijo pródigo", "Espejo vacío", "Viento", "Anti-Orfeo", "Raíces griegas", "Remordimiento", "Poema en que se usa mucho la palabra amor", "Viento", "Alegoría", "Naipe", "Poética", "La inhumana", "Viento", "Teologías", "El estilo y el hombre", "Novela", "Partía y moría", "Interior", "Historia sagrada", "Maravillas de la voluntad", "Autorretrato o del subway", "La llama fría" ["Ernestina la beata"], "Intermedio deportivo".)

Maroto: *Galería de los poetas nuevos de México* (portada interior: *Nueva antología de poetas mexicanos,* selección y grabados de), Madrid, La Gaceta Literaria, 1928, pp. 66-73.

("Sombra", "Teologías", "Alegoría", "Viento", "Maravillas de la voluntad", "Interior", "Novela", "Poética".)

Monsiváis, Carlos: *La poesía mexicana del siglo XX*, México, Empresas Editoriales, S. A., 1966, pp. 42-43, 527-546.

("Autorretrato o del subway", "Booz canta su amor", "Booz ve dormir a Ruth", "Madrigal por Medusa", "Sindbad el varado" ["Día primero: El naufragio", "Día dos: El mar viejo", "Día tres: Al espejo", "Día cuatro: Almanaque", "Día cinco: Virgin Islands", "Día siete: El compás roto", "Día ocho: Llagado de su mano", "Día nueve: Llagado de su desamor", "Día once: Llagado de su sueño", "Día dieciocho: Rescoldos de pensar", "Día die-

cinueve: Rescoldos de sentir", "Día veinte: Rescoldos de cantar",
"Día veintiuno: Rescoldos de gozar"], "De la ardua lección".)

Montes de Oca, Francisco: *Poesía mexicana*, México, Editorial
Porrúa, S. A., 1968.
("Madrigal por Medusa", "Espera, octubre".)

Montes de Oca, Marco Antonio: *El surco y la brasa: Traductores
mexicanos*, México, Fondo de Cultura Económica, 1974, páginas 85-86.
(Paul Valéry: "La amazona", "El atentado".)

Mullen, Edward J.: *Contemporáneos, Revista Mexicana de Cultura*, Salamanca, España, Ediciones Anaya, S. A., 1972, pp. 194-195.
("Autorretrato o del subway", "Vuelo".)

Paz, Octavio (en colaboración con Alí Chumacero, José Emilio Pacheco y Homero Aridjis): *Poesía en movimiento*, México, Siglo XXI Editores, S. A., 1966, pp. 279-287.
("Viento", "Partía y moría", "Interior", "Historia sagrada", "Autorretrato o del subway", "Sindbad el varado" ["Día primero: El
naufragio", "Día veintisiete: Jacobo y el mar", "Día veintiocho:
Final"].)

Paz, Octavio (en colaboración con Alí Chumacero, José Emilio Pacheco y Homero Aridjis): *New Poetry of Mexico* (edición bilin-
güe), Nueva York, E. P. Dutton and Co., Inc., 1970, pp. 138-139.
("Interior", traducción de Mark Strand.)

Salinas Viniegras, Raúl: *Las cien peores poesías mexicanas de autores famosos*, México, Colección El Fauno, 1971, p. 133.
("La inhumana.")

Saz, Agustín del: *Antología general de la poesía mexicana (siglos XVI-XX)*, México – Barcelona – Bogotá – Buenos Aires – Caracas, Bruguera Mexicana de Ediciones, S. A., 1977, pp. 547-551.
("Autorretrato", "Día primero: El naufragio", "Día veintisiete:
Jacob y el mar", "Día veintiocho: Final".)

Zaid, Gabriel: *Ómnibus de poesía mexicana*, México, Siglo XXI
Editores, S. A., 1971, p. 567.
("Antiorfeo", "Job".)

BIBLIOGRAFÍA INDIRECTA

Acevedo Escobedo, Antonio: "Anuncios y Presencias", *Letras de México*, México, núm. 120, pp. 209 y 223, 1º de febrero, 1946.

——: "Anuncios y Presencias", *Letras de México*, México, núm. 129, noviembre-diciembre, 1946, pp. 353-362.

Anderson Imbert, Enrique: *Historia de la literatura hispanoamericana*, México, Fondo de Cultura Económica, 1966, t. II, pp. 166, 173, 230.

Anónimo: "Por el Ojo de la Llave", *El Universal*, México, 12 de enero, 1928, p. 3.

——: "Los 9 nuevos de la lírica mexicana vistos y juzgados unos por otros", *La Voz Nueva*, México, núm. 18, 19 de mayo, 1928, p. 18.

——: "Revista de Revistas", *Letras de México*, México, núm. 10, 1º de julio, 1937, p. 7.

——: "Bibliografía de Gilberto Owen", *Letras de México*, México, núm. 13, 15 de enero, 1940, p. 3.

——: "Gilberto Owen", *Prometeus*, México, segunda época, núm. 3, mayo, 1952, p. 193.

——: "Gilberto Owen", *Espiral*, Bogotá, núm. 39, junio, 1952, p. 6.

Arellano, Jesús: "Las obras de Gilberto Owen", *Nivel*, México, núm. 40, 25 de abril, 1962, pp. 6-7.

Arredondo, Inés: ["Selección de textos de Gilberto Owen"], *Plural*, México, núm. 39, 15 de diciembre, 1974, pp. 61-66.

Arrom, José Juan: *Esquema generacional de las letras hispanoamericanas*, Bogotá, Instituto Caro y Cuervo, 1963, p. 197.

Barreda, Octavio G.: "*Gladios, San-ev-ank, Letras de México, El Hijo Pródigo*", en *Las revistas literarias de México*, México, Instituto Nacional de Bellas Artes, 1963, pp. 237, 238.

——: "Gilberto Owen", en Emmanuel Carballo: *19 protagonistas de la literatura mexicana del siglo XX*, México, Empresas Editoriales, S. A., 1965, p. 188.

Blanco, José Joaquín: *Crónica de la poesía mexicana*, Guadalajara, Jal., Departamento de Bellas Artes del Gobierno de Jalisco, 1977, pp. 242-246.

Brushwood, John: *México en su novela*, México, Fondo de Cultura Económica, 1973, pp. 331-332, 338-341, 343-344.

——, y José Rojas Garcidueñas: *Breve historia de la novela mexicana*, México, Ediciones de Andrea, 1959, p. 133.

Camelo Torres, Salvador: *"Poesía y prosa* de Gilberto Owen", *Vida Universitaria*, Monterrey, N. L., 12 de julio, 1970, p. 10.

Capistrán, Miguel: "Los 'contemporáneos' por sí mismos", Diorama de la Cultura, suplemento de *Excélsior*, México, 20 de abril, 1952.

Carballo, Emmanuel: *19 protagonistas de la literatura mexicana del siglo XX*, México, Empresas Editoriales, S. A., 1965, pp. 188, 203, 207, 215, 216, 221, 231.

Carnero Hoke, Guillermo: "La muerte de Owen", Diorama de la Cultura, suplemento de *Excélsior*, México, 20 de abril, 1952, p. 5.

Carrión, Benjamín: "Gilberto Owen, el poeta que, dicen, ha muerto", *Letras del Ecuador*, Quito, núm. 85, 1953, pp. 19-20.

Cuervo, José Sergio: *El mundo poético de Gilberto Owen* (tesis), U. S. A., University of New York at Buffalo, 1974, 176 pp.

Cuesta, Jorge: "Perfil de un gran poeta", en Ernesto Higuera: *Antología de prosistas sinaloenses*, Culiacán, Sin., Ediciones Culturales del Gobierno del Estado de Sinaloa, 1959, p. 149.

——: "Retrato de Gilberto Owen", *Revista de la Universidad de México*, México, vol. XXIX, núm. 6-7, febrero-marzo, 1975, pp. 1-4 (con una nota de Nigel Grant Sylvester).

Chumacero, Alí: "La poesía de Gilberto Owen", México en la Cultura, suplemento de *Novedades*, núm. 192, 23 de noviembre, 1952, p. 3. Prólogo a *Poesía y prosa* de Gilberto Owen, México, Universidad Nacional Autónoma de México, 1953, pp. xiii-xix. Reproducido, con el título "Urna devota", en Ernesto Higuera: *Antología sinaloense*, Culiacán, Sin., Ediciones Culturales del Gobierno del Estado de Sinaloa, 1958, pp. 311-315.

——: Presentación del disco "Gilberto Owen", Voz Viva de México, Universidad Nacional Autónoma de México, México, 1968.

——: *"Primeros versos* de Gilberto Owen", México en la Cultura, suplemento de *Novedades*, núm. 434, México, 14 de julio, 1957, p. 2.

Dauster, Frank: "El recinto inviolable", *Estaciones*, México, núm. 14, verano, 1959, pp. 131-145. Reproducido en *Ensayos sobre poesía mexicana (asedio a los "contemporáneos")*, México, Ediciones de Andrea, 1963, pp. 108-119.

——: "Gilberto Owen", en *Breve historia de la poesía mexicana*, México, Ediciones de Andrea, 1956, pp. 162-163.

Dávila, Roberto: "Perseo contemplado", *Cuadernos de Bellas Artes*, México, año III, núm. 5, mayo, 1962, pp. 45-50.

Ezcurdia, Manuel de: *La aparición del grupo 'contemporáneos' en la poesía y en la crítica mexicana (1920-1931)* (tesis), University Microfilms, Ann Arbor, Michigan, 1964.

Fernández Ledesma, Enrique: "Gilberto Owen", *El Universal*, México, 26 de julio, 1925, p. 3.

Forster, Merlin H.: "La revista *Contemporáneos*: ¿Hacia una mexicanidad universal?", *Hispanófila*, U. S. A., núm. 17, enero, 1963, pp. 117-122.

——: *Los "contemporáneos": Perfil de un experimento mexicano vanguardista (1920-1932)*, México, Ediciones de Andrea, 1964.

——: *An Index to Mexican Literary Periodicals*, Nueva York, The Scarcrow Press, 1966.

——: *Letras de México (1937-1947)*, México, Universidad Iberoamericana, 1972.

García, Rodolfo: Nota a *Primeros poemas* de Gilberto Owen, Toluca, Méx., Cuadernos del Estado de México, 1957.

Gómez Gil, Orlando: *Historia crítica de la literatura hispanoamericana*, Nueva York – Londres – Toronto, Holt, Rinehart y Winston, 1968, p. 532.

González Casanova, Henrique: "Reseña de la poesía mexicana del siglo XX", *México en el Arte*, núm. 10-11, México, Instituto Nacional de Bellas Artes, 1950, p. 19.

González Guerrero, Francisco: "Gilberto Owen: muerte de un poeta desconocido", en *En torno a la literatura mexicana (recensiones y ensayos)*, Prólogo de Pedro F. de Andrea, México, SepSetentas, 1976, pp. 147-150.

González Peña, Carlos: *Historia de la literatura mexicana*, México, Editorial Porrúa, S. A., 11ª ed., 1972, p. 293.

Gorostiza, Celestino: "Un poema vivo" (*Línea*), *Sur*, Buenos Aires, núm. 4, primavera, 1931, pp. 173-176 (reproducido en *El Tiempo*, Bogotá, 3 de noviembre, 1934, p. 19).

——: *El trato con escritores*, México, Instituto Nacional de Bellas Artes, 1964, pp. 107-110.

Hernández, José Alfredo: "Gilberto Owen, muerto en New York", *Mar del Sur*, Lima, núm. 21, mayo-junio, 1952, p. 84.

Jarnés, Benjamín: "Arte de dos alas", en *Ariel disperso*, México, Editorial Stylo, 1946, pp. 81-82, 89-90.

Leal, Luis: "La literatura mexicana en el siglo XX", en *Panorama das literaturas das Américas*, vol. IV, Angola, Ediçao do Município de Nova Lisboa, 1963, p. 2 010.

Leiva, Raúl: "Gilberto Owen", en *Imagen de la poesía mexicana contemporánea*, México, Universidad Nacional Autónoma de México, 1959, pp. 179-190.

Luquín, Eduardo: *Autobiografía*, México, Gráficas Menhir, S. A., 1967, pp. 261-263.

Magaña Esquivel, Antonio: *Medio siglo de teatro mexicano (1900-1961)*, México, Instituto Nacional de Bellas Artes, 1964, pp. 55, 57, 59, 60.

——, y Ruth S. Lamb: *Breve historia del teatro mexicano*, México, Ediciones de Andrea, 1958, pp. 123, 124, 128.

Martínez, José Luis: *Literatura mexicana: siglo XX (1910-1949)*, México, Antigua Librería de Robredo, 1949, t. I, p. 37; 1950, t. II, p. 92.

Mendoza López, Margarita: "Recuerdos de Gilberto Owen", México en la Cultura, suplemento de *Novedades*, México, 1º de marzo, 1953, p. 7.

Michelena, Margarita: *Notas en torno a la poesía mexicana contemporánea* (Presentación de Marco Antonio Millán), México, Asociación Mexicana por la Libertad de la Cultura, 1956, p. 43.

Miliani, Domingo: *La realidad mexicana en su novela de hoy*, Caracas, Monte Ávila Editores, 1968, p. 44.

Millán, María del Carmen: *Literatura mexicana*, México, Editorial Esfinge, 1963, pp. 277, 302, 305.

Monterde, Francisco: *"Savia Moderna, Multicolor, Nosotros, México Moderno, La Nave, El Maestro, La Falange, Ulises, El Libro y el Pueblo, Antena, etcétera"*, en *Las revistas literarias de México*, México, Instituto Nacional de Bellas Artes, 1963, pp. 128, 133, 134, 135.

——: *"La llama fría"*, en *18 novelas de El Universal Ilustrado (1922-1925)*, México, Instituto Nacional de Bellas Artes, 1969.

Muñoz Cota, José: ["Gilberto Owen"], en *Perseo vencido* de Gilberto Owen, Anexo de la Revista San Marcos, Lima, 1948.

Nandino, Elías: "José Rojas Garcidueñas: *Gilberto Owen y su obra*", *Estaciones*, México, núm. 1, primavera, 1956, p. 128.

——: "Laude en mármol negro", en Ernesto Higuera: *Antología de prosistas sinaloenses*, Culiacán, Sin., Ediciones Culturales del Gobierno del Estado de Sinaloa, 1959, pp. 150-151.

——: *"Estaciones"*, en *Las revistas literarias de México* (2ª serie). México. Instituto Nacional de Bellas Artes, 1964, p. 189.

Nomland, John B.: *Teatro mexicano contemporáneo (1900-1950)*, México, Instituto Nacional de Bellas Artes, 1967, p. 251.

Novo, Salvador: *La vida en México en el período presidencial de Miguel Alemán*, México, Empresas Editoriales, S. A., 1967, pp. 558, 560, 769.

——: Prólogo a *Cartas de Xavier Villaurrutia a Novo (1935-1936)*, México, Ediciones de Bellas Artes, Instituto Nacional de Bellas Artes, 1966, p. 10.

Ocampo de Gómez, Aurora Maura: *Literatura mexicana contemporánea (Bibliografía crítica)*, México, 1965.

——, y Ernesto Prado Velázquez: *Diccionario de Escritores Mexicanos*, México, Centro de Estudios Literarios, Universidad Nacional Autónoma de México, 1967.

Pacheco, José Emilio: "Primeros versos de Gilberto Owen", *Estaciones*, México, núm. 7, otoño, 1957, pp. 355-356.

Palacios, Emmanuel: "*Novela como nube* de Gilberto Owen", *Bandera de Provincias*, Guadalajara, Jal., núm. 5, 1ª quincena de julio, 1929, p. 4.

——: "*Bandera de Provincias*", en *Las revistas literarias de México* (2ª serie), México, Instituto Nacional de Bellas Artes, 1964, p. 22.

Procopio, Josefina: "Advertencia", en *Poesía y prosa* de Gilberto Owen, México, Universidad Nacional Autónoma de México, 1953, pp. vii-x.

Reyes, Alfonso: "El mal recompensado", *Monterrey*, Río de Janeiro, octubre, 1931. (Reproducido en *Obras Completas*, VIII, México, Fondo de Cultura Económica, 1958, p. 68.)

Río, Rafael del: *Poesía mexicana contemporánea y otros escritos*, Revista Cauce, Torreón, Coah., México, 1955, p. 22.

Rojas Garcidueñas, José: "Gilberto Owen", *América (Revista Antológica)*, México, núm. 64, diciembre, 1950, pp. 90-93.

——: "Gilberto Owen y su obra", *Cuadrante*, San Luis Potosí, México, t. III, núm. 1-2, verano-otoño, 1954, pp. 5-22. (Hay separata, 21 pp.)

——: "Gilberto Owen (notas y documentos de su vida y su obra)", *Anales del Instituto de Investigaciones Estéticas*, México, núm. 40, 1971, pp. 75-99.

Ruiz, Luis Alberto: *Diccionario de la Literatura Universal* (3 vols.), Buenos Aires, Editorial Raigal, 1956.

Sánchez, Luis Alberto: "Gilberto Owen", *Presente*, Lima, núm. 3, 1931, p. 19.

——: *Vida y pasión de la cultura en América*, 2ª ed., Santiago de Chile, Ediciones Ercilla, 1936, p. 130.

Sánchez, Luis Alberto: *Nueva historia de la literatura americana,* Asunción de Paraguay, Editorial Guarania, 1950.

——: "Gilberto Owen", *El Tiempo,* Bogotá, 13 de abril, 1952, p. 3.

——: *Historia comparada de la literatura americana* (4 vols.), Buenos Aires, Losada, 1976, t. III, pp. 187, 318; t. IV, pp. 15-16, 181, 246, 295.

Schneider, Luis Mario: "El poema olvidado", *El Rehilete,* México, núm. 13, abril, 1965, p. 27.

——: "Hacia el rescate de Gilberto Owen", en *El infierno perdido* de Gilberto Owen, Material de Lectura, México, Universidad Nacional Autónoma de México, 1978.

——: "Al rescate de un *contemporáneo*", El Sol de México en la Cultura, suplemento de *El Sol de México,* núm. 197, 9 de julio, 1978.

Segovia, Tomás: "Nuestro 'contemporáneo' Gilberto Owen", en *Actitudes,* Universidad de Guanajuato, Guanajuato, 1970, pp. 155-188.

——: "Gilberto Owen o el rescate", *Plural,* México, núm. 39, diciembre, 1974, pp. 55-61.

Torres Bodet, Jaime: "Novela y nube", *Contemporáneos,* México, núm. 4, septiembre, 1928, pp. 87-90.

——: *Tiempo de arena,* México, Fondo de Cultura Económica, 1955, pp. 203-4, 205, 227.

Torres-Rioseco, Arturo: *Bibliografía de la novela mexicana,* U.S.A., Cambridge, Massachusetts, Harvard University Press, 1933, p. 39.

——, y Ralph E. Warner: *Bibliografía de la poesía mexicana,* U.S.A., Cambridge, Massachusetts, Harvard University Press, 1934, pp. xxxviii, 64.

Torri, Julio: Entrevista con Miguel Capistrán, *Espejo,* México, año III, núm. 7, primer trimestre de 1969, p. 44.

Toscano, Carmen: *"Rueca",* en *Las revistas literarias de México,* México, Instituto Nacional de Bellas Artes, 1964, p. 101.

Uslar Pietri, Arturo: *Breve historia de la novela hispanoamericana,* Caracas, Ediciones Edime, 1954, p. 146.

Velázquez Bringas, Esperanza, y Rafael Heliodoro Valle: *Índice de escritores,* México, Herrero Hermanos, Sucs., 1928.

Villaseñor, Margarita: "La tumba de Gilberto Owen", El Sol de México en la Cultura, suplemento de *El Sol de México,* núm. 162, 6 de noviembre, 1977, p. 11.

LUIS MARIO SCHNEIDER

ÍNDICE

Línea

OTROS POEMAS

PROSA

LA LLAMA FRÍA

NOVELA COMO NUBE

OTRAS PROSAS

Este libro se acabó de imprimir el
día 3 de enero de 1979 en los talle-
res de Gráfica Panamericana, S. C. L.,
Parroquia 911, México 12, D. F. Se
tiraron 5 000 ejemplares y en su composición se usaron tipos Baskerville
de 11:12, 10:11 puntos. La edición
estuvo al cuidado de *Alí Chumacero*.